新大明王朝

❸中日大戰

三大帝王

人物介紹

漢帝 張偉：最得意的帝王

來自未來，憑遠超幾百年的經驗改變歷史創立大漢王朝。爲人行事果斷、狠辣、穩重，平生從不做沒把握的事，政治作風強硬，一掃數千年儒家治世的傳統，大力改革，使國富民強，復興漢唐盛世在世界各國心中的上國地位。

明帝 崇禎：最愚蠢的帝王

滿懷中興大明的熱情，卻使明朝更陷深淵，直至亡國。其人生性多疑，好大喜功，喜怒無常。其蠢至空留幾千萬金銀給亡其國的異族，卻不願分出一兩銀子振軍救民，以至民反軍散，獨留孤家寡人於煤山上吊而死！

清帝 皇太極：最鬱悶的帝王

雄才偉略，勇悍無比，天下本屬於他，歷史本也是由他帶領八旗建立大清王朝。但卻因漢帝張偉的橫空出世，改變了歷史，而使本屬於他的一切化爲烏有，他也因此鬱鬱而死！

武將榜

人物介紹

施琅

大漢水師大帥，與漢帝張偉相交於微時，一起創業打江山，其人極具將才，兵法謀略極佳，水戰未有一敗，後被封世襲伯爵之位。

張瑞

大漢飛騎軍大將軍，對張偉忠心不貳，爲人勇悍多謀，爲漢帝轉戰天下，戰功超卓，後被封世襲伯爵之位。

張鼐

大漢金吾衛大將軍，對張偉忠心不貳，爲人凶猛好戰，曾爲漢帝親衛大將軍，勇猛有餘，謀略不足，卻也無大過，戰功無數，眾敵深懼其人，後被封伯爵。

契力何必

高山族勇士，爲張偉所收服，其箭術無雙，爲大漢萬騎大將軍，領三萬高山戰士爲大漢征戰天下，無往不利。

武將榜

人物介紹

黑齒常之

契力何必之弟，大漢萬騎大將軍，與其兄一起爲大漢征戰天下，勇猛無比，立下戰功無數！

劉國軒

大漢龍驤衛主帥，漢王起家時的家臣，爲人冷靜多智，穩重，極具帥才，張偉的左右手，大漢的開國功臣，後被封爲世襲伯爵。

周全斌

大漢第一勇將，智勇雙全，極善機變，張偉最信任的大臣之一，與劉國軒爲五虎上將，位列伯爵。

孔有德

龍武衛大將軍，治軍有方，勇力過人，本爲前明大將，後依附張偉，成後漢開國之大將！

武將榜

人物介紹

左良玉

為人深沉，本為遼東大將，卻為張偉所救，極具帥才，跟隨張偉，後被委以獨當一面的重任！先駐守倭國，為倭國總督，後為統兵大帥，為大漢江南攻略的南面統兵元帥！

曹變蛟

神策衛大將軍，勇猛無比，而智謀不深。打仗身先士卒，常赤膊上陣，敵人畏之如猛虎，曾以大刀力殺荷蘭戰士數十人，被西方人視為屠夫魔鬼！

賀人龍

與曹變蛟一起並稱漢軍雙虎，猛悍無比，身負重傷數十處依然不下戰場，幾被視為鐵人！

林興珠

智勇雙全，善攻城戰和襲擊戰。

武將榜

人物介紹

尚可喜

前明大將，後跟隨耿精忠、孔有德一起依附張偉，立下極大戰功，為大漢開國功臣。

耿精忠

前明大將，後隨尚可喜、孔有德一起依附張偉，立下極大戰功，為大漢開國功臣。

祖大壽

遼東大將，對大明極其忠心，一生只追隨袁崇煥鎮守遼東，後為保全袁崇煥名節，戰敗自殺而亡！

趙率教

遼東大將，袁崇煥部下最精銳將領，為人多智，錦州失守，詐降滿清，卻心繫大漢，後成大漢明將！

武將榜

人物介紹

吳三桂

遼東大將，年輕有爲，其人多智，深謀遠慮。

多爾袞

滿清睿親王，皇太極之弟，其人勇猛多智，心機深沉，是皇太極之下最爲有名的滿人名將！

李侔

李岩之弟，漢軍軍中猛將，領五百勇士力戰大破開封城，一戰成名，爲人多智，擅馬球。

豪格

皇太極之子，爲人豪勇無比，卻智謀不深，不甚得皇太極所喜，狂傲自大，目中無人！

文臣榜

人物介紹

何斌

大漢財政大權負責人，大漢興國第一功臣。與漢帝相交於微識，共同創業，以其經商理財的天賦爲張偉累積下了統一天下的資本！被封伯爵，更被公認文臣第一，尊爲太子太傅。

吳遂仲

爲人多智，身爲儒人，頗具治理天下之才，大漢開國之功臣，位爲六部之首，後封伯爵，但因陷入黨爭而被貶離京城！

袁崇煥

明朝第一名將，薊遼總督，以文臣身分統領遼東大軍，鎭守遼東數十年，讓滿清鐵騎未能踏足中原。

熊文燦

明朝大臣，福建巡撫及兩廣總督而掛兵部尙書銜，總督九省軍務，其人甚貪，頗有些才能，後爲張偉狡計所害。

文臣榜

人物介紹

江文瑨

其人極具才華謀略，是以張偉放心讓其獨當一面，繼左良玉之後經營倭國。

陳永華

大漢第一賢臣，有治國之大才，與漢帝張偉相識於微識，更是漢帝身邊最得力的謀臣，雖未在朝中爲官，卻爲大漢培養出極多的人才！極受張偉所敬重。

鄭煊

前明降臣中最受漢帝張偉器重的文臣，極具治國安邦之才，大漢六部尚書之一，更被封侯爵。

洪承疇

前明三邊總督，明末著名文臣，以文臣之身統帥三軍，智計極深，謀略權術過人，最終卻敗於漢帝張偉之手！

文臣榜

人物介紹

孫偉庭

前明陝西總督，爲人行事狠辣，以文臣之身卻敢在打仗時身先士卒，可算是大明文臣中極少有的狠辣角色！後敗於張偉之手！

黃尊素

東林大儒，大漢興國文臣，官至兵部尙書，掌軍國大事，思想守舊，儒家思想難改，在漢帝張偉大力改革的過程中常提反對意見，但仍被封爵！

呂唯風

爲人才智過人，有治國安邦之能，支持改革，忠於張偉，極有主見和謀略，極得張偉器重，委以治理呂宋的重任。與江文瑨等人各自獨當一面，後在黨爭之時接替吳遂仲六部之首的位置，位及伯爵！

其他人物

人物介紹

李自成

明末義軍首領，又稱李闖王，領農民軍數十萬轉戰天下，而使明王朝風雨飄搖，一蹶不振。

張獻忠

一方奸雄，靠農民起義發家，轉戰天下，後寄身於蜀中，擁兵自立，爲人凶殘，常有屠城之舉！

柳如是

大漢皇后，賢德異常，性情溫柔，才貌無雙，出身低賤卻心靈高貴，極受張偉之愛！

吳芩

南洋大族吳清源孫女，自幼學習西方文化，其美若奔放的牡丹，高貴卻不失大方。張偉暗戀之人，後卻因政治原因未能結合，此爲漢帝張偉一生最大的遺憾。

其他人物

人物介紹

馮錫範

大漢軍法部最高負責人，鐵面無私，從不徇私，甚得張偉器重！

孫元化

爲人不好官場，一心只專於火器，乃是明末著名火器專家，也是大漢火器局總負責人，其人不修邊幅，不喜言語，狂放不羈，極得漢帝張偉寵信！位列伯爵，大漢開國功臣之一！

徐光啟

明代著名的科學家，孫元化的老師，奉天主教，其人學貫中西，力倡改革，助辦太學，力挺張偉！

李岩

年輕有爲，智深如海，卻含而不露，不張揚，不喜官場，文武雙全，漢軍北伐中表現極爲出色，以戰功而得侯爵之位！

其他人物

人物介紹

高傑

大漢密探統領，為人行事刁鑽陰險，頗有奇計！雖少上戰場，但其功不可沒，甚得張偉寵信！

鄭芝龍

海盜巨頭，經營海運數十年，富可敵國，但卻敗於張偉之手，使其海上霸王的地位被代替，後被明朝招安，官至兩廣水師總督。

勞倫斯

英國駐南洋的海軍高級軍官，因與張偉關係極好，而成為英國大將，曾幫張訓練出一批極精銳的水師！

目錄

目錄

196—第十章　高山騎兵—
張偉對這些桀驁不馴的土著也極是頭疼，派漢人軍官他們不服，全然選用土著軍官，顯然在訓練和指揮上又不能如意，想來想去，只得做出妥協，答應選立高山族人為主支軍隊的最高指揮官，訓練時由漢軍軍官訓練，待訓練完畢，選舉高山族人為下層軍官。

216—第十一章　農民起義—
既然已下了決心造反，這一夥適才還唯唯諾諾，被艾同知的氣勢壓得抬不起頭的老實農民，立時就變成了一夥嗜血怪獸。從東漢末年的黃巾起義，到唐朝黃巢，至明末李自成、張獻忠，農民起義在有正義一面的同時，其破壞力亦是大得驚人。

235—第十二章　反間之計—
袁崇煥在內帳看到此景，心頭暗嘆，心知此番若不是有張偉派人前來，自己必然不知道如何是好。當夜輾轉反側，不能安睡，待第二天天晚，皇帝詔使果然早早來到，袁崇煥心裏清楚，面上卻是一絲不苟，恭恭敬敬跪迎了聖旨後，立時傳召諸將入中軍大帳，將皇帝召見一事說了。

火槍加上刺刀的長度，與遼兵所持的白臘木桿長槍長度大略相等，只是論起心理上的壓力，光晃晃的刺刀卻比短小的鐵刺槍頭要大上許多，只是火槍兵以射擊為主，肉搏上卻是比遼兵相差較遠，一時間過萬人廝殺在一起，形成混戰之勢，後排的橫隊槍兵雖然亦是上起了刺刀，開始向前參加肉搏，但一時之間，竟然形成了膠著之勢。

他們計議已定，立時便派人去尋鰲拜，卻不料派出去的偵騎一去不回，那濟爾哈朗兀立城頭，將脖子伸得老長，卻是看不到鰲拜返回，待站到第三日天明，心中又急又悔，原本便是紅臉，血氣攻心之下，當真是如同喝醉了酒一般。直到日上三竿，正急得沒奈何，卻見遠處煙塵大起，顯是有大隊騎兵奔馳而來。

他們原本所立的地方正是炮火延伸轟炸之所，此時一衝，倒有不少人逃得了性命，待濟爾哈朗帶著稀稀落落的兵士趕到城牆缺口處，在十個都尉率領下，以五百人為一方陣的滑膛槍兵大陣已然逼近了城牆，濟爾哈朗一看，便急聲令道：「快，把其餘各門的守衛全數調來，此處若是守不住，萬事皆休。」

第一章　圖謀澎湖

張偉又目視張鼐、張傑、林興珠等人，只見各人皆是搖頭，料想亦是無人能猜想得到，便將腰間佩刀一抽，輕輕在空中一劈，方輕描淡寫說道：「爺是要和鄭老大火併一場，徹底幹掉他的海上勢力，還要占了澎湖，奪了他在澎湖的基業。除了剛受招撫，不方便攻入內地將他在安海的老巢端掉，我這次要砍斷他的四肢！」

諸人隨在張偉身後出正門，繞儀門旁東便門而入，直到指揮使衙門內堂。雖說是內堂，規制卻遠在內府巡撫衙門之上，密密麻麻坐了五六十人，卻是一點也不嫌擁擠，各人稍待片刻，便聽到外面靴聲響起，卻是施琅帶著水師二十餘名艦長而來，見各人都在，施琅也只是略一點頭，便在張偉身旁左首坐了。

張偉因見各人到齊，便坐在堂上向下笑道：「各人都安靜了，周全斌，你來猜猜，今日大集諸將，所爲何事？」

周全斌納悶道：「屬下不知。若是要大閱台北台南軍隊，大人吩咐就是，何必叫大起呢？若說打仗，好像現下也沒有敵人可打，全斌委實是迷糊了。」

張偉又目視張鼐、張傑、林興珠等人，只見各人皆是搖頭，料想亦是無人能猜想得到，便將腰間佩刀一抽，輕輕在空中一劈，方輕描淡寫說道：

「爺是要和鄭老大火併一場，徹底幹掉他的海上勢力，還要占了澎湖，奪了他在澎湖的基業。除了剛受招撫，不方便攻入內地將他在安海的老巢端掉，我這次要砍斷他的四肢！」

見堂上諸將各自目瞪口呆，張偉向施琅道：「尊侯，你來說說，咱們的鄭大總兵下了什麼命令？」

施琅悶聲道：「他剛任了福建副總兵，名義上成了咱們上司，立時派人來台，調水師去廈門，道是要協助他清理海面，又讓我親自去安海聽令，說是要就近指揮。我說朝廷只是節制台灣，未嘗要咱們聽候調遣，聽他那使者的意思，便要限制所有的船隻來台，亦不准台灣船隻去福建，除非咱們的艦隊歸了他，不然的話，休想安生了。」

張偉冷笑道：「我早知他不能容我。一山豈容二虎？他當初沒有料到台灣能做到今日這般局面，心裏當真是又悔又恨，前番借招安一事想暗害於我，現下借著官階比我大上幾級，便要對我指手劃腳，削弱我的實力。哼，他不過打垮了一個廣東海匪，便以爲天下之海，海洋之闊，唯有他鄭一官

獨大了？我原本就要進逼倭國，獨霸南洋，現下正好，借著鄭一志得意滿之際，想辦法除了他！」

張瑞原本侍立在張偉身後，聽他說到此處，忍不住振臂呼道：「好啊，剷除鄭一，整個南海便是大人一家獨大，再也沒有人敢對大人不敬，早就該除掉鄭一，收服所有的小股海匪，稱霸一方！」見張偉回頭斜他一眼，嚇得頓時不敢作聲，此種軍議，張瑞身為張偉的親衛統領原本不該發言，此次算是得意忘形了。

張偉也不待諸將有何意見，直接命道：「全斌，你帶兩千人，分上水師船隻，鄭家水師習慣挑幫肉搏，嘿嘿，到時候兩船若是相近，他們必然想方設法跳船來攻，到時候，亂槍齊發，讓他們跳在海裏，去和龍王肉搏去罷。」又令道：「張鼐，你領金吾衛待命，待消息傳來，便去強攻澎湖。」待張周二人凜然領命，張偉便向堂下諸將喝道：「各人回去勤操士卒，認真備戰，若有懈怠者，定斬不赦！」

說罷起身，自向內堂而去。除了施周張及諸校尉，餘者皆令散去。

那林興珠轉身下堂，心裏只是納悶：「大人如何能不驚動朝廷，不以反叛之名公然攻擊一省的副總兵，這可當真令人百思不得其解啊……」

隨著張偉進入內堂的諸將顯然幸運的多，各人一落座，那張鼐同周全斌等人便齊聲問道：「大人，咱們怎能公然攻打朝廷的副總兵？這不是又反了麼？」

張偉一進內堂便閉目端坐，見諸將七嘴八舌問訊，也不作聲，只將手略擺一擺，示意諸將稍待。

張鼐等人原本想問施琅，見施琅也是沉著臉不作聲，各人無趣，便只得枯坐等待。一時間，房內諸將連同施琅張偉，每人都如泥雕木塑一般，眼觀鼻，鼻觀心，那桌上的茶水紋絲不動，直過了兩炷香工夫，張偉聽到後院傳來十數人凌亂的腳步聲，知是英國人到了，便睜眼笑道：

「你們這夥傻子，不讓你們說話，可又沒有讓你們不准動，該走動便走動，該喝茶便喝茶，現今弄得跟菩薩似的，像什麼樣子！」

張鼐笑道：「您自個兒就是個菩薩一樣，弄得我們不敢亂說亂動的，現下倒來怪我們。」

張偉嘆道：「此事非同小可，我心中猶豫很久，方下定了決心。其間若是出了岔子，便會打亂我的全盤計畫，是以我心裏也有些緊張。」又放聲大笑道：「拚得一身剮，敢把皇帝拉下馬！不管怎樣，這票買賣老子幹定了！」

說罷，便聽到外面有飛騎親兵稟報道：「大人，門外有勞倫斯中校與其隨眾求見，請大人示下。」

張偉厲聲道：「請他們進來！」

話音未落，便見那勞倫斯帶著身後十數英人軍官魚貫而入。

他與施琅是老熟人，點頭致意，便算招呼到了，然後向張偉一躬身，身後英人便隨他一齊一躬，齊聲道：「張偉大人您好，本人向您致以誠摯的問候！」

他跟隨張偉兩年有餘，官階已從上尉升至中校，這英國的東印度公司也因張偉的專賣權而每年賺上大筆的銀子，全公司上下對張偉都是讚譽有加，禮數周到，唯恐哪一天惹惱了這位霸主，剝奪了公司在東南亞的利益，是以勞倫斯雖已官至中校，卻沒有水漲船高，反對張偉的尊敬和禮數越發得周到妥貼。

當下張偉見了這夥英國佬畢恭畢敬的向他鞠躬行禮，也只是略彎下腰，以示回禮，便擺手道：

「各位請坐！」

那勞倫斯帶著身後諸少校、上尉、中尉一行十數人，此時聽得張偉吩咐入座，各人便亂紛紛尋找座位，勞倫斯又免不得與周全斌等人招呼問好，亂紛紛有盞茶工夫，各人方依官階坐定。

張偉見各人坐定，便笑道：「大夥兒現下猜到些許了吧？我的計畫是：第一步，勞倫斯中校引四艘戰艦擊澳門，敗退。澳門有大三巴炮台，易守難攻，英軍艦隊敗退之後，轉攻澎湖。鄭軍艦船必然來援，澎湖乃是鄭家的海外貿易中轉站，他非救不可！待鄭軍艦船大股來援，我軍水師掛英國艦，改換英國海軍軍服，會合勞倫斯中校的艦隊，將鄭氏水師盡殲於海上，然後澎湖必克。到時，我軍以彈壓英人之名出兵，攻克澎湖，奏報朝廷，則事定矣。」

那勞倫斯點頭接話道：「第一步已經結束，十天前，我們已經攻擊過葡萄牙人修建的炮台，自然，我們是無功而返，相信熊文燦已知會過鄭芝龍小心戒備。」

張偉待他說完，又道：「全斌，海上決戰你會同施尊侯及勞倫斯中校，以步兵克敵登船肉搏之兵，雖說咱們炮多，總歸會有漏網之魚，你務必慎之！」

「全斌知道了，請大人放心。」

周全斌聽命後又沉吟片刻，似乎有話要說，卻是欲言又止，將張偉發兵權杖接了，也只得微嘆一聲，便退將下來。

卻聽張偉又道：「張鼐之事便簡單多了，帶兵待命，待海上決戰之後，立刻兵發澎湖，鄭芝龍在澎湖不過留有千多兵馬，且多是老弱殘卒，你帶兩千人若不能一攻即克，那便提頭來見罷。」

「那是自然，張鼐自信還不致於如此。」

張偉咬牙笑道：「若僅是如此，也不必將你傳到後堂來訓話了。澎湖被鄭芝龍結營多年，他的勢力在島上盤根錯節，若不趁此機會敉除，只怕就是打下來也是個麻煩。你聽好了，除了鄭氏留守的軍人都須殺掉，一個不准留。那些鄭氏留守的商行商人，碼頭幫辦，看宅守院的家人，凡是與鄭氏有直接關連的，都殺掉！可明白了？」

他話音一落，堂內諸人都是打一冷戰，饒是張鼐唯張偉之命是從，也是猶疑片刻，吃吃道：「大人，那些人若是有家屬在島，該當如何？」

「不論壯丁婦孺，盡數殺了。」

各人聞言皆是默然，歷來海盜火併不留活口那是常例，只是眼前諸將自跟隨張偉以來，雖擔了海盜的名，劫掠火併之事卻是一回也沒有做過。現下大家都以正統軍人自居，這麼公然的殺戮平民，

心中委實覺得難堪。

「怎地？張鼐你下不了手？當真是仁慈善良得很吶！」

張鼐吃吃答道：「大人，殺那些鄭氏家兵也罷了，殺平民我已覺爲難，若是有老弱婦孺……」

張偉聞言猛然站起，立時將堂下所有人嚇了一跳，各人亦急忙從座位站起，卻見張偉急步行到張鼐身前，微笑道：「這麼說你是不聽令了？」

他雖面帶笑容，語氣和善，周全斌跟隨他多年，知道他此時已然怒極，急忙跪下，泣道：「大人，張鼐也是怕殺戮過度有干天和，對大人不利……」

見張偉不露聲色，又抬頭亢聲道：「大人好殺，卻不知得人心者得天下？」

「放屁！」張偉繞著身邊的周全斌急步而行，邊行邊指向他道：「我早便和你們說過，慈不掌兵，義不理財。一個個全然不將我的話放在心裏！你周全斌上次打台南時，便有許多口舌，現下又是阻我大事，怎地，你當我不能責罰於你嗎？是不是現在貴爲統兵大將，手底下六千虎賁之士壯了你的膽啊？是麼？」

施琅見堂下諸將皆嚇得臉色蒼白，一起跪下，唯恐張偉急怒之下要處置周全斌，到時候不好轉圜，忙道：「全斌，你跟著大哥這麼些年，難道不知道他的心思？那鄭家在澎湖島上經營這麼些年，你可知哪些是商人，哪些是鄭氏的人，又有哪些人肯歸附，又有哪些人一心想渡海而逃，投鄭芝龍而去？」

張偉此時冷靜下來，抬手將周全斌拉起，又向諸將道：「都起來吧，是我太急了。」

周全斌哽咽道：「大人，全斌是想全大人的令名，不欲多年以後，史書有云張偉殺澎湖平民的字樣。」

張偉嘆道：「我知道你們皆是好意。我豈不知殺人太多不祥，在那台南之時便依了你。若是怒而殺人，我必遭天譴！澎湖之人良莠不齊，我實在不能放心，此次，不狠心也只得狠心了！」轉頭向張鼐道：「你可聽命？」

張鼐將頭一低，道：「末將聽令！」

「甚好，你們留在此地，與施琅及英人軍官商討細節，將各般細務都考慮周詳了，寫了節略呈給我看，今晚之前務必將此事定下來。」又向勞倫斯道：「中校，晚上你走我便不送你了，此次事急，待慶功宴時，再請你喝酒罷。」

說罷，向諸英人略一點首，便從堂內東門而出，向自己書房而去。

他自遼東歸來後，有感鄭芝龍勢力越來越大，如不急圖恐有尾大不掉之勢，鄭芝龍倚靠朝廷信任，收取水引、壟斷對日貿易，又在海上對張偉與英人貿易的船隻百般刁難，現下做了副總兵，若是不拔掉這根刺，張偉遏制倭國，獨霸南洋的海洋霸業就無法邁出第一步。是故與何斌、施琅商量擬定了會同英人打掉鄭芝龍海上勢力的方案，就算是鄭芝龍留在岸上毫髮無傷，失去了海上實力的他，也只能是無牙的老虎了。

在張偉做出了初步計畫後，便由施琅聯繫勞倫斯，那勞倫斯聽得張偉有這般的計畫，也不敢做主，立時便回到了印度，向東印度公司報備，待得了肯定回覆後，方又回來秘密與張偉商訂了合作方案，其間細節，除了張偉何斌無人知道，便是施琅，也只是略有所聞罷了。

此時行動即將展開，張偉倒是智珠在握，知道謀定而後動，又有台北精銳水師和步兵爲英人強大後盾，此次作戰，只需一切按計劃進行，必無失敗的道理。身爲一軍統帥，張偉最欣賞的就是德國人嚴格制訂計畫，將一切可能變數考慮在內的嚴謹，只是他現下沒有好的參謀人才，不能做到那一步罷了。

當他心事重重回到書房，卻見何斌正躺在書房臥榻上酣睡，張偉沒好氣在他身上重重拍了下去，喊道：「廷斌兄，起來！」

何斌被他一拍，原本也沒有熟睡的他便立時坐將起來，伸了一個大懶腰後，向張偉笑道：「部署完了？」

「是，定了全斌上船，張鼐攻澎湖。詳細的計畫，待晚間他們商量好了，便會送來給我。」

「可有人反對？」

「倒是沒有，打掉鄭老大也是他們的夙願，誰都知道一山不能容二虎。」

何斌點頭道：「我初時也只是怕與朝廷直接起衝突，你現下的計畫可以消弭我的顧慮，想來諸將也明白，大家自然沒有什麼意見。」

張偉不理會他，將身坐在太師椅上，向門外喊道：「人死了麼？快送兩碗參茶來！」又向何斌嘟囔道：「這陣子太費腦子，頭都大了！」

何斌笑道：「上位者勞心，下位者勞力麼，你不過轉轉腦子，幾千人就爲你賣命去了。若還是抱怨，那把台北之主的位置讓給我好了。」

見張偉斜他一眼，何斌氣道：「呸，當我希罕麼。我賺了大筆的銀子，十輩子也用不完，我真不懂你平日裏卯著勁想什麼，莫不成你想做皇帝麼。」

「我便是想做皇帝，你又能怎地?!」

他兩人正在說笑，卻聽那書房鏤花木門吱呀一響，知是有人送參茶上來，兩人便住口不說，卻見柳如是低垂著頭，手中端著木案，上放定窯產的細白瓷蓋碗，慢慢向張偉案前行來。

見兩人閉口不言，只是盯著看她，不由得臉一紅，卻又將頭略抬一抬，抿著嘴將蓋碗放下，福了一福，轉身而出。

何斌見她閉門而出，笑謂張偉道：「志華，我看你多年不娶，原以爲你是兔兒相公呢，不想你是等著如是這樣的妙人。她雖年少，體態風流卻壓過了我所有的妻妾，當真是萬中挑一的美人。怎樣，再過一兩年，便能收了房吧？」

張偉啐道：「你也是三十出頭的人，人家一個小小丫頭，你居然能說出這麼不知羞恥的話來，當真是可恥。」接著又笑道：「如是現下若是十七八了，我倒是二話不說，立時就娶了當老婆。」

他兩人只顧談天說笑，卻不知柳如是並未走遠，兩人的話皆被她聽在耳裏，待聽到張偉要娶她的話，柳如是滿臉通紅，向地下啐了一口，卻是喜孜孜地去了。

她一生最識英雄敬豪傑，來台不久已知張偉是難得的豪強，雖是小小年紀，在那妓院長大的她卻早已知男女之事，又蒙張偉搭救，心中早已將張偉擺在最重要的位置，現下聽得張偉那般說法，又怎能不喜？

張偉自是不知她小小女兒家的心思，隨口說笑一句後，便正容向何斌道：「此次滅鄭之後，我當立取倭國！」

何斌點頭道：「倭國有大量白銀，若不是鄭芝龍壟斷，又加上幕府鎖國之策，還不知道有多少人打它的主意。」

又遲疑道：「不過咱們的兵力夠用麼？那倭國光是幕府將軍麾下便有十幾萬精銳武士，咱們打得過麼？」

張偉撇嘴答道：「要不說你不懂軍事呢，我又不準備攻到他們的京都去。」

「好，我不懂。不過，不攻京都，你如何逼幕府將軍就範？」

「威逼恐嚇！」

「如何威逼，又如何恐嚇？」

「倭國平戶港是他們的重要港口，幕府雖是鎖國，到底要留一對外窗口，我派施琅的水師前去，是謂威逼；如果不從，則炮轟平戶，封鎖倭國，是謂恐嚇。」

「人家本來就鎖國，你封鎖了他，他大不了不出海，又能如何？」

「嘿，那我不停地轟炸他的沿海城市，那些地方大名著急起來，只怕德川秀忠也頂不住吧。此人不能繼父親的位爲將軍，只是攝政而已，幕府的家老們對他本不信任，他又急於證明自己。他一定一心想打走我的水師，以證明自己的能力，嘿嘿，就怕他不出擊，只要一出擊，給他一次狠擊，一切都不成問題啦。」

何斌聽他說完，凝神細思片刻，大笑著指著張偉道：「你這傢伙當真是太賊了！」

「哼，無商不奸，廷斌兄，你也好不到哪兒去吧。」

兩人同時大笑一陣。

張偉卻突然嘆道：「可惜我手底下只是些將才，沒有好的參謀人員和帥才啊。我總不能事事躬親，將來仗打大了，打遠了，除了尊侯的能力我信任無疑，其餘人麼……全斌臨事謹慎，作戰必然是小心翼翼，守有餘而攻不足。國軒是猛將也，攻有餘而守不足，銳氣太盛恐妨其身啊。張鼐長於戰術，率三萬兵可敵明軍十萬而不自損，張瑞年輕氣盛，銳氣足而不修其心，其餘校尉皆碌碌聽命之才。倒是都尉中有一批人，才堪大用，林興珠、左良玉、黃得功，皆可大用，然而亦只是將才罷了。若是我不在場，誰能統領全局？」

何斌沉吟片刻，道：「可惜尊侯要專注海上，不然可代你勞。除你之外，便是他能鎮得住陣腳

了。不過，全斌等人早已自領一衛，眼下這批將軍都是他們幾人的屬下，專領一路，也盡夠了。」

「哼，只怕他們遇到強敵，那便糟了。罷了，待將來再說罷。」

何斌懶洋洋答道：「也對，別說這個了。我且有頭疼的事和你說呢。」

他原本斜躺在臥榻之上，此時卻振衣起身，端坐正視張偉，雙目炯然有神，張偉見他如此，頓時嚇了一跳，笑道：「廷斌兄，我怎地看你的雙眼沒有別的，就是兩個銅錢啊！」

「呸！你倒會取笑我。很好，從今兒起財政的事我不管了，交給你接手，看你頭痛不？」

「豈敢豈敢，廷斌兄有話請直說，小弟洗耳恭聽！」

「先看看這張清單！」

張偉小心翼翼將何斌手中清單接過，只見上面赫然寫著《全台崇禎元年收支紀要》字樣，便笑問道：「廷斌兄，這會兒才上半年沒過，怎地就元年紀要出來了？」

「嗯，這是去年下半年至現今的，也快一年了，你看看罷。」

張偉小心將那帳冊打開，只見上面寫道：

收入

田賦：無

鹽茶工商稅：無

關稅：無
金礦：九十七萬兩
鐵、硫磺、硝石各礦：三十五萬兩
棉、絲、糖、布各廠：七十二萬兩
商船收入：八十四萬兩
各類糧食：五十五萬石

張偉翻到此處，喜道：「咱們小小台灣島，收的糧食不提，便是銀子也堪堪抵得上萬曆初年的國家正賦所入，當真是可喜之極。」

「哼，看看支出吧！」

張偉見他神色不悅，忙向下翻看：

支出
軍費：一百四十五萬兩
火器局：四十一萬兩
官學：十五萬兩

官廳雜費：二十一萬兩
船廠：五十三萬兩
官吏俸祿：二十七萬兩
雜支使費：七萬兩

看到此處，張偉不禁汗如雨下，向額頭上抹了一把，勉強笑道：「還好，尚有盈餘一二十萬銀子。」

又詫道：「現下台灣糧食等物自給有餘，兵士每月伙食使費不過兩把銀子不到，就算加上打台南和平日訓練使費，也該不超過一百萬兩，怎地加出來那麼許多？」

「哼，不加到軍費上，便加到官廳雜費上也一樣！你打下台南，是不是建炮台、修城鎮，免賦稅，撫黎民，難道這不要錢？我都算在軍費上了！」

「這倒也是……廷斌兄稍安，咱們的工廠越來越大，越來越多，此番打垮鄭氏，擴大貿易的規模和區域，利可翻倍！還有，咱們往呂宋的船一年就賺八十多萬，待打垮鄭氏，拿下他們的貿易航線，一年兩百萬銀不在話下，廷斌兄，不急嘛，哈哈。」

「哼，我自然是知道。不然，爲何一力支持你打鄭家。不過，劃出了此番攻打鄭家的軍費，庫銀如洗了！」

「不是還有近二十萬的銀子麼？」

「你回台後，銀子全提出來買了糧食，送到皮島和旅順去了。雖說不賺不賠，不過總也得咱們先貼上銀子。縱使從遼東買了皮貨回來，也得賣出去才回本哪。志華，你這次上遼東，可是散財童子哪，怎麼又是送炮，又是半賣半送糧食，我一向總覺得你對大明有覬覦之心，沒想你這般忠君愛國啊！」

張偉見他動問，知道他雖笑問，其實也是不滿自己在遼東的舉措，只是此時卻也無法解釋，只得腆顏笑道：「苟利國家生死已……」

「呸呸！今天不說清楚，休想過關！」

張偉見他不依不饒，無奈道：「此事一時半會兒說不清楚，只是一條，廷斌兄，遼東物產豐茂，皮貨、人參、名貴藥材，等等等等，都是些可得暴利的貨色，咱們和後金貿易，總也得讓遼東的明軍得些好處，對不？就是偶爾有船隻被扣，也好說話嘛。還有，你沒有去遼東，不知道遼東漢人被欺壓得多慘，廷斌，現在我令親兵將你拖下去，剃髮留辮，你該當如何？」

見何斌聞言打一冷戰，便笑道：「此事已然辦妥，廷斌兄，就勉爲其難吧。」

「也罷，怎麼說一年也能多賺幾十萬銀子，麻煩便麻煩一些吧。只是志華，現下庫如水洗，我昨兒去查驗庫存銀子，只剩下一萬兩不到，這可怎麼得了！」

「無妨，澎湖一攻下，肯定能尋得鄭老大留在澎湖的周轉銀子，少說也得二三十萬，夠咱們支

撐一段時間了。」

「嘿，那真成強盜了。」

「成王敗寇，你當史書上的那些大英雄、大豪傑的銀子都從天上掉下來的麼。」

「此事也罷了，只是你這次給英國人的條件也委實太優厚啦。對日貿易兩家壟斷進行，幫他們奪取澳門爲基地，軍費還由咱們報銷，打贏了仗，咱們還得犒賞他們的兵士，更何況，他們也只不過借個名兒給咱們，所有的事都得咱們自己動手。」

「唉，我何嘗不知他們是漫天要價，只是我無法就地還錢啊！咱們這次攻打鄭芝龍，若不借他們的名義，就得公然和朝廷翻臉，這可是不成的。」

當下兩人長吁短嘆一番，何斌發足了財政上的牢騷，又喝了幾碗張偉自遼東帶回的上好野山參熬成的參湯，又見天色已晚，張偉坐在書案上批閱眾將送來的節略，便連打幾個呵欠，告辭而去。

張偉卻是無暇相送，他伏案細閱，思慮再三，終於在三更時分提筆批曰：「覽悉，周詳細緻，可行。著即發兵。」

題罷，將批文及發兵權杖發下，令飛騎速至港口，交與施琅、周全斌、張鼐等人，兩相對合，方可至桃園兵營調兵。至此，張偉的兵力部署亦已齊備，算得上是萬事俱備，只需看那鄭芝龍肯不肯上鉤。

張偉立在書房門前，眼看那傳令飛騎高舉著權杖向大門外狂奔而去，心中默念：「鄭芝龍自視甚高，在海上橫行已久，早就是老虎屁股摸不得。歷來只有他欺負別人的分，哪有人敢去欺侮他，只要英人一擊澎湖，他必定會按捺不住，若是他親自帶艦船出海，那當真是邀天之幸，我自此無憂矣。」

他下令之後便回房休息，施琅、周全斌等人卻是忙了個四腳朝天，換裝、換軍旗，將台北水師的艦船塗抹修整，一直忙了一夜，待第二天天色微明，一切準備皆已完成。

施琅一聲令下，六艘台北水師的主力艦及十二艘小型炮船，連同四艘英國軍艦，滿載了周全斌帶領的兩千神策軍士，揚帆向澎湖駛去。

在此之前數日，早便由勞倫斯帶領的艦隊對澎湖進行過小規模的騷擾作戰，今日出兵，正是由在大陸的探子得知鄭芝龍發兵的消息，方決定出擊迎敵，只是大海茫茫，敵艦將由何方出現，卻是誰也不得而知了。

待到得澎湖外海，但見大海無邊無際，蔚藍色的海水拍打著艦船的船舷，發出啪啪的聲響，除此之外，再也沒有任何影像和聲音顯示這片海域上有敵船存在。

施琅站在船頭向遠方觀察良久，下令道：「打旗語，令各艦向澎湖港口方向成斜列縱隊行進，待港口進入射程，開炮齊射！」

他發話下去，掌旗官自吩咐旗兵打了旗語，待整個艦隊轉過彎來，以舷炮方向對準澎湖港口方

向，收大帆，以三角小帆並船槳吃風使力，向那澎湖港口內裏而去。

行不多時，便聽到桅桿上有偵察兵大叫道：「稟大帥，澎湖港內有幾十條戰船開了出來，上面都是黑壓壓的兵士，大約有萬人左右。」

施琅聞報，冷笑道：「嘿嘿，還想著以人多爲勝呢。傳令，整個艦隊成橫列，待敵船進入射程，無限制開火！」

待台北水師及英艦調整完畢，蟄伏在澎湖港口內的鄭家水師已然借著順風，如潮湧般向外撲來。

爲首的大船上指揮這支船隊的，正是鄭芝龍的三弟，鄭家的實權人物鄭鴻奎。

此人雖大字不識一個，兵書也未讀過半篇，心裏倒是比乃兄鄭芝龍清亮許多。此番英軍攻擊澳門，鄭芝龍初聞報時卻也沒有在意，英荷攻澳已屬常有的事，朝廷反正將澳門租借出去，又弄不清這些紅毛夷有多少國家，誰占了都是占，故而熊文燦公文令他注意，他也只是隨手丟放一邊。

待英船攻擊澎湖的消息傳來，鄭芝龍頓時勃然大怒，他無論如何也想不到，當年荷蘭人和張偉這樣的雄強也不敢犯的澎湖，這勢力薄弱的英國人居然企圖染指。

大怒之下，立時傳檄調集兵馬，不但調了自家的本部水師，連原本腐敗的明朝福建水師的破船也調了十幾艘過來，他準備大舉出師，將英國人的艦船統統圍住，不使放走一船，也絕不寬赦一人。

他這般盛怒之下，自是無暇考慮此事背後是否有鬼，鄭鴻奎卻是冷靜得多。想來那英人在中國沿海勢力最弱，不但不如荷人西班牙人，就連那小小的澳門也是無可奈何，一向攻而不下。現下卻怎麼敢公然挑釁鄭芝龍這樣的南海霸主，這著實令他生疑。鄭芝龍下令施琅前來安海聽用，台灣那邊也是全無消息，若是這兩家合兵，那可當真危險得很。

他將這些顧慮向鄭芝龍一說，反招來其兄的一番嘲笑，鄭芝龍當時道：

「三弟，你也太高看那個張偉了。當日招撫時，若不是何斌那廝打通了熊撫台的關節，我當時便可困死了他！他明知我對付他，又如何了？還不是如縮頭烏龜一般，躲在台北不敢出門。他打荷蘭人，不過是欺負荷蘭人在台南不到兩千的兵馬，而我鄭芝龍，手底下多少能征善戰的海上兒郎，他張偉能比麼？我料他不敢！」

見鄭鴻奎仍是不能釋然，又道：「此番出兵我決定出全力，以各裝佛郎機炮二十門，虎蹲炮四十門的大船二十，其餘裝炮十門左右的小船四十，各船皆裝上慣於海上肉搏的兒郎，再有十餘艘船專門裝人，我就不信，這片海域上有人敵得過我這股子力量？」

鄭鴻奎站在船梢，看到遠方成橫列的掛英軍旗幟的戰艦，不由得長舒口氣，心道：「縱然是你炮火猛烈，我正處於上風，船速極快，待到了你身邊，跳船而戰，只怕你這些戰艦，白白的送給我做了禮物。」

想罷，獰笑著下令道：「傳令下去，拚命向前，待到了敵軍船前，有口氣的都給我跳幫。把勾索舷梯都給我準備好了！」

眼看著越來越近的敵船，鄭鴻奎身邊的親兵急道：「三爺，咱們快進船艙，敵艦一會兒炮擊可不得了。」

「不必，這是看命的事。」

第二章 平定澎湖

鄭鴻奎此時卻已掛彩受傷，適才一顆開花彈擊中甲板，若不是身邊親兵一起撲在他身上擋住了彈片，只怕他此時已經下地獄見閻王去了。饒是如此，他胳膊上也被彈片咬了一口，當即血流不止，看著倒在地上死去的三個親兵，鄭鴻奎心中如被熱油燙過一般，只覺得撕心燒肺般難過。

鄭鴻奎身經百戰，雖然沒有和西洋炮艦交過手，不過也知道對方的火力強大，射中船體哪裡，是誰也摸不清楚的事。與其躲在船艙裏莫名其妙的被砸成肉餅，倒不如在船頭死個痛快。

說話間，鄭軍艦船已然駛入台北水師的大炮射程，施琅看著密密麻麻飛速衝來的敵軍艦船，皺眉道：「開火！」

他一聲令下，二十二艘船上裝備的數百門火炮一齊發射，整個海面上頓時被火炮和硝煙籠罩，震天的巨響過後，對面的鄭軍艦船已大半被擊中，或有穿透船體而過的，或有砸中桅桿的，或有擊中甲板，雖是無法看到對面船隻的具體情形，卻也知此番炮擊威力不小。

那鄭軍艦船雖也有數十艘裝備了火炮，面對對方如此凶猛的炮擊，卻暫且一點辦法也沒有。那佛郎機和虎蹲炮皆是明朝仿製和自製的火炮，射程和彈丸大小遠遠不及台北各艦，鄭鴻奎咬牙忍著，無視手下紛紛要開炮還擊的請求，他知道此時開炮，只是成爲對方的笑柄罷了。

他雖苦忍，施琅卻是得理不饒人，他知鄭軍必然無還手之力，越發令各艦拚命擊發，只要炮不炸膛，便不准停止。

待看到鄭軍艦船雖已被擊沉十餘艘，其餘帶傷的也是不少，只是離得越發的近，可以清楚看到對方的船首綁定了削尖的粗木，勾索，顯是用來衝撞和勾住己方戰船，用來肉搏之用。

施琅一聲冷笑，令道：「傳令炮手，改用開花彈，瞄準敵船人群密集的地方，開火。」

他知馬上就需面臨千年以來最傳統也最慘烈的登船之戰，雖然鄭軍艦船目下受創嚴重，又需接受下一輪開花彈的人員殺傷，即便如此，以殘餘鄭軍的驍勇及海上搏鬥技巧，卻也不是艦面上的水師官兵可以承受的。他料敵軍指揮官想來也是打的這個主意，現下他們就算損失再大，只需一會兒跳上船來，將船上所有人殺光，奪了艦船回去，仍是大功一件。

又凝神細看片刻，見敵船上火光四起，彈片橫飛，無數勇力過人的好漢還未及揮舞一刀，便被從天而降的炮彈奪去了性命。

施琅此時已是屢經戰陣，雖然眼前是血肉橫飛，他心裏只在暗中計算敵軍損傷的數字，默算半晌，心知敵軍最少還能有六千以上的健壯軍士用來攻船，苦笑一下，轉身向一直默然觀戰的周全斌道：「全斌，下面的事，就交給你了！」

「全斌不敢。那麼，現在就讓我的人上甲板吧？」

「嗯，一會兒敵船太近，火炮無用了，敵人可能還會放下小船，多路進攻。鄭家水師多半是多年的海盜，這種近戰肉搏正是他們的長項，全斌，咱們不可大意。」

「統領請放心，現下就令小船後退，船小速快，敵人必然無心追擊，一心只想俘獲大船，就是有少許被引過去追趕的，也必然不是對手。十艘大船，每艘都是兩百名神策士兵，咱們先迎擊正面，由水師官兵守後面和兩端，待會若是混戰，我再調整。」

見施琅神色凝重，周全斌笑道：「全斌絕不敢說大話，不過，今日之事卻敢擔保，能攀上咱們船幫的敵軍，絕對不超過一百人。」

施琅微微點頭，笑道：「我知道此番上船的都是參與打台南表現優異的兵士，打過仗，心不慌手不抖的，敵方又是全無掩護的上來送死，唉，簡直是活靶子啊。我只是擔心他們衝得近了，會發現咱們的兵穿的是洋人的軍服，模樣卻是中國人，走漏了風聲，終究是不妥的。」

「這也沒有辦法。就算如此，大人他想必也慮及這些，沒有證據，鄭芝龍就是上告，朝廷又能怎麼著？」又嘆一口氣，道：「大人他讓我們殺光澎湖鄭氏勢力的所有人，也確實是沒有辦法。」

談到此事，兩人一陣默然，周全斌眼見敵船越靠越近，打一下精神，向施琅笑道：「統領，你

還是下船躲躲吧。千金之子，坐不垂堂，你可是大人眼裏唯一的水師統領，若是出什麼差錯，全斌十個腦袋也不夠砍的。」

施琅一笑，倒沒有客氣，他原不長於技擊，一會兒萬一跑上一兩個兵來，無巧不巧的丟把刀在他身上，那可真是十分冤枉了。當下帶著身邊的親信參謀之類，下船艙暫避去也。

此時，甲板上已是紅通通一片，台北軍服是以綠色為主，而當時英軍軍服卻是全身通紅，再輔以大毛的直筒帽子，於是眼前這些台北軍士戴著黏上些雞毛狗毛用硬紙糊的假毛帽，身著趕工染紅縫上鈕釦的英式軍服，除了黑色皮靴費事費錢沒有備辦外，離遠了一看，也是像模像樣。

兩千名經歷過戰陣磨練的台北精銳軍士，一個個低伏在船舷之下，只待周全斌下令，便可一齊起身開火。

鄭鴻奎此時卻已掛彩受傷，適才一顆開花彈擊中甲板，若不是身邊親兵一起撲在他身上擋住了彈片，只怕他此時已經下地獄見閻王去了。饒是如此，他胳膊上也被彈片咬了一口，當即血流不止，看著倒在地上死去的三個親兵，鄭鴻奎心中如被熱油燙過一般，只覺得撕心燒肺般難過。

眼見敵船越來越近，鄭鴻奎抖著手指向前方大聲令道：「快，快點靠上去，敵船無法發炮，看到沒有，他們的小船開始跑了，不管它！大船跑不過咱們，快點靠上去，殺他個雞犬不留！」又令道：「放小船，用小船繞過去，四面一起攀船，我看他甲板上有多少水手！」

他聲音已是嘶啞難聽之極，這一陣子的炮擊對他打擊甚大。雖然知道對方炮火強大，可沒有近身便折損這麼些人手，卻也是他始料不及的，想到回去後，鄭芝龍必然會訓斥自己，現在也只有盼著登船之戰少損傷一些，那便是佛祖保佑了。

此時兩方已是靠得很近，周全斌眼見對方船上黑壓壓的人群躁動，對方艦首已對準己方戰艦的船身撞了過來，又見上百艘小船被放了下來，小船上水手拚命划動船槳，顯是要繞到戰艦身側或身後進行攀爬。當下令道：

「先不必理會對方大船，各人瞄準小船上的敵軍，分兩列裝藥射擊。」

身邊傳令兵連聲應了，便向那桅桿上的旗語兵傳話，待周全斌身前士兵皆已起身射擊時，各船的神策衛士兵都已從船舷上露出身來，向那些急速划來的小船射擊。

這兩千名訓練有素、槍法精準的士兵齊射，對手的小船又距離五十米不到，兩千名士兵如同射獵一般，從容瞄準擊發，那一百餘艘小船上的鐵丸如同雨點一般落下，待船上水手醒悟，想往回划去逃命，卻又哪裡來得及？

砰砰砰響了一炷香工夫的槍聲，所有試圖繞過的小船上已是全無活口，那些小船上東歪西倒地躺著死去的鄭軍士兵，各人身上最少也有幾百顆鐵丸，血水由船上淌下，染紅了大片的海水。

鄭鴻奎在船頭看著前方的慘景，心中一陣陣煩悶，直欲吐血，對方顯是算準了己方的戰法，一切都是有備而來。而此時自己早就下令全速衝擊，便是想調頭而逃也是來不及了，勉強定住心神，大喊道：

「兄弟們，大家都跟隨我鄭家多年，敵人便在眼前，就看兄弟夥的了！」

他身邊有一鄭姓小軍官，是家族遠親，強要上船來搶功勞的，此人未經戰陣，此時早已嚇破了膽，怯生生向鄭鴻奎道：「三哥，咱們還是退吧……」

鄭鴻奎向他一看，迷糊間也不知道是誰，下意識將腰間佩刀一抽，向那人便捅了過去，只覺得對方熱血噴出，濺了自己一臉，那溫熱的鮮血順著刀柄流將下來，將他雙手染得血紅。

他惡狠狠喊道：「退亦是死，衝上去沒準還有條活路，若有人存了別樣心思，便是現在逃了性命，我也絕饒不了他，我必殺他全家！」

說罷，將刀上血跡放在口中一舔，惡形惡狀笑道：「還有人敢說退麼？」

他在幼年便隨鄭芝龍闖蕩江湖，殺人原本是家常便飯，身邊眾人見他如此凶惡，哪裡還敢說什麼？各自將腰刀抽出，只等近前廝殺，與其被他一刀刺個對穿，不如被火槍打死了。

眾人心裏皆是一個念頭，均默祝道：「老天爺保佑，那紅毛夷的火槍可要長眼，可千萬別打在我的身上。」

待大船行得又稍近些，這些鄭家兵士只看到對面船上紅通通一片，那些紅夷頭上又頂著黑乎乎的大帽子，看起來怪形怪狀，卻見對面有人將手一揮，許多人只覺得耳邊轟隆一響，眼前紅光一閃，身上又癢又痛，待想去抓，那手卻是不聽使喚，軟綿綿使不上力氣，心中正奇怪時，意識卻漸漸消失，眼前又是一黑，便是什麼也不知道了。

鄭鴻奎眼見身邊的百戰死士不停地被敵手的火槍擊倒，氣得雙目圓睜，他眼角睜裂，兩行鮮血順著眼角直流下來，正沒理會時，只覺腳下一震，原來是自己的船首已然撞上了對方的一艘大船。

鄭鴻奎忙叫道：「快搭鐵索舷梯，弟兄們向上衝啊，為死去的弟兄們報仇！」

他雖悍勇之極，此時亦是顧不上指揮，將手中刀子往嘴上一含，瞅準了一根拋在敵船甲板船舷上的鐵索繩頭，兩手一拉，雙腿用力在船身上蹬上幾蹬，便用手勾住了敵船。

他心中大喜，口中嗚嗚有聲，想讓身後的人跟上，喊罷縱身一躍，便向甲板上跳去，甫一落地，便用右手將口中刀子一拿，定睛細看，想找人廝殺，此時他腦筋稍有清醒，只在甲板上掃了一眼，卻只道一聲：「苦也！」

原來他衝得太快了，整個甲板上只他一人，那些紅衣士兵正自趴在船舷上向下射擊，也有十餘名士兵發現他已上了甲板，正齊舉火槍，向他瞄準，鄭鴻奎叫罵一聲：「操你們姥姥的，有本事憑刀子……」

話音未落，只聽得那些士兵手中火槍砰然響起，十幾支火槍同時向他全身射去，一瞬間，數百顆鐵丸在他身上擊出大大小小深淺不同的傷口，那鄭鴻奎卻是兀自不倒，掙扎著還欲揮刀向前，只是一步也邁不動。

他不停叫罵，口中卻含糊不清，鮮血自口中不停地湧出，勉強向前掙了一步，便不支倒地，一代雄強就此斃命。

他跳上的這艘船，正是周全斌所在的旗艦，周全斌親眼見此人被手下士兵擊斃，那些士兵卻無人理會這強橫的瘋子是何方神聖，各人將火藥鐵丸重新裝槍，轉身便又向靠上來的敵船上射擊。

周全斌心中暗嘆一聲，也無暇令人料理，只是一心觀察眼前戰況。

那些鄭家兵士正如螞蟻般從己船向台北水師的大船上攀登，只是他們的船小，雖是靠上了，也需要扔上鐵索，順著繩頭和舷梯向上才可，那神策士兵便好整以暇的分批裝藥，不停射擊，只聽得一聲聲慘叫傳來，各船上卻甚少有人能跳得上。

這場慘烈的屠殺又過不多會兒，便聽得鄭氏艦船上有人大聲哭叫道：「三爺，三爺您在哪兒呢？」

周全斌原也不堪忍受這場單方面的屠殺，聽得那人這般狂喊，便令道：「來人，將適才甲板上殺死的那人舉起，讓下面的人看看，他們的鄭三爺已被打死了。」

他身邊十餘親兵聽他吩咐，立時跑去將鄭鴻奎的屍體舉起，抬起放置在那船舷之上，那鄭氏船上的眾人一看對面舉起一具屍體，心知大事不妙，待舉目細看，不是那鄭鴻奎卻又是誰？

各人一看，禁不住眼中立時流下淚來，他親信之人便待上前拚命，卻不料有一群軍官早萌退意，又見鄭鴻奎已被對方擊斃，曝屍於前，便立時傳令後退，開船向澎湖方向逃去。

戰場便是這樣，只要有一人向後而逃而不被受罰，那麼所有人都會想，憑什麼我在前拚命，那小子卻能溜之大吉？既然有人跑，自然是保命要緊。於是自鄭鴻奎旗艦始，各艦都拚命砍斷連在台北水師船身上的巨木、鐵索，紛紛掉轉船頭，向澎湖方向逃去。

周全斌待神策士兵又猛射一陣，至對方堪堪將逃出火槍的最佳射程，便命身邊親兵令道：「快去，將施爺請出，請他重新指揮軍艦追擊敵人。」

那親兵領命而去，不一會兒工夫，施琅便從船艙下鑽了上來，見眼前仍打得痛快，便向周全斌笑道：「全斌，你這一仗打得漂亮啊！我在甲板之下一直聽不到上面有甚動靜，顯是沒有什麼人跳船成功。」

又向前方看上一眼，笑道：「全斌，現下還不足以開炮，離得太近了，還不行。」

「嗯，全斌知道，還需他們行駛一陣子才能開炮。全斌讓人請統領上來，是想請統領見見此人。」

說罷，令人將鄭鴻奎的屍體抬來，放在施琅腳下。

施琅只是眼睛一瞄，便笑道：「是鄭老三啊！我料想此次若不是鄭芝龍親來，便一定會委鄭老三為將，果不其然。」在鄭鴻奎身邊繞上一圈，感慨道：「想我施琅初投鄭芝龍時，因性格脾氣與鄭氏兄弟不合，屢次被他們陷害，若不是鄭一念我有些本事，早就砍了我。嘿嘿，還好我遇著廷斌和志華兄，若不然，我可死的比眼前此人早得多了。」

說罷令道：「來人！將這賊的首級剁下，用木盒裝好了，回去獻給指揮使大人。」

他與周全斌親見鄭鴻奎的首級被親兵用大刀剁下，小心擦乾脖子上的血跡，裝在了木盒之中，

施琅嘆道：「若是鄭芝龍的首級，大人便可以高枕無憂了。」

周全斌沉吟道：「便是如此，亦無憂矣。此戰之後，鄭芝龍用來橫行海上的勢力已被連根拔起，他便是不被打垮，想恢復元氣也是不可能的事了。他一個海防游擊，手頭上半艘船一個水手也無，熊文燦還能信任他，倚重他麼？沒有海外貿易，沒有收取水引的實力和特權，就憑他陸上的幾千名烏合之眾的步兵，拿什麼來和大人鬥？他留在澎湖的上百條大小商船必將爲大人所得，就是安海還有一些，沒有保護又怎地敢出海？別說有大人在，就是那些被他得罪過的小股海盜也不會讓他安生，此人算毀了。」

施琅聽他說完，微笑道：「全斌，你當真是出師了！分析的中肯實在，絲絲入扣。不錯！鄭芝龍此人便是活著，要麼就做個面團團的富家翁，還可保一生平安，享享清福；若是還想東山再起，我料大人不會讓他活著的。」

此時，那鄭氏艦船已然遠遠逃出火槍射程，那兩千神策軍士早已停止射擊，因適才太過緊張，各人雖沒有得到命令仍原地戒備站立，卻是一個個神色疲憊，萎頓不堪，一個個用槍拄地，勉強能夠站著罷了。

周全斌伸手招來一個果尉，問道：「現下各船傷亡如何？咱們死傷多少，大概打死打傷多少敵人，可有計數？」

「回大人的話，適才用旗語問過了，咱們戰死了三名弟兄，不是被敵人砍死，卻是不小心失足落水淹死的，當真是可惜！餘者有十幾名傷者，亦是不小心擦傷者多，各船加起來不過躍上來不到百人的敵軍，皆是一上來便被亂槍射死，是以沒有對咱們造成什麼損傷。至於敵人，據估計，敵人來攻時有五六千人，適才退走時，留下的屍體足有三千餘具，逃走的也大半帶傷。情況大略就是這樣，若是大人想知道的詳細，那只有再加統計後，才能知曉。」

周全斌嘿了一聲，也不知道是可惜那三名落水而亡的士兵，還是驚異於這麼大的傷亡比重。

那都尉見他無話，便躬身一禮，逕自去了。

周全斌正待回頭尋施琅說話，卻聽得船上火炮轟然而響，原來是船上的炮擊又開始了。

敵船來時順風，回去逃命時卻是逆風，逃得慢了，自然會多吃上幾顆炮彈，不一會兒工夫，幾十艘船便又有不少起火下沉的，海面上起起伏伏的漂著被丟下的屍體，不慎落水的士兵或傷兵，他們原是弄潮的好男兒，此時卻是精力疲敝，哪有力量游得動？不一會工夫，那水面上如同熱鍋裏餃子一番翻騰掙扎的士兵們，便一個個靜止不動，安詳地趴在這湛藍的海面上，一切人世間的紛爭苦楚，從此便不再與他們相關了。

這些船隻原本也不想向那澎湖逃走，此時的澎湖是兵凶戰危之地，各人逃跑，自然是想往內陸安海逃跑。只是對方的那十幾艘小炮船卻是返回，隱隱約約將向陸地的海面封鎖，各船誰先靠近，自然會被準備好的炮擊打沉，誰還願意做這傻蛋，去為別人開路？無奈之下，只得拚了命的向澎湖跑，指望著這洋人不敢上陸搏鬥，可以在澎湖堅守一陣子，等候鄭芝龍派兵來援助。饒是如此，亦是有十

餘艘小船向大陸方向逃去，施琅見追之不及，也只得罷了。

這夥人失了指揮，只是拚了命的駕船向澎湖港口駛去，雖然施琅命令大小艦船不停地開炮射擊，開花彈實心彈不停地在他們頭頂掠過，這些人也不管不顧，一心逃命，如此這般，倒是比開始進攻時早受了不小損失。

待澎湖港口在望，那些大大小小的軍官總算鬆了一口氣，看著身後追擊而來的軍艦，各人心裏都在想，你們的火槍兵再厲害，總不成敢深入內陸和我們打，雖說我們只剩下不到四千的疲敝敗兵，不過在陸上可不是海上，靠近不易，就是被你們打死幾百人，總該能衝到你們陣裏了吧，到時候憑著咱們的刀頭工夫，你們可不是找死麼！

各人想到此節，均是心中大定，那緊張的身軀便慢慢鬆弛下來，各軍官都吆三喝五的吩咐手下士兵手腳俐落些，待上岸後，立時休息，提防敵軍來攻。

各鄭軍士兵大半也是同將領們的想法相同，待船隻進港口，大家均是鬆了口氣，匆忙將船靠上碼頭，搭上舢板，立時一窩蜂的衝下船去，待踏上陸地之時，這些橫行海上多年的水師官兵們，竟然一起嘆一口氣，然後歡呼起來。

各人都是面露喜色，料想那可怕的炮艦再怎麼厲害，可也沒有辦法上內陸來炮擊了吧？於是待上岸整隊完畢，十幾名中高級軍官合議完畢，一聲令下，便全隊將澎湖本島的原鄭氏所居的城鎮方向行去。這幾千人馬早已疲乏之極，需得早些尋得一個安全地方休整歇息，不然若是敵軍真的攻來，那只有死路一條了。

鄭芝龍雖是有錢，卻懶於花錢在修路上，從碼頭到鎮上約有五六里地，都是草草鋪就的土路，此時雖未至夏，卻也是乾燥異常，幾千人在這土路上揚塵帶風的走，不一會工夫便是塵土飛揚，隔著數里路也能看到騰空而起的煙塵。

除了留下看守港口的哨探，所有的鄭軍士兵皆隨大隊向鎮內撤退，各將領都打定了主意，待到了鎮街，便拆了街頭的房屋，用來築守防禦工事，讓敵人不能順順當當扛著火槍靠前。

那各千戶、百戶官都走在最前，原本是有馬代步，只是在碼頭匆忙，忘了這事，每人都是開動雙腿，走得辛苦不堪。

有一何姓百戶心中鬱憤，心裏想，待會建好了街壘，讓哨探多多打探敵軍消息，自個兒可要回到鎮上的青樓，找個紅倌人摟著睡個好覺，非得好生壓一下驚才可。待走到鎮頭處一里開外，那眼尖的士兵卻看到鎮首處有豎起的尖木樹柵，還有些屋料木桌之類，亂七八糟的擺滿了一街，將原本只有一條入口進出的大路堵得嚴嚴實實。

看到此番混亂模樣，有一千總便罵罵咧咧說道：「娘的，不知道是哪個膽小鬼，他娘的咱們人還沒有進鎮，就堵成這般模樣，這可叫咱們怎生進去，難不成老子累成這樣，還得爬進去不成？」

眾人原本吃了敗仗心中不樂，又見有人拋棄友軍，自己拚了命的跑回將路堵死，都是勃然大怒，於是突然間步履蹣跚的眾軍官都突然間有如神助，一個個甩開雙腿拚了命的跑將起來，身後大隊

見軍官帶著頭向前跑，於是也一個個甩腿向前，只苦了那些有傷在身的士兵，一個個疼得直咧嘴，卻也是不敢掉隊，只拚了命的跟隨向前。

待堪堪行到那街壘前數十米，便有幾個官兒大聲叫道：「裏面是誰的部隊，怎地跑得這麼快，快把街壘移開，放咱們進去！」

見裏面一時沒有反應，便有人議論道：「裏面的人也太過膽小，他娘的現在就弄成這副模樣，顯是船隻落在後面，見了咱們被打的慘狀，於是想起要弄這玩意，不知道是誰帶的兵，一會兒查出來，非稟報了鄭爺，重重的處罰才是。」

見裏面還是沒有反應，眾人又向前行，邊走邊喊道：「快給老子出來！」

卻聽得有人大笑著答道：「哎，乖兒子，你爹就出來了！」

眾軍官聞言大怒，一起罵道：「他娘的是誰在裏面，把他揪出來一頓臭揍！看他還敢不敢！」

卻見那街壘內突然有一頭戴大紅紗帽，身著錦衣棉甲的軍官站將起來，此人二十多歲年紀，臉上正是笑意盈盈，見各人目瞪口呆，便將身一躍，跳上一張桌子，叉腰大笑道：

「老子在這裏等你們多時了，嘿嘿，海上打仗沒有辦法，總會有漏網之魚，是以全斌他們易裝改扮，老子卻是行不更名，坐不改姓，老子姓張名鼐，台北衛指揮僉事，今日奉指揮使大人的命，將你們一網打盡！」

鄭軍將領正自發呆之際，卻見那張鼐將手一揮，數千名持槍士兵如同鬼魅一般從屋頂、壘牆上冒了出來，槍口平端，正瞄準了這支狼狽不堪的逃亡軍隊。

這夥人剛剛見識了火槍齊射的厲害，見眼前這麼近的平地上突然有這麼多的火槍瞄準自己，各人皆是嚇得魂飛魄散，一時竟然沒有反應之力，那些嚇破了膽的，竟然連尿都流將下來。

只聽那張鼐大聲喊道：「金吾衛眾軍士，聽我命令，齊射！」

喊罷，便見那些青衣軍士伸在火槍扳機裏的手指一扣，砰砰砰，兩千支火槍一起開火，向那些殘兵敗卒射去。

張鼐站在那破木桌上，看著眼前的鄭軍殘部被手下的精銳打得抱頭鼠竄，適才對方因猝不及防，離得距離又太近，第一波槍響過後，已是黑壓壓打倒了幾百號人，又因軍官急著入鎮，大半行在隊列前面，故而那渾身鮮血淋淋倒在地上抽搐掙命的，十有八九都是鄭軍的中下層軍官。

那些士兵原本就被嚇破了膽，現下槍聲又在眼前響起，各人都是魂飛魄散，發一聲喊，連手中武器都拋卻不要，什麼行伍隊列亦是不顧，又因沒有軍官約束，一瞬間，這三千餘人便星散而逃。張鼐的金吾衛只開了不到三槍，那些鄭軍已是跑得蹤影不見。

張鼐身邊的金吾衛參軍向他笑道：「大人，這夥賊當真無勇之極，怎地連象徵性的衝鋒都不做，就跑成這般模樣。看來，他們的隊伍是散了，咱們可以放心派人追擊了。」

「不急，留在台北的神策和金吾還有指揮使大人的飛騎衛就要到了，咱們是打頭陣的，功勞已然立下了，總得留些給後來的兄弟們。」

「嘿嘿，大人是想讓張傑將爺立些功勞吧？」

張鼐不隱瞞道：「沒錯。我們兄弟三人，就我和張瑞坐上了正四品指揮僉事的位置，張瑞統領飛騎一軍，職權皆重，我又是領金吾四千人馬，只有張傑，現下不過是校尉，兄弟三人在一起，怪尷尬的。」

他自然不知張偉將監視軍中將領的另一特務派系交給了張傑，張傑與那羅汝才不同，只是對內而已。若論起信任親近，張傑絕不在他二人之下。因見張傑還只是個校尉，心中只欲他立功，便止住部下追擊的念頭，只待張傑領後續兵馬坐船而來，便令張傑漫山遍野的去追殺那些殘兵，功勞自然是輕鬆落袋了。

看著逐漸遠去的敗兵，張鼐沉思片刻，終下令道：

「適才只是將鎮圍住，沒有仔細搜索，現下以每五十人爲一列，撒開五里範圍，搜索逃走躲藏的鎮民，將他們一併驅趕到鄭氏大宅。」

又沉吟道：「至於港口的漁民行商，自有周將爺那邊處置，不需咱們動手。快，傳令全軍，立刻行動。各人聽好了，若是走脫了一人，便拿帶隊的果尉抵還。若是走脫了十人，便拿都尉、校尉問罪！」

他身邊的諸校尉都尉見他臉色鐵青，殺氣十足，各人從未見他如此模樣，皆是嚇了一跳，忙各自帶著手下人馬，四散開來去搜索澎湖鎮民去也。

張鼐突然想起一事，忙對身邊一參軍道：「你快帶幾個人去碼頭，估計施將爺快到了，你問他，這鄭氏留在島上的鎮民知道怎麼處置，但是四散在本島上的幾千名墾荒的農夫，他們可不是鄭氏的人，問施將爺，指揮使大人可曾有令，該當如何處置？」

見那參軍領命去了，張鼐也自去帶隊搜索，一直忙到傍晚時分，那留在台北島上的金吾和神策兩軍，及張瑞帶領的飛騎衛也乘船趕到。

又接到施琅傳令，道：「那些農民暫且不問，待大人有了處置意見再說。若是有協助藏留鄭氏敗軍的，誅殺！」

此時澎湖港口已被施琅的水師控制，又派遣了上百艘小船在海上四處巡邏搜索，以防有人從島上偷偷尋得小船，下海而逃。那澎湖本島卻已齊集了九千多台北大軍，雖然天已近晚，但各部短暫休整過後，便打著火把分路搜索。

那澎湖鎮民早就被搜捕一空，盡數關押在鄭氏大宅之內，除了留下兩百人看守之外，所有的台北士兵全數出動，在整個澎湖島上搜索敗軍。

這一夜，幾十里方圓的澎湖島上火光四起，火槍發射的彈道不時射向半空，劃出一道道美麗的光影。那些敗兵各自躲藏在山谷、河灘、樹林、民居，一個個驚慌失措，疲累不堪，又已被嚇破了膽，雖然人數還有兩三千之眾，卻是星散而逃，最大的一股敗兵也不超過百人，故而被台北軍隊一一從藏身之所尋到，也不管他們是逃走還是投降，見面便是一槍。

後來殺得多了，那些敗兵知道無法脫身，倒是又有膽大些的集合人數，三二百人的一股向搜索部隊反擊，雖然勇則勇矣，卻也只是死得更快一些罷了。他們大半沒有武器，且是又餓又累又驚又怕，鼓足的勇氣不過是求生的欲望罷了，面對五百人一隊的搜索大隊，又有何威脅可言？砰砰一陣槍響過後，僥倖未死的便又奪路而逃。如此這般反覆拉鋸，待到了下半夜，周邊的敗兵已由郊野被攆到鎮子四周。

張鼐與周全斌會議之後，決定留半數士兵在外線駐守，半數由兩人帶領，用半圓形方式向內搜索。

此番回頭搜索是以搜索民居爲主，什麼馬廄、草堆、豬圈，皆以飛騎的長刀刺入查看，那些敗兵果然大半藏身於內，一刀刺入，便可聽到裏面發出一聲慘叫，待長刀抽回，便見刀上鮮血漓淋，待那傷兵竄將出來，便是一陣槍響。

如此這般來回掃蕩數次，其間又燒毀了十數家窩藏敗兵的民居，將居民與所藏敗兵盡數殺了，直到天明後日上三竿，再也尋不到一個敗兵，周全斌與張鼐又調集了鎮外所有的健壯農夫，沿路收集屍體，將數千具屍體集中在一起，又以平板大車拖向海邊，一個個裝進麻包，扔下海裏了事。

周全斌待搜索完畢，已是疲累不堪，卻又接了張偉手書，令他將澎湖墾荒的農民及漁民驅趕上船，每家只許帶隨身的物品，至於農具等物，由台北派人前來收取。

他接令後不敢怠慢，立時派兵挨家挨戶的催逼，待傍晚時分，終將澎湖農戶及漁民四五千人盡數驅趕到台北前來的船隻之上。

周全斌站立於一艘炮船的船首，眺望整個澎湖島方向，只見島上火光大起，想來是張鼐開始屠殺鎮上與鄭家相關的被押平民。周全斌心中不忍，隱隱約約彷彿聽到火光中傳來一陣陣的呼喊求饒聲。

周全斌將雙目緊閉，心中很感激張偉先調他回台北。如若不然，留在島上，那又是別有一番滋味了。

他慶幸溜得快，張鼐卻倒楣許多，忙了兩天一夜，卻不得休息。這也罷了，還不得不面對那些老弱婦孺的哭喊求饒。他倒還撐得住，只是手下的士兵卻有些遲疑，若不是經年的訓練他們要服從命令，這樣殺戮平民的事，到底是讓人不好下手。

他心裏正自埋怨張偉，心中只道這些人與其殺了，還不如盡數運到台北做苦力的好。

張鼐身爲軍人，自是不知政治上的錯綜複雜，現下攻打澎湖是以英軍名義，待過一陣子，張偉自會奏報朝廷，道是打跑英軍，收復澎湖。若是將這些人送往台北，難保不走漏風聲，況且這些人大多與鄭家有著複雜的關係，張偉實在難以信任。若是留在台北，與台北的異己分子勾結，那高傑的巡捕營樂子可就大了。是以張偉思來想去，終究下定了屠戮決心。

數日之後，張偉自離開鄭芝龍前往台灣之後，終於又再次踏足澎湖。在何斌、施琅等人的陪同

簇擁下，張偉自台北乘船至澎湖。

於碼頭上岸後，便直奔自己原本在澎湖的宅子而去。

興沖沖進門之後，四處流連不休，直待何斌不耐煩向他道：「志華，你要是喜歡這裏，乾脆從台北搬過來住好了。何苦在此轉個不休，所有的金吾、神策衛的軍官都在鄭家大宅等你去訓話呢。」

張偉眼見自己初到明末的物品皆封放於這宅中庫房之內，心中喜悅，向何斌笑道：「看著這些舊物，緬懷一下過往罷了，你何苦這麼著急。」又道：「怎地在那宅中，去，把人都叫到這邊來！那邊雖大，血腥之氣太重，我不喜歡。」

「嘿，殺人的命令是你下的，現下卻嫌血腥氣重了。」

「那是不得已，你當我好殺麼？那宅子自從李旦一家被殺於內，又有鄭芝龍常在那裏暗中殺人，現下我又在那兒殺了不少人，當真是怨氣十足，能不去還是不去的好。」

邊說邊行，到得他原本的臥房之內，便躺倒在那大床之上，舒服地伸個懶腰，笑道：「還是舊床睡得舒服，人總是追求新房子，新床，新老婆，其實，還是舊家什使喚起來舒服啊。」

何斌卻不理他，只將張鼐等人召將過來，問及當日戰況。他雖不是領兵大將，不過在台灣也只有少數人能與張偉言笑不忌，他便是其中之一。更何況手握財賦大權，現下過問幾句，張鼐等人自是恭敬有加，一五十一向他說了。

待聽完之後，何斌向張偉喟然嘆道：「鄭鴻奎死，水師全部敗亡，澎湖基業被奪，鄭芝龍想不吐血都難。」

「哼，他不吐血，我也打得他吐血。」

說到此處，張偉翻身而起，看向那何斌神情，見他神情黯然，卻又噗嗤一笑，道：「到底他曾經救過我，又曾是我老大，只要他安心做個富家翁，我日後再不會爲難於他。憑他的家資，只怕是十輩子也享受不完，是福是禍，只看他自選吧。」

「唔，這也是正理。咱們不可逼人太甚，凡事留三分餘地的好。」

張偉「哈哈」一笑，不再多說，起身向外行去，道：「成了，咱們到外堂說話，想來那些軍官也都該到了。」

待一行人隨他到了外堂，卻見院子裏站著水師及金吾神策兩衛的都尉以上軍官，一群人無聊，正嘻嘻哈哈打鬧說話，遠遠見張偉來了，頓時沒有人再敢作聲，各人皆是垂手侍立，只待張偉上前訓話。

「此番攻澎湖一役，打得甚好。我也不必多誇你們，各人的帳各人有數，該賞便賞，出多大力，拿多少賞，何爺就是囊中無錢，賞銀卻都是備好了的。」

見各將微微一笑，張偉又道：「只是此戰咱們以強擊弱，也算不得什麼。鄭軍人數雖眾，武器船隻落後咱們太多，又是在海上接戰，妄圖以跳幫肉搏之法打咱們，卻遇著幾千的火槍兵，那不是自尋死路麼！是故，打勝了也甭驕傲自得，以爲咱們台北之師便是精銳之至，橫行天下無敵了，差得遠

呢！」

諸將凜然諾道：「是！指揮使大人訓斥的是，職部們不敢。」

「很好！和你們說這些，倒不是有意要打壓你們，我手下不要唯唯諾諾的庸材，該得意時，你們想藏著，也是不成。聽我說，待此事風聲平息，我便要令水師出海，威逼倭國，把鄭芝龍的倭國貿易搶將過來。水師以炮艦轟擊那倭人的港口，你們步卒也得準備隨時上岸，以便擴大戰果。海陸並進，一定要讓倭人知道厲害，從此臣服咱們！」

第三章　招兵買馬

「是以要擴軍！現下台北不收賦稅，這一年來我屢次用兵，加上造炮造船，銀子用的跟水淌似的，就是如此，也要擴軍。金吾、神策、龍驤三衛改衛為軍，每軍分前中後三軍，分設將軍掌一軍，每軍依原衛的規制，設四千人，如此，擴大後的三軍，便有三萬六千餘兵。嘿嘿，在這南洋，也算得上是兵強馬壯了。」

當時之人不似盛唐時對倭國人友好相待，自白江口戰後，倭國人又在明朝中期以浪人武士進入中國沿海燒殺搶掠，甚至厲害時，有千人武士攻克內地州府的紀錄，倭人之凶殘橫暴早便被國人所知，又經歷豐臣秀吉侵朝一役，明朝之人對倭人盡皆憤恨，現下聽得張偉言道要去攻打倭國，雖有少數幾人顧忌倭國將軍幕府實力強橫，恐非易與之輩，大半軍官都是滿面興奮，連聲叫好，只盼著張偉能早日下令，讓他們帶兵將那矮子民族狠狠揍上一頓。

卻又聽張偉笑道：「自然，那倭國怎麼說也能調動十萬八萬的軍隊，咱們現在一萬多人，便是武器比他們先進許多，這也是不成的。是以要擴軍！現下台北不收賦稅，這一年來我屢次用兵，加上造炮造船，銀子用的跟水淌似的，就是如此，也要擴軍。金吾、神策、龍驤三衛改衛爲軍，每軍分前中後三軍，分設將軍掌一軍，每軍依原衛的規制，設四千人，如此，擴大後的三軍，便有三萬六千餘兵。嘿嘿，在這南洋，也算得上是兵強馬壯了。」

見下面諸將騷動，各人皆忍不住交頭接耳，想到在台北宣布時也是一樣的情形，張偉心中暗笑，知道諸將都動了心思。軍隊擴大，有的軍官職位自然是要水漲船高，但位子有限，想坐上去的人卻是不少，眾人哪有不動心思的道理？若是在內地大明軍隊裏，只怕走後門的，送禮拉關係的，早就絡繹不絕紛至沓來了。饒是如此，只怕這軍中亦是難以平靜。

待眼前諸將稍平靜些，張偉又笑道：「在台北宣示時也是這樣情形，大家都想順著往上爬，這也是人之常情。只是我心裏有本帳，你們就別亂了，該提拔誰，我心裏已有了譜。你們現在不能亂，我在台北台南已經張榜募兵，又以澎湖農家以充工礦，將原本工礦內的健壯工人直接充入軍營，此番擴軍人數眾多，你們現下就回台北，準備迎接新兵，以老兵帶新兵，加強訓練，不久之後，我便要派水師去倭國，你們步兵可不能拖我的後腿，大夥兒可明白了？」

「回大人，職部們都明白了。」

「很好，有水師在海上封鎖，此地不需留你們鎮守，這便整隊去碼頭，依次上船回台北。」

見諸將皆躬身行禮而出，張偉轉身向何斌道：「先禮後兵，咱們可不能讓倭人挑了咱們華夏天朝的禮，回台北挑一個能言善辯、不畏刀斧的人，現在就派了過去，只說鄭家已然覆滅，讓倭人將軍和咱們貿易，待使者回來再派水師過去。」

「若是人家直接便同意了呢？上兵伐謀，志華，我怎看你一門心思要打倭人，若是能不戰而屈人之兵，豈不是更好？」

「嘿，幕府鎖國已是定策。若不是鄭芝龍與倭人交情深厚，曾經拜見過幕府的德川家康，還娶了倭人的女子做老婆，倭人又知道他實力強橫，種種因素累加起來，方允他獨家貿易。咱們和倭人從未打過交道，這一下子直接撞過去，定然是碰得一鼻子灰。你若不信，到時候看罷。」

說罷又攜何斌等人巡視澎湖全島，見各處都是烽煙彈痕，心知是剿滅敗兵時所致，因這澎湖地勢正適合擔當由大陸至台北及南洋的中轉之地，故而現下雖是凋敝不堪，卻也得花大筆的銀子重新整復使用。

張偉此時與何斌同樣心思，在倭國貿易沒有拿下之前，還需在銀子上頭疼許多。

何斌輕嘆一聲，道：「這次攻澎湖，損失可當真不小。從碼頭到這鎮上，只怕沒有十幾萬銀子修復不來。」

張偉苦笑一聲，答道：「沒辦法的事。打仗麼！你總不能讓人跟在兵士身後，告訴他這個不能燒，那個不能轟。」

「是，只是張鼐硬生生把一條街給拆燒得如平地一般，這種事可一不可二，你得警告他。」

「我曉得了。廷斌，我現下在想，既然鄭芝龍的海上勢力已完，這周遭海域只有咱們一家勢力，你回去便可令人修書上表，先知會熊文燦，然後上奏皇帝，便說英人攻擊福建水師，又打下了澎湖，燒殺搶掠無所不爲，咱們台北衛出動軍隊，打跑了他們，請朝廷封賞。我料此事上奏上去，熊文燦和皇帝必然沒有疑心，或是授我海防游擊，或是授我副總兵一職，有了這個名義，我便接手鄭芝龍的做法，收取來往商船的水引，不交錢的不得通過。一來可以壟斷貿易，二來這過往商船甚多，老鄭沒有武裝，也只能乾看咱們發財。我料一年一兩百萬白銀可得，廷斌，你意如何？」

「這自然是再好不過！收水引現下可是鄭芝龍的大宗收入，咱們接手過來自然是好。來錢又快，做的又是無本生意。志華，做什麼生意可都不如無本生意好啊。」

「嘿嘿，那是自然。此番在澎湖起了鄭老大近四十萬的銀子，如若不然，咱們兄弟快去當褲子了。」

「志華，那澳門一事，該當如何？」

「哼，協議只是幫他們取澳門。船是必須派去的，小船不去，派六艘遠字級的大艦，反正艦上掛的英國旗，穿的英國軍服，也只得幫他們走上一遭。不過，我料英國人此番必定是無功而返。他們自己也是無可不可，攻一下試試看罷了。這澳門，還是待將來我從內陸繞道進攻再收回吧。」

「何以見得？此番英人肯出動軍艦，難道志不在澳門麼？」

「這你就有所不知了。英人前些年攻澳，那實是志在必得。每次攻澳少說也得死傷過百，可見是下了本錢的。可惜澳門葡人實力雖弱，卻是以炮台利炮及全澳葡人同守，再加上澳門附近便駐有一營的明軍，英人當年敢攻澳，卻不敢和明軍翻臉。是以屢攻屢敗，一直不能如願。那時候他們攻澳，是想在中國有一個落腳點，進而控制整個南中國海，乃至與荷蘭人爭奪東印度群島。荷人攻澳，也正是想拔掉澳門這個釘子，以便獨霸。現下荷蘭人被我趕跑，英國人有了我這個盟友，諸般事情都很順遂，除了沒有直接的殖民地，其餘的事情卻比他們占據澳門更方便，更有利許多了。是以澳門之地現下是雞肋，丟之可惜，食之無味。他們攻上一攻，也是向我表明，他們對澎湖台灣沒有興趣，不會與我爭奪，讓我放心罷了。」

「非我族類，其心必異。志華，還是小心的好。英國人此番肯相助於你，未必不是想拱著你造反，在中國製造混亂，以便混水摸魚啊。」

「這我自然知道。紅夷的慣技就是在人家的國土上建造炮壘，以金銀買通當地的豪門大族，製造內亂，以堅壘制敵，以金銀分化，是以能用數千人控制一個數百萬人的國家。放心吧，我與他們現下是互相利用，將來的事還難說得很呢。」

兩人談談說說，又議了一陣財務的事，張偉便向何斌告辭，先行返回台北，留下何斌在澎湖料理殘局。

張偉一至台北，便立刻驅車趕赴台北兵器局，與草創不久的台南兵器局不同，這台北兵器局原本便是台北炮廠的一部份，三年多近百萬白銀堆出來的整個亞洲，甚至是當時整個世界最大也最先進的火器製造中心。不但有著從英國及歐洲聘請的火炮和火藥、火槍製造的技師，亦有著從中國內地重金聘請的製造工匠。

當時的明軍已由全冷兵器向全熱兵器做著劃時代的改變，遼東明軍甚至有全師裝配火器的。只是明軍多半依賴大中型的大銃及大炮，而對手持的鳥銃火繩槍等不甚重視，中國自製的火槍做工粗糙，沒有準星瞄準，閉氣照門也很落後，又沒有量產和規模化，故而名義上有許多純火器的神器營，其實冷熱相加，混亂不堪，無法發揮純火器的戰力。

然而，軍隊的落後並不代表製造工匠的落後，整個遼東及京津之地遍佈善於打造火器的工匠，那紅衣大炮落於明朝之手，沒有多久便能仿製，由此可見當時中國的火器製造並未落後世界。

自遼東丟失，明朝有意將火器工匠都集中在天津一地，直至清軍入關，將天津火器製造基地夷毀爲止。而台北火器局的火槍廠的工匠們，便是張偉想方設法，由京津地區買通關節，重金禮聘而來，再加上西方技師的輔助，台北槍廠又根據張偉的設想進行生產，每個火槍的零件分發下來，由熟手工匠分頭打造，最後再有專人組裝，又將以前造來的槍枝改良，雖然仍是前發滑膛槍，卻將槍身鑄造的更輕，又加設了準星，雖然尚沒有達到張偉量產及換裝後膛槍的要求，但總算是聊勝於無。

現下張偉大量擴軍，也正是因爲這一年多火器局由於孫元化的到來，又從內地弄來了大批熟練工匠，大大加快了製造火槍的進度。雖然無法解決後裝膛線和火槍閉氣的問題，張偉亦很滿意工廠的研究成果和進度，雖仍需整船的購買優質鐵礦石，所費不少，但大量生產後，卻是比從澳門購買省事省錢的多了。

他一至火槍廠，便下令將庫存的槍枝盡數起出，運往桃園兵營，又令所有的工匠暫停試製新槍，全力打造不足的火槍，務必要保證三個月之內將不足的火槍數目補齊。又至指揮使衙門，將應募而來的軍士及大批從工礦選來的健壯士兵分配到台北三軍，選派有經驗的下層軍官至新軍中加強訓練，督促台北船廠加快將台北炮廠新鑄的新式火炮加裝至建造中的兩艘遠字號新艦上。又派人至福廣一帶招募水手上艦，待何斌上奏的澎湖一戰的奏章批覆回來，他已是忙碌了一月有餘。

熊文燦收到呈文後，雖是驚奇於台北水師的戰力，卻也欣喜此番英國人騷擾沿海一事終於平息。那英國人被攆出澎湖後，又糾集十餘條大船進攻澳門，所幸澳門葡人用岸炮將其擊走，這一場引起整個中國南方海上勢力重新洗牌的海盜式襲擊，終告停止。

熊總督撫額慶幸之餘，不覺爲鄭張兩家的爭執而頭疼。張偉實力強橫，隱然間又不大願受他的節制，不過此人事上甚是恭謹，對他這位總督大人歷來是有求必應，每年送上的金銀爲數不菲，再加上何斌此人也讓熊大人放心，故而對台灣這個半割據勢力，熊文燦倒並不很擔心。

而鄭芝龍自從水師被擊潰後，雖心疼於海上貿易及水引收入的損失，面對張偉強大的海上實力卻無可奈何，只得三天一信，五天一呈的上告熊文燦及明廷，道是此番攻打澎湖時與鄭家水師海戰的

軍艦，便是那張偉的軍艦改裝。熊文燦大驚之下，便令他拿出證據，鄭芝龍卻只說逃回的士兵隱約間看到敵船上有中國人的臉孔，這如何能取信於人？熊文燦只得推脫了事，不再過問。

而崇禎皇帝初時為英夷膽敢騷擾中國沿海震怒，又聽得張偉成功擊走英人，又哪願理會鄭芝龍這樣的無能之輩？見鄭芝龍吵鬧不休，言辭跋扈無禮，一怒之下下旨，言道鄭某既然水師覆滅，就專職於副總兵，鎮守閩南內地。至於海防游擊一職，由張偉兼任，聖旨一下，便將這場潑天官司徹底定案，至此，張偉方算是成功地解決了所有的後顧之憂。

算來此時已是崇禎元年八月，一晃大半年已然過去，張偉擴軍已成，台灣全軍由神策、金吾、龍驤三軍組成，每軍一萬二千人，再加上台北水師及飛騎衛，全台兵力已近五萬人。

這一日，張偉於指揮使衙門升堂，正欲點將校閱在台北的全軍將士，以察看新軍訓練成果如何，卻見有一小校飛奔進來報道：

「大人，派往倭國的使者回來了。」

「喔？快帶進來！」

話音一落，便見那使者渾身血污，披頭散髮，狼狽不堪地進大堂而來，一見張偉，便跪下泣道：「大人，屬下此番被那倭人扣押，又百般毆打侮辱，若不是屬下命大，便當真是回不來了。」

張偉皺眉道：「倭人竟敢如此？」

他算來倭國人斷然不會答應獨家貿易通商的要求，卻也想不到對方竟然會虐待自己的使者，畢竟雙方以前沒有衝突，不知這使者說了什麼令對方暴怒的話，竟然會如此對他。

他沉住氣喝道：「你瞧瞧你，成什麼體統。弄得叫花子似地。還有，不要哭喪著臉，你受了什麼委屈，爺幫你加倍討回來就是！」

他委實沒有想到倭國人敢如此虐待他的使者，心頭怒火一陣陣往上冒，臉色當真是難看之極，蹬下案頭，走到那使者身前，沉聲問道：「說，到底是怎麼回事！」

那使者叩一個頭，站起身來回道：

「屬下乘坐往倭國的商船，到了長崎，便尋到當地的城主，說明來意，請他派人送我去江戶見德川秀忠將軍，那城主初時答應的痛快，只讓我稍待數日，便可成行。誰料我等到第三日時，卻突然有一隊武士衝進我的居所，口稱大名有令，使者是明軍間諜，抓捕入獄。將屬下投入監獄後，卻是無人問津，若不是屬下帶的幾名隨眾甚是忠義，想方設法疏通關節，又想辦法拜託了當地有名望的商人前去求情，這樣剝奪了屬下隨身帶的物品和錢財，才放逐回國。屬下在回來時仔細想過，那城主前後態度大變，又聽那當地的商人言道那幾日有鄭氏的商船到來，屬下斷定，定是鄭氏聽我去了倭國，找到城主故意爲難。鄭氏在倭國經營多年，無論朝野都有很強的勢力，除此之外，斷無其他可能。」

「不錯！你想的很對，此事定然是鄭家有人故意爲難。也罷，這事情怪不得你。我看你遇事不亂，分析事情甚有條理。你叫什麼名字？哪裡人？」

「屬下呂唯風，廣西桂林人。」

「爺適才心中不悅，發作你幾句，莫怪。你下去好好洗個澡，換身衣服，來指揮使衙門聽用。」

那使者聽他誇獎，又蒙他提拔至指揮使衙門辦事，心裏感激，又跪下重重叩一個響頭，方轉身蹣跚去了。

張偉見他去了，兀自恨恨地轉了幾圈，終於跺腳道：「若不是早已定計，一定要屠盡四國！」見周圍各飛騎親兵也是恨得咬牙，張偉卻噗嗤一笑，道：「沒事，咱們加倍討還回來就是。」又令道：「各人不要發愣，備車，隨我去桃園兵營！」說罷急匆匆步出大門，待馬車一備好，立時疾步上車，倒嚇得那車夫一怔，不知指揮使大人突然發了什麼病。

待馬車行駛，又一迭聲催那車夫快行，那車夫不知道什麼急事，只得將馬鞭揮得叭叭作響，抽得那馬四蹄騰空，飛速向桃園方向奔去。

待到了兵營，守門的兵士因見是指揮使大人來到，也不必驗牌，直接將大門打開，放車入內。此時這兵營已然擴建數倍，除營房多設外，還在原本的老營正中加設了一座磚石壘起的點將台，三衛九軍二十四營的軍旗盡皆插在將台四周，軍旗被大風吹得獵獵作響，各軍軍旗除了底色一律用黑色及旗面上繡綠龍圖案以外，還繡有各軍及營的番號，又有將軍儀仗的刀、殳、戟、槍、骨朵、幡、牌陳列四周，每日皆有一果尉領五十軍士看守護衛，除了節堂外，便是這點將台最爲威風。

建立此台，自是爲了在新兵中迅速樹立張偉的權威形象，那皇帝依中軸線建皇城大殿，以樹立人們對皇威的敬畏，張偉身爲台灣及澎湖之主，又領有數萬大軍，這威儀上自然是馬虎不得。現下的他，已是很少隨意出現於公眾前，無論是何斌施琅，還是台北諸將，乃至陳永華等人，都一力勸他謹言慎行，以樹威信。

張偉也自知所有歷史上的領袖，若是想保持絕對的權威及普通人的崇拜，還是少些與常人接觸爲妙。故而什麼微服私訪，輕車簡從，撫摸著士兵的手，問道收成如何，這些事情張偉是絕對不做的。說來也怪，唯其如此，比之常帶著幾個青衣小童在街市閒逛的何斌，張偉在台灣民眾眼中卻是越發的神秘，自然暗地裏也得了許多的畏懼與詛咒。

待張偉急步跨上十餘米高的點將台，坐上正中的坐椅，便向將台上四周侍立的鼓手令道：「擂鼓，傳將！」

其實不待他吩咐，周全斌等人早便聽到軍士稟報，已是急步向這點將台方向趕來，待鼓響一巡，原本各衛的校尉以上皆已上台，見張偉坐於正中，呆著臉不語，各人也不敢隨意上前招呼，只依官職大小依次站了。

張偉見各將上台，又令道：「擂鼓三巡，傳召全軍！」

待鼓響三巡，台下早已被各都尉引領著從依九宮八卦方向排列的軍營狂奔而出的士兵佈滿，因張偉想起歷史上秦軍的威勢，心裏頗嚮往之，唯願自己創建的軍隊也能如秦軍那般勇猛善戰，天下無

敵，便一意將原本用來做掩護色的綠色戰袍改爲深黑色，故而現下台下的數萬士兵皆是身著黑袍，頭戴紅色圓紗帽，看起來黑紅相間，威勢逼人，比之當時的明軍紅襖漂亮厚重許多了。

只是張偉凝神細看，卻見那台下士兵雖是匆忙之間集合匯聚，卻因新兵眾多，隊列大半排得參差不齊，雖然老兵一力維持，卻仍有不少新兵竊竊私語，什麼：

「哥，你踩了我鞋了。」

「前面的，你的腰刀抵著我肚子，轉過去成不？」

「快快，排整齊些，不然伍長要發火了！」

這些新兵雖是得了警告，知道是張偉前來大閱，卻一時改不了身爲平民的習慣，什麼噤口不言，令行禁止，平時訓練時還管用，這會兒突然一下子數萬人大集合，那新募集的士兵免不了亂將起來。

周全斌等人見張偉皺眉，知他不悅，各人皆是轉身下令，又有身後校尉向將台上的傳令兵傳令，只見那些兵士疾奔下台，向將台周圍等候的各軍中執法都尉宣令，那些都尉立時各帶了五百執法兵，分隊執黑白相間的水火棍，向各營陣列中喧嘩吵鬧、隊列不齊，衣冠不整的士兵劈頭蓋臉的打去。

不過盞茶工夫，便有數千人吃了棍子，場中頓時便安靜許多，待執法都尉們巡行一周，雖有些新兵吃了棍子後疼痛不堪，卻是再也沒有人敢發出半絲聲音了。

張偉見此，嘴角露出一絲冷笑，心中道：「記吃不記打，棍棒底下出孝子……古人誠不欺我！什麼愛兵如子，無敵雄師是軍紀加犒賞弄出來的。這還是打得輕了，那古羅馬人犯了軍紀，全營的人執棒子打他，一直到打死為止，還會剝奪其家產，令其一輩子翻不了身。這樣的軍隊，才沒有人敢犯軍規！」

又回頭見三衛諸將，見諸將都是臉露尷尬之色，便笑道：「這不怪你們。兩個月不到的工夫，突然加了這麼多新兵，良莠不齊是難免的事。狠狠管，表現好的也要賞，再過一個月，估計除了戰鬥經驗之外，基本的東西也便差不多了。」

周全斌領頭躬身道：「是，職部聽從大人的教誨，一定不敢怠慢敷衍。」

「很好，開始大閱吧。」

周全斌躬身一退，張偉身邊站立的旗手們便揮旗指揮，三萬六千大軍開始分操列隊，以營為單位，演示諸船進攻及防禦的陣法。

雖然有著為數眾多的老兵帶隊，到底是訓練時間過短，大部陣法雖是勉強過關，待演示到營縱隊配合圓陣以抗騎兵的陣式時，因匆忙間改變陣勢，大半新兵找不到隊列，場中一時混亂之極。

張偉見場上近萬的軍士沒頭蒼蠅般尋找本隊，不自禁冷哼一聲道：「抗騎兵？等著被踏死吧！」頗為煩躁的站起身來，轉頭向諸將道：「我原是想快些打到倭國去，看來是我心急了。再給兩個月時間，我再來看，若還是不成，那可是你們的責任，我要罰的！」

說罷轉身下台，意興闌珊離軍營而去。

一路上風光景致正是奼紫嫣紅之時，只是他心中有事，卻是懶怠欣賞。

車至鎮北街頭之際，他忽然將窗簾拉開，招手向張瑞吩咐道：

「你親自去港口向施琅傳話：『你近日不是在收水引麼？我上次令你封鎖與鄭氏有關的商船，你怎地把人放到倭國去了？我知道你手底戰船不是很多，現在水手不夠，不過，你可以讓從福建出來的普通商船透消息麼！手握巡海大權，卻也太過老實了！你一句話，還不知道多少船巴結你，怎地這麼一點手段都不知道使。爲將者，不但要善用兵，陰謀詭詐政治角力也需要好生研習一下……』」

見張瑞紅頭漲臉地細聽，知道自己的話重，張瑞怕施琅臉皮上不好看，便又笑道：「做大哥的說你幾句，甭不樂意！若以後還讓我不省心，我告訴你家娘子，讓她開導你幾篾條！」

張瑞聽他說到此處，忍不住噗嗤一笑，向張偉道：「就這些？」

「是，快些去。一定要把鄭家的商路給掐死！不然的話，人家以爲他死而未僵，瘦死的駱駝比馬大，與他暗通款曲什麼的，那我可不是白費勁了。」

見張瑞笑嘻嘻打馬去了，張偉方覺精神一陣鬆弛，他總算想通了自己爲何如此火大，原來是心底深處很擔心鄭芝龍百足之蟲死而不僵，此人現下居住福建，又是掌兵的副總兵，論起職位比自己還高上半截，想徹底剷除他難度太大。聽那呂唯風說起鄭家有人至倭國暗中搗亂，不免讓他擔心不已。

自失一笑，忍不住口中喃喃自語道：「內修政治，外施威權，輔以精兵強將，怕他怎地。張偉啊張偉，你近來發展太快，失了平常心了。哼，若不是我對日後的歷史發展胸有成竹，憑我的這點才幹，如何鬥得過這些古人中的英傑……要切忌千萬莫小瞧了天下人。」

待車行至台北指揮使衙門，張偉卻從車窗內遠遠覷見大門前聚集了數百台北巡捕營的巡兵，各兵皆是一身武裝，手執刀槍棍棒，一副殺氣騰騰的模樣。

張偉詫道：「高傑這廝要死了麼，聚集這些巡兵想謀反不成？」

張瑞被張偉差遣去傳話，此時負責張偉安全的是兩位飛騎都尉，兩人見不是辦法，立刻並騎向前而去，又命跟隨的三百位飛騎衛圍住張偉馬車，小心戒備。

他二人騎馬上前，喝道：「你們是受誰的指揮，怎地敢在指揮使衙門前會聚鬧事？」

那些巡兵吃他二人一喝，各人皆是左顧右盼，卻是尋不出一個做主之人，兩幫人馬面面相覷，卻都不如如何是好。

好在巡兵知道眼前這些身著皮甲的騎兵皆是護衛張偉的飛騎，見有長官來問，各人都將手中兵器放下，又老老實實列隊站好。

那兩個都尉這才放心，縱騎回到張偉車前，道：「大人，不知道是誰令巡兵們在此集合，咱們還是先不進衙門，先行回府如何？」

「無妨！借高傑十個膽他也不敢謀反，況且就憑眼前這些巡兵，三百飛騎一息間就能將他們斬殺乾淨。讓他們讓開，我先進去。」

那兩個都尉又返向而回，喝令著巡兵們讓開道路後，小心翼翼護衛著張偉下車，進入大堂。

正在此時，那高傑卻領著一幫巡捕營的哨長什長之類的小官兒，快步向這邊趕來。

張偉聽得身邊飛騎報告，回頭冷冷看那高傑一眼，冷笑道：「好威風，好殺氣。快讓那狗才解了刀進來！」

高傑此時也知道巡兵們衝撞了張偉車駕，正自嚇得魂飛魄散，聽得張偉吩咐他解刀而進，知道張偉對他起了疑心，更是嚇得心膽欲裂，立時抖著手將佩刀解下，跌跌撞撞地向指揮使衙門大堂內跑去。

他跌跌撞撞進來，張偉正自坐在大堂左側太師椅上悠閒喝茶，見高傑面無人色，張偉輕啜一口茶水，笑道：「高大捕頭，怎地，今日帶人來拿我？」

他雖是溫言輕語笑問，在那高傑耳邊不若是天降狂雷，直震得他耳朵嗡嗡直響，當即便兩腿一軟，往地上跪了下去，膝前幾步，抱住張偉雙腿，哭叫道：

「大人，屬下絕不敢有二心，實在是因爲有巡兵來報，說前番從澎湖帶來採銅礦的農夫有不穩的跡象，聽他們口中喃喃自語，道是採礦吃苦受累而死，倒不如拚命而死。上午又有一澎湖人不慎摔落礦洞而死，那些澎湖新來的礦工都是憤恨不已。屬下只怕那銅礦一出事，連帶著硫磺、硝石幾礦不穩，便立時點齊台北縣所有的巡兵，帶上武器準備前去彈壓。因大人的指揮使衙門正好是台北縣正中位置，便令巡兵於此集合，原想著大人要去閱兵，只怕還有些時辰才回，自然是不妨事的，誰知道竟然衝撞了大人的車駕……」

說罷又重重叩下頭去，在大堂青磚上磕得砰砰作響，口中直道：「屬下有罪，屬下有罪，只盼大人饒屬下一命，屬下做牛做馬，以報大人恩德。」

張偉一腳將他踢開，恨恨道：「娘的！你真是好大的狗膽！我這衙門你也敢用來做集合的場地，若是我家門口正好適合，你是不是可以拿來做砍頭的刑場？唔？」

「屬下不敢，屬下不敢！」

「哼，你已經敢了！」

又狠狠踢他兩腳，方道：「起來，死狗一樣成何體統。虧你也有些才幹，怎地一點膽色也沒有。你爲我效力多年，難不成我爲此事真砍了你腦袋不成。」

見高傑怯生生站起身來。張偉思忖片刻，又道：「此事我一開始便知道定是誤會。你沒有這個膽子，也沒有這個實力，不會發這種瘋。不過，這樣的事情開了例不得了。你不敢，不代表沒有人犯了失心瘋，萬一真的出了什麼事，也是削我的面子。日後，凡出動五十巡兵以上，不論何事，先需報備指揮使衙門知曉，我安排人管理文案，專理這些事務，你清楚了？」

「是是，屬下記得了。」

見高傑如獲大赦，開始用袖子抹適才嚇出來的油汗，張偉肚裏暗笑。其實今日之事倒也怪不得他，只是古人最忌涉及到謀反犯上之事，今日無巧不巧，巡兵衝犯了張偉。冒犯皇帝車駕，在古時可是要流配三千里的大罪，張偉雖不是皇帝，在這台灣卻與皇帝沒有區別，讓那高傑如何不驚？

張偉此時卻已想明白，自己只顧分散事權，使得軍務政務治安工商等各事都分別令人掌管。巡

捕營直歸張偉自己掌管，政務軍務也是由他直管，至於工商賦稅，又是何斌主理，這樣事權分開，一方面可以防範有人專權擅政，另一方面卻是無人可以代理張偉職權，自己若在還好辦，若是離台而出，事情便很是嚴重。

比如當日去遼東，指揮使衙門與高傑便是出了若干次失誤，又有張偉新設的台北及台南的政務署，以架空兩位朝廷知縣之用，卻又無形中剝離了何斌許可權，何斌原本掌握財賦大權，政務也多有涉及，現下政經分開，他卻甚感不便。

以張偉的原意，倒也不是想分他的權，只是已然創建制度，又不得不如此耳。前幾日有感政務繁蕪，有意請何斌署理全台，何斌只是不依，道是自己忙不過來。張偉也知他有避讓防嫌之意，何斌原本長於經商，政務並非所長，也只得遂他的意罷了。

待事情演變至今日，張偉便知自己手下文官集團中少了一個「丞相」，沒有能代他管轄全台事務襄助政務的機構。

明太祖廢丞相，自己每天辦公十幾個小時，三十多年如一日大權獨攬，張偉一向覺得其人甚蠢。明朝後世的子孫都有不肖者，如萬曆十幾年不見臣下的面，整個官僚機構面臨癱瘓之危，連六部尚書都缺了一半，這樣的前車之鑒不遠，張偉自然清楚得很。只是一來現下的台北沒有這樣的人才，二來此時諸事草創，許多制度都有不足之處，若是樹立一個除張偉外大權獨攬的人物，又有專擅之患。如果弄得尾大不掉，將來學明太祖一樣大殺文官，那張偉豈不是又回到了歷史的老路？是以此事斷不能行。

至於學習西方，弄三權分立，議會選舉總理的制度，以當時的中國國情，要麼整個議會及政府系統被一人操持，要麼黨派林立，終日爭吵不休，那麼別說爭霸大陸，就是保有台灣，也恐非易事。思來想去，實在不知如何是好。以張偉之權威才幹鎮守台灣尚有些錯漏，若是他突然不在，沒有好的制度，一切終成畫餅。

因喝罵高傑道：「狗才，那銅礦不穩，還不快去！」

見高傑連滾帶爬去了，到了大堂之外方吆三喝四，指揮那些巡兵開拔，向大屯山脈的銅礦而去。

張偉今日諸事不利，心頭不樂，再三猶豫，仍命道：「備馬，我也騎馬去銅礦看看。」

那大屯山脈的銅礦在新竹以南，距鎮北鎮三四十里路，張偉因正好要路過新竹，想來已有大半月沒有到官學視察，又特意繞道新竹鎮西，在那官學門口駐馬，入內巡視一番。

此時的台北官學已是天下第一大學院，比之北京的國子監仍是大上十倍有餘，盛唐的官學不過有房一千餘間，而台北的官學僅是學舍便有三千多間，再加上十幾個大大小小的操場，占地面積之大，縱馬也需奔馳半天。

張偉因有事在身，只是徑直入內，就內查看了幾個學科情形。見明算、明經、明律的幾個學院盡皆在講習說課，那學生也不似內地學院的學子那麼呆板，無論是表情語言皆是生動活潑許多。又見

各西學的學院也已開課，傳授西醫、西方哲學、法律、科學、政治等課，雖然這些只是副科，並不能加學分，將來學子畢業，並不能以西學謀生，饒是如此，因西學新穎有趣，選修的學子之數並不見少。

張偉巡看一陣，因自己只是路過，並非專程而來，故而也沒有驚動何楷，只是四處靜靜觀察一遭，便待離去。

只是路過一處教室之前，卻見室內有數十學子喧嘩吵鬧，打鬧嬉笑，因上前去問道：「怎地你們不念書，在此胡鬧？你們的師長呢？」

有一年長老成的學生上前來答道：「這位官爺，咱們的座師是明醫一科的學官，他今日不知道怎地沒有來。因他是學官，故而其他明醫一科的老師不便前來代課，咱們只好在此等候。因久候無聊，故而有些同學隨意了些，請官爺見諒。」

他這般客氣答話，張偉便略點點頭，轉身而去。待到了官學門口，吩咐身邊親衛道：「去尋何楷學正，令他查查那個明醫學官的事，若是沒有合理的理由，便罷斥回家。」

見那親兵去了，張偉縱身上馬，向各親衛吩咐道：「走罷，去那大屯銅礦。咱們在此耽擱半天，估計著高傑他們也該到了。」

他臉上雖看不出，但諸親衛皆隨他多年，又豈不知張偉現在怒氣十足，各人都是心中暗自凜然，唯恐不小心惹得他生氣，讓殺氣落在自個兒的頭上，那可是再蠢不過了。

也有那悲天憫人的想起當年平定宗族之亂的情形，心中都道：「只怕今日又要血染大屯山了！」

因那張偉當先一鞭打馬前去，三百親衛也縱馬相隨，頓時蹄聲如雷，一路上鮮衣怒馬，威風不已。

堪堪向南奔行了數里，卻見大路上有一綠衣官服的中年男子身背木箱緩緩而來，張偉大奇，他曾有令，凡七品以上著綠衣官服者，皆令給導引牌兩面，水火棒四、執扇二相隨，此時這官道上有人身著官服，卻是一人走路，一來有違規制，二來看起來也甚是不像樣。因駐馬揚鞭問道：「你是何人，爲何身著官服卻步行而來，你的從人導引呢？」

那人大約是四十上下，見張偉身著紫袍，連忙跪下，叩頭道：「下官給大人請安，請大人恕下官無禮。」

張偉見他口稱下官，料來是官員沒錯了。只是此人禮儀荒疏，言辭艱澀，別說沒有從人相隨，便是那官服也是破爛不堪，邊角上細線掙開，露出無數線頭來。又見他黑色官靴也穿得破舊之極，渾身上下除了背後一個木箱光鑒可人，簡直如同那叫花子一般，算來整個台北有如此打扮的人也是極少，更何況此人身上還是七品官員的裝扮。

張偉心中怒極：「你是何人，叫甚名誰，如何做此打扮，在哪裡撿的官服？嗯?!」

說罷怒喝道：「來人，將這賊人拿了，送到台北巡捕營嚴加拷問，看看是誰給他的膽子，竟然

敢來冒充官人。」

身後幾名飛騎聽了，立時跳下馬來，衝上前去將那中年男子執住了，便要掏出身上帶的細繩捆綁，那人卻也不慌，雖胳膊被扭住了不能動彈，卻高叫道：「莫急莫急，這位大人，下官隨身帶的有官印、腰牌，請大人令人查對。」

「查查看！」

有一飛騎將手抄在那人的袋中，摸索一番，果真掏出一個小小銅印及兩面剖開的符牌，仔細查看一番，方遞給張偉，道：「大人，果真是個官兒。」

張偉接過來一看，只見那印信和符牌上皆刻有：台北官學七品明醫，吳遂仲。

因想起適才官學中事，便喝問道：「原來是官學的吳學官，那麼請問閣下怎地姍姍來遲啊？不知道官學中有學子在等你上課麼？」

因怒笑道：「想來你也是飽學善醫的人，品行上也決然沒有問題，否則也不會聘你做學官，不知爲何荒怠至此？官家沒有配給你馬匹麼？學官雖不配儀杖，到底你也是官員，俸祿想來不低，卻如何儉省至此，這也太不成話！也罷，你且先說說，今日授課爲何遲到？」

那吳遂仲卻好像是天生的慢性子，見張偉將印信符牌還他，便慢條斯理的又好生裝回袋中，張偉眼中幾欲噴火，他這才答道：

「大人，下官只是個醫官。也是張偉大人他老人家看得起醫生，也給了個官員名分，其實不要說和正經的官員相比，就是在學官裏面，下官也只是敬陪末坐。想那官學裏雖是免收學費，可若不是貧家小戶的，誰願意讓子弟學醫，將來走街竄巷的賺辛苦錢呢。故而這俸祿麼，下官最低。至於配馬，下官沒有領到。因天天下鄉行醫，張偉大人又有規定，官員除居家外不得除官服，以方便百姓監督，故而這身官服弄得破爛不已，適才在路上遇到一群台北巡捕營的軍爺們，也是見我起疑，攔住好生盤查了一陣，這才放行，因而下官今日遲到。這也是頭一遭，大人若不信，請去官學核查。」

醫、卜、星、相在古代中國地位甚低，便是給皇帝治病的太醫院醫正，亦只是正六品的小官，張偉一向不以為然，故而台北官學設立醫學一科時，便也堅持設立品階與其他學科相同的醫官，只是想不到積習難改，有些東西卻不是一紙命令可以改變。

想到此處，心中一陣氣悶，又見這醫官叫花子般站在眼前，心中又好氣又好笑，倒是動了好生詢問一番的心思，見不遠處有一茶亭，便道：「來，隨我去泡一壺茶，咱們來說說這官學的事。」

那醫官見他相邀，將手略拱一拱，道：「謝大人的美意。下官還得趕去官學，現下已然是遲到了，不過遲到總好過不到，若下次有機會飲茶，下官一定相陪。」

「我來時已通知何學正尋人代替，不急。來人，將醫官的藥箱拿下，替他背著。」

第四章　再得賢才

張偉起身站起，神態閒適，用輕鬆的語調向吳遂仲道：「你見識確實是不凡。身為醫師想來是科考不利，鬱鬱不得志而退而學醫？達者為官，窮則成醫，讀書人的志向嘛。我問你，諸葛丞相治蜀是嚴還是寬？」

那醫官還要推辭，卻抵不過幾名飛騎身強力壯，硬上前來將他藥箱拿下，無奈之下，只得苦笑一聲，道：「指揮使大人，您這可是天不留客強留客啊。也罷，在台灣您就是天，下官哪有不從的道理，請吧。」

張偉一躍下馬，向他笑道：「從？從什麼？我讓你這邋遢漢子從什麼從！你倒是早就知道我是誰了？」

他帶頭向茶亭走去，那醫官慢他一步，隨在他身後，見他動問，笑道：「這全台能有幾人身著朱紫，又有大批的皮甲衛士緊隨身後，下官雖是窮困潦倒一遊醫，到底不是人頭豬腦，自然知道是大人您。」

張偉聽他說話有趣，與其落魄木訥的外表不合，聽他雖說著官話，咬文嚼字間口音卻甚重，便一邊落座，令茶博士上茶，又一邊笑道：「老倌兒是陝西還是山西，說話可是帶著一股子醋味。」

「回大人，下官是山西太原人。」

「那怎地流落至此？先不急說，喝茶。」

那吳遂仲輕啜一口，便將茶碗放下，笑道：「說來也簡單，下官自幼行醫，因心慕李時珍著本草，便一心要效法先賢，四處遊歷，將《本草綱目》中的缺漏不足之處略做補闕。因這台灣氣候炎熱，下官料想此地定然有些內地沒有的藥草，故渡海而來搜尋，不想數年一過，這台灣已是別有一番天地，下官雖是敬佩大人所爲。卻因要遊方行醫，本欲離去，誰料大人一道命令，這台灣許進不許出，故而只得留台行醫，又蒙大人恩典，能入官學任學官。舉凡種種，也是下官的造化。」

張偉聽他雖是語氣平和，但顯是對自己阻他四處尋醫問藥而不滿，卻只是不理會，笑道：「你寫的書如何了？若是有些藥草什麼的不全，我派人給你去尋。」又問道：「可將家人接來了？」

吳遂仲斜視張偉一眼，心中暗嘆口氣，答道：「大人，下官自幼出門行醫，種種辛苦不可勝數，一直醉心於醫道，這婚姻之事，卻是沒有想過。」

因見張偉詫異，又笑道：「下官可不是有什麼龍陽之好，亦非生理有殘疾，委實是沒有時間精

力。好在我家中兄弟甚多，也不差我一個人傳後就是了。」

又促狹一笑，道：「大人，您的年紀可也是老大不小了。婚事一直未辦，這全台人心都是不穩哪。」

張偉肚裏暗罵一聲：「你不是同志，難不成我就是了。至於什麼有後無後，老子那個時代可沒有這種說法了。」

卻聽那賣茶的農婦上前笑道：「吳先生可是個大好人，給我們治病從不要診金，只需上山尋些他沒有見過的草藥，就喜得跟什麼似的。就是孤身一人在這海島上，想想也怪可憐的。這位大人，我看您必定是位高權重的，不如賞個媳婦給他！」

張偉微微一笑，正要回答，聽身邊侍立的飛騎都尉上前喝道：「有沒有規矩！誰讓妳上前與指揮使大人說話的，退後！」

那農婦初時尚不服氣，笑道：「這軍爺好凶，你家大人尚沒有說話呢……」

待聽到「指揮使大人」幾字，這農婦雖是大字不識一個，但老是聽身邊人提起張偉時都是這幾個字，她雖愚笨，這幾個字成天在耳邊出現，又怎地不知道這指揮使大人是誰?當下嚇得臉色發白，雙手一鬆，手中提著的銅茶壺便跌在地上，哐噹一聲滾出老遠。

吳遂仲見她嚇得厲害，忙起身將銅壺拾起，交與那農婦，道：「張大人愛民如子，妳莫要怕。」

那農婦怯生生將壺接過，瞄了張偉一眼後，就忙不迭遠遠退去。

張偉自來台後，先是設計趕走鄭氏留台之人，再加上後來平定宗族械鬥，鄉下人無聊時以訛傳訛，將原本的事實誇大了十倍以上，當真是刀光血影，血流漂杵，張偉之名，可止小兒夜啼也。現在這個傳說中又英武非凡，又凶橫殘暴的指揮使大人就在眼前，教那農婦如何相信他「愛民如子」，當下便是能退多遠便多遠，哪裡還敢多嘴饒舌。

張偉橫那都尉一眼，也不以為意，上位者親民原也不在這上頭，那農婦不敢說話，也只作罷。

又與那吳遂仲閒談幾句，便鄭重說道：

「邀你來閒談，只有一個意思，這醫術也是門學問。大唐官學及科舉也曾考過明醫一科，後世儒學坐大，進士及明經這樣的純經術之科獨大，到了咱們大明，更是劃定了內容來考，那八股能有多大的真知，學了便能治國平天下？生病了背幾句子曰成麼？吳醫官，你的遭遇想來和明算、明律差不多少，我打聽過，官學中學習這幾科的，大半是農家子弟，指望學些算術律令之類，做個商行學徒或是做個訟師之類，在常人眼中，這仍是賤業。是以連帶教導的學官也很沒有地位，這樣不成！我一會寫個手令你先帶回去，即刻便命官學將你的一切應得之物配齊，待我處理了銅礦暴亂一事，便去官學尋何楷學正，我要強調，將來台灣官府中，一定會有各科學子，醫、律、射、天文、算術各科，都各有作用，若還是有意打壓，那我只好分校而治了。先將醫科單獨分校，由你來做學正。」

吳遂仲聽他說完，長身一揖，正容道：「大人見識當真不同凡俗，遂仲愚魯，敢不效命！」

見張偉欲起身而行，吳遂仲猶豫片刻，終又開口道：「大人，銅礦一事，下官有話要說，請大人稍待。」

「哦？有什麼話，講。」

「大人，那銅礦及硫磺各礦，下官常去給礦工醫病，那裏的礦工分三等，一等是招募的漢民，二等是招募的原住民，三等便是罪徒充礦工者，一二等還好，活兒雖苦，到底有錢拿，可買衣食，也可請假乞休，若是那罪民礦工，一者終日不得歇息，二者有病不得錢醫，三者監工的巡兵見著罪民又非打即罵，除了能填飽肚皮，當真是生不如死。」

「哼，這也是讓他們贖罪！」

「大人說的是贖罪，可不是贖命！若是犯了死罪，一刀殺了乾淨，可沒有把人活活折磨死的道理！」

「你這是同我說話麼？」

吳遂仲猛然跪倒，長叩道：「我知道大人手握生殺大權，此時便是令人將下官拖下去立斬不赦，下官也是要把話說完。」

「你講！」

「大人，上善若水，海納百川。過剛易折，柔則持久。秦以二世而亡，以國秦太過剛暴，秦的法令難道不公平嗎？秦的軍隊難道不勇猛善戰嗎？可以君主威福自專，生殺予奪存乎一心，是以始皇併六國後大役天下，終其隕身時秦已露敗亡之象。與其說秦亡於趙國及二世皇帝，倒不如說秦亡於其制度。相權太強則凌其君，君權太強則失其國。大人英明神武，勵精圖治，隱隱然間有併吞大明的大志，這台灣也確實被大人治理得欣欣向榮，然而大人現在台灣的諸樣政治失之過暴，百姓雖豐衣足食，卻失之親和教化。官員雖勤謹廉潔，卻無自立向上之心，大人在，則諸事順諧，大人不在，則弊病百生，請大人慎之。」

張偉心中大動，想不到自己最近剛剛憂慮的事卻被這一不起眼的醫官一語道出，心中激動，面上卻仍是不露聲色，格格一笑，道：

「你位卑人微，想得倒多。那好，你說說看，這銅礦一事，又與整個台灣的政治有何干係？」

吳遂仲仍跪在地上，語氣平和侃侃而言：

「大人發配罪犯囚徒開挖銅礦的辦法甚好，一者讓這些罪人贖罪，也可以安分守己不致於在鎮上搗亂，二者可以省卻不少人工錢，大大減輕開挖的成本。只是大人御下甚嚴，巡捕營和看守各礦的士兵皆不敢犯錯，而各礦的的官員也斷然不敢敷衍了事，在正常開採的速度下，各層官員都層層加碼，以圖用產量取悅大人。又因大人以嚴治下，各層官吏皆望風景從，上有好焉，下必從焉，長此以往，那麼犯小罪者難以避免，對罪徒的懲罰則絕不減輕，台灣民眾不過是過百萬，現下各礦的罪民就過萬人，大人，這樣下去，與先秦何異？大人當年驅鄭、殺宗族長老，這都是為政之初迫不得已的舉措，萬萬不可以為常法。若動輒以暴法制民，則民愈治愈暴，以暴易暴，則事危矣。」

見張偉面無表情，雙眼緊盯著自己，吳遂仲只覺身上一寒，莫名地害怕起來，將心一橫，又道：「唐朝台諫分治，門下省給事中有封駁之權，用以清明政治，匡扶君主的缺失，宋朝誓不殺士大夫，是以士大夫助皇帝治天下，數百年兩宋絕少有革命之事，大人的能力超凡，獨斷專行尚有缺漏，爲後世子孫計，還是需改革政治，以備將來的好。」

「說完了？」

吳遂仲一叩首，道：「下官說完了，大人要殺要剮皆可，只是以言罪人，竊以爲大人不智。」

張偉起身站起，神態閒適，用輕鬆的語調向吳遂仲道：「你見識確實是不凡。身爲醫師想來是科考不利，鬱鬱不得志而退而學醫？達者爲官，窮則成醫，讀書人的志向嘛。我問你，諸葛丞相治蜀是嚴還是寬？」

「嚴，只是……」

「你也知道？這台灣與當年蜀國一樣，我初來台時威名不立，唯有以暴治民，方可威權在手，諸事順諧。整個中國，亦與唐宋時不同，世風傾頽，人皆求私利，不顧國家。醉生夢死，淫風浪行，渾然不知今世何世，若不以重典暴法治之，任是神仙也難以扭轉。是以我的根本仍然在一個『嚴』字，這是變不得的。」

張偉豎起一個手指，道：「這是其一。其二，我名位不正，若以大義服人，那是妄想。只有用嚴刑苛法，不論人是否心服，他總得口服。是以我現在還不能開放言路，亂我民心軍心。」

見吳遂仲面露失望之色，張偉又笑道：「不過，你說的那些官看我的臉色，對我的法令層層加碼，也是有的。長此下去，恐生民變。故而水火相濟，剛嚴之外要加些王道，這也是正理。上有所好，下必從焉，這話有理！」

張偉不好舉例細說，不過對吳遂仲的話確實很是贊同。後世清朝有雍正皇帝以嚴治國，結果下面的官員給罪犯量刑便加倍處理，以期「恩出自上」，用迎合皇帝心理的辦法來拍皇帝的馬屁，結果到了雍正末年，天下雖治卻民議沸然，他的歷史評價一向不高，這也是一因。又有道光皇帝天性崇儉，曾穿著打補丁的龍袍上朝，結果一朝的官員都穿得破破爛爛，不成體統。因又笑道：

「我近來也曾慮及此事，只是一時不得其法。也不得其人，既然你看的清楚，那麼……我仿明成祖，先成立一個內閣似的機構，名稱麼，便叫『軍機處』，我現在是武官，提拔一些得力的文人進我的指揮使衙門幫辦政務，名義上叫軍機處，實際上管的仍是台灣的民政。位不高而權重，輔助我處理政務，吳先生，可願暫放醫官的身分，入軍機處襄助於我？」

「軍機處？以大人的意思，但似唐朝的翰林學士，大明的內閣學士，雖名學士，實則內相，丞相？」

「入軍機處，一則承命辦事，二則票擬封駁，三則建言佐政，四則代我巡狩地方。不過有一點我要告知吳先生，謹慎辦事，不要交結官員，上下舞弊矇騙於我，尋常官員犯罪不過是剝職罰俸，軍機大臣若是出了漏子，可只能用項上人頭來抵罪了。」

目光咄咄看向那吳遂仲，道：「不瞞上，不欺下，有過必罰，有功則賞，這是我的章程。你若願意，我回府後便下令建軍機處，你爲首席軍機。你要記住，軍機權重，但上有我在，下有監督你的耳目，若是膽敢弄權，則休怪我無情了。」

吳遂仲大笑道：「平生不得志，想不到在台灣能蒙大人賞識，我哪有不盡心效命的道理？」叩首三次，方才站起笑道：「原本也是機緣湊巧，正巧被大人留在台灣，又今日巧遇大人，遂仲際遇之奇，也當真是亙古少有的了。」

「你倒不矜持，我一招攬你便應允了？這可不像是讀書破萬卷的人。」

「學得帝王術，賣與帝王家麼。我早年學經世致用之學，根本無意科舉，原本想去遼東，尋一明主事之，擊破建州韃子。誰知尋了幾個大帥，大多把我當成尋常幕客，呼來喚去如使奴僕，若非熬上十年八年的資格，休想在人前建言，我受不了這種鳥氣，乾脆充文學醫，不能濟世，總得救民啊。既然大人賞識，我一身所學能有用得上的地方，那自然是再好不過，又何必假惺惺的推辭？」

「那你現在便說說，銅礦罪民鬧事，該當如何處理？」

「此事與當年宗族械鬥不同，不需大張旗鼓，只需將爲首散佈不滿謠言的抓起來，嚴刑處置，爾後適當放寬一些對罪民礦工的約束，寬嚴相濟，則必然不會再出現此類事情。若是有心人有意在內挑撥，那麼巡捕廳的暗探又是做什麼的？防患於未然總比大加征伐殺戮過甚的好啊。」

他這是老成謀國之言，張偉細細一想，覺得自己任由高傑帶著大隊人馬前去平亂的確太過草率，卻又不想對吳遂仲太過褒揚，只淡淡一笑，道：「說的雖是，倒也是平常之論。也罷，此事就依你。」

轉頭向隨行都尉道：「你這就帶人去礦上，尋高傑傳我的話，就說不准他株連太多，只將爲首的抓起來，查明是不堪忍受折磨還是與島外有勾結，然後再做處置。就這樣，你去吧。」

又命人讓出馬來，令那吳遂仲騎著，一同回鎮北張偉府中。

兩人一路在馬上談談說說，那吳遂仲走南闖北，內地各省大半到過，張偉聽他說些見聞趣事，風土人情，要衝府縣的佈防治理，一個多時辰的路瞬息便走遠，張偉心中很是高興，令人去請了何斌，當晚便由何斌作陪，三人歡宴一場。

待何斌辭去後，張偉便拉了吳遂仲至書房，與他秉燭夜談。

吳遂仲身分地位一下子如同雲泥之別，這鎮上原有不少熟人，傍晚見他與張偉並騎昂然入鎮，諸人不敢向張偉招呼，只是與吳遂仲擠眉弄眼，就差攔下他的坐騎，問清楚是怎麼回事。

吳遂仲雖撐得住，心裏一直警告自己要恬淡，只是心裏的興奮勁卻如眼前的燈燭燭芯一樣，一直劈哩啪啦的往上竄，一晚上與張偉、何斌這兩位台灣最有權勢之人飲宴，雖面上仍是從容自如，話語卻少了許多，唯恐自己太過興奮，言多必失。剛被張偉賞識不久，不慎失分那可就是得不償失了。

現下在房內，燈光下，張偉的人影不停地隨著燭火閃爍，眼見張偉一刀剪斷燒成灰燼的燈芯，吳遂仲突覺心裏一緊，「伴君如伴虎」這句警世格言，突然在心中隨著燭火一動跳動起來。

張偉卻不知道眼前這位以經世濟民自詡的中年男子突然對他有了別樣心思，將燭芯剪完之後，便舒服地坐在書房太師椅上，向吳遂仲笑道：

「先生不知，我最喜明亮。我家鄉有一種燈，一支足抵這燭光百支，初回中國之時，那鬼火一樣的燭光可真是讓我適應不了。現下還好，總算是有權有勢有錢，這房間內我非點上十支八支的蠟燭不可。先生若是嫌刺眼，那我便熄掉幾支。」

他前面那番話一說，素知張偉喜亮的吳遂仲如何敢讓他「熄掉幾支」，只得一笑道：「大人天性光明磊落，喜歡明亮，遂仲十分佩服，這燭光不礙事的。」

張偉斜他一眼，道：「吳先生下午還那般直言不忌，怎地到了此處反拘謹起來，難不成你不怕死，反倒怕升官發財不成？你要切記，不可因身分高貴起來便畏首畏尾的，我向來有言，我要人才不要奴才，請先生留意。便是那高傑，也是個人才！」

吳遂仲原也是極聰明之人，見張偉點撥於他，便沉聲一躬，道：「遂仲省得了，大人將來看罷了。」

「很好，你可知我特地叫你來書房，所爲何事？」

「若我沒有猜錯，大人當是爲我的一句話特地邀我前來。」

「哦？是哪一句？」

「便是遂仲所說的大人對大明有不軌之意，大人，遂仲猜得可對？」

張偉眉毛一挑，卻是不置可否，只問那吳遂仲道：

「先生何以口出此言？張偉身負皇帝重恩，又是加我為指揮衛使，又是賜封將軍位號，這樣的殊恩，張偉正思粉身而報，怎地會有不臣之心？況且，以小小台灣之力，縱然是張偉有天大的本事，又能和大明萬里江山，億兆人口相拚麼？先生的話，只是臆測，且純是以小人之心度我啊。」

吳遂仲見他撇清，且又慷慨激昂做出一副忠君模樣，不覺噗嗤一笑，道：「大人，別的且不說，那鄭芝龍也是海盜招安，實力與大人同，怎地人家就能直接做了海防游擊，又升任福建副總兵，當真是青雲直上，而大人幾經辛苦尚不及他，這又是為何？」

「天威難測，做臣子的凜然受之，又怎能胡加猜測。」

吳遂仲大笑道：「大人，你莫不成是學曹操麼，王顧左右而言他，如此欺瞞於我，又是何必？遂仲自是無所謂，只要大人能瞞得朝廷，瞞得皇帝便好。」

又笑道：「大人，朝廷對您一直有猜忌之心，而您始終不肯上岸拜見巡撫、總兵，想來也是對朝廷不是很放心吧？觀察您在台灣的所做所為，整軍頓武，開荒移民，又不肯殺雞取卵，連稅也不肯收，說您志向小，只是想做個海盜，割據一方，誰肯信呢？便是史可法，遂仲曾接觸幾次，他言下之意，也是認為大人將來必反。只是沒有實據，他又不能聞風而報，與朝廷的往來公文，大人皆派人暗中查看，他也無法報信，史憲之同我說，將來大人肯放他走，他便回內地為民。若是不肯，也只好仰藥自盡以報聖恩了。話說至此，大人仍不肯說實話麼？」

他如此相逼，張偉卻仍是不露聲色，只是微微一笑，問道：「那你說說，我要謀反，該當如何進行？」

「內修政治，外治甲兵，此謀反之不二法門。」

張偉大笑道：「這未免太過泛泛！」

「不然，政治不修，則內力不足，甲兵不治，則內實外虛。此二者缺一不可，好比大樹，有主幹，有枝葉，主幹不強，難道憑枝葉就能長成參天大樹嗎？」

「那你說說，我現在做的如何？實力可夠與大明正面交戰了？」

「若要勝大明，還需二十年，若要得天下，還需五十年。」

「何以見得呢？請先生爲我仔細道來，我洗耳恭聽。」

吳遂仲將手中茶碗往茶几上一放，用手指蘸上茶水，在張偉書桌上畫道：

「一、台灣地處海外，雖大人一力移民，然後以工商及海牙貿易富之，但到底是孤懸海外，像福建大旱那樣的事畢竟少有，而且朝廷現下對大人很是注意，再想從內地大規模移民，已然是很困難的事，人力不足，此台灣發展困難之一。」

又畫一道水漬，道：「大人一心以工商貿易富民，爲台灣積累足夠軍需的財富，又不惜軍費，台灣兵士的餉銀是內地兵士的五倍有餘，大人必然以爲所有的台灣壯丁只要大人您需要，必然都奮勇當兵了？其實不然，俗語有云：好男不打兵，好鐵不打釘。數百年來軍人地位低下，雖然大人您在台灣大力推崇軍人地位，這數百年沉澱下來的偏見，卻是一時兩會能打消的？現下大人您募兵還好募，待過些年台灣越來越富，人民生活富足，富必生驕，驕則生怠，再加上對軍人的偏見，誰願意爲您當兵賣命去？從內地招兵則諸多掣肘，可是就算看出這一點，大人又不能故意在台灣弄出一大批窮人來以備徵用，雖然總會有窮人，不過以台灣的人口基數，又能募到多少兵呢？是以兵源問題是制約大人的一個瓶頸，大人，您以爲然否？」

張偉慢慢點頭，答道：「確是如此。你能想到這一層，見識已然遠過何斌等人，我沒有尋錯你。以後不但政務上你要爲我分憂，軍務上你也要隨時建言，還有什麼，一併說出來吧。」

「三、現下還沒有起事的名目。雖然大明內地政治腐敗，國力衰頹，到底是二百餘年天下，國家正統大義在朱家。沒有一個叫得響的理由，就憑台灣的實力和官員的心理，您要割據可以，若是想很快的揮師踏足大陸，只怕願意冒誅九族危險跟隨大人造反的，沒有幾個人吧？即便如此，大明現下已是日薄西山。只要大人交納福建兩廣的官員，小心侍候今上不露反跡，以二十年時間積累力量，到時候尋一機會，或是內亂，或是外患，行雷霆一擊而攻之，則必能如摧枯拉朽一般打垮大明，是以二十年可得大明。不過，有建州女真這樣的強敵在，大人踏足大陸前，必需先考量他們的力量。攻明會不會引虎入關，大人的軍隊能不能與女真人一較雄長？大人前次去過遼東，當時親自考量這個最大的麻煩，以大人現在的軍力及儲備的力量，再加上整合將來內地的漢人力量，五十年內待女真人腐敗失去戰力後，方可言得天下。是以我適才說，二十年可圖大明，五十年可圖天下。」

張偉聽到此處，眼神一跳，道：「照你這般說法，我終究是要水中撈月，鏡中看花了？」

「倒也不然。唯今之際，只能向外打！」

「哦？往何處打？」

吳遂仲猛然間興奮起來，聲音卻是比適才陰沉低微許多，因兩人談得入神，卻是誰也沒有發覺，只聽他娓娓說道：

「大人，內地咱們一時半會兒去不了。可是整個南洋，大人卻是得之甚易。整個南洋群島有兩三百萬的漢人，再加上當地土人，爲數在數千萬以上，這麼廣袤的土地，如此眾多的人口，卻被那幾個西夷小國占據，每年從南洋諸國掠走大量的財富，十幾年前，更有西班牙人心忌呂宋漢人實力過強，竟然 次屠殺兩萬多漢人，大人您想，若不是忌憚漢人實力強橫，西人又何必如此？如此的寶地，當真是天賜大人，天予不取，反受其禍，我看大人您一意加強水師，擴軍備戰，恐怕不僅僅是爲了接手鄭芝龍留下的貿易空白，而是張公舞劍，意在南洋吧？」

遏制倭國，以充國用，占領南洋，以壯根基，這正是張偉早已定下的發展大計，此時卻被眼前這不起眼的中年男子一語道出，也虧張偉這幾年久居上位，養氣工夫做的十足，故而臉上只是微微色變，緩緩說道：

「虧你有這般不凡的見識！說說看，如何取南洋，你對南洋瞭解多少？」

「遂仲慚愧，雖遊歷之地甚多，卻是從未到過海外。平生頭一次坐船出海便是來這台灣，誰料一來之後，便被大人扣住出去不得。故而對南洋不甚瞭解。只知道現今的南洋叫什麼東印度群島，原本的泥渤、占城什麼的，都叫荷蘭人占了去。那荷人在爪哇建了一個殖民據點叫巴達維亞，又占了蘇門答臘島、香料群島、還有麻六甲、錫蘭等等，整個南洋除了呂宋是西班牙人占據，其餘皆是這荷蘭人的地盤。若不是大人趕走了台灣的荷蘭人，還不知道他們的手要伸到哪兒。以遂仲的見識，也只知道這麼許多了。」

張偉笑道：「這也算很了不起了。看來你平日對各般政軍事務都很關心，否則的話，何必打聽這麼許多。我竟然沒有早發覺你，當真是失誤之極！我要下令，定期由各級官吏推舉台灣的賢良方正之才，量才使用。日後我定會打下更多更大的土地，整個東印度群島是台灣的七八十倍大，人口數十倍，我將來缺的不是銀子，軍隊，而是人才！」

「至於這南洋的情形，倒是一言難盡。總之，這荷蘭人並非如你想像中的那麼好對付。咱們把他們從台灣攆走，只是因爲他們在此根基不穩，利益不重，不然的話，哪有這麼輕易的將這些狼趕走！這荷蘭人現下是西夷所在的歐羅巴洲的大國，僅是商船就一萬五千多條，能征善戰的軍艦水手亦是雄強之極，那東印度群島是荷人利益重心所在，每年整個南洋各條航線的貿易收入，當是大明一年財賦的數倍。便是在今年上半年，有一荷蘭軍人，叫做什麼德加的，在南洋海上搶掠了一艘西班牙人的運銀船，上載白銀十六萬兩，吳先生，這西人在海外掠奪了多少財產，你可大致推算一下了？」

他說到此處，霍然起身站起，向吳遂仲大聲道：「是以無論如何，我一定會與荷人開戰！大量

金銀、土地、人口，是我統一中國內陸的根基保障！那荷人在東印度群島駐有整支艦隊，數十艘戰船，五六千的水手、軍官，陸地上又有堡壘數十，陸軍近萬，我除了陸軍實力在他之上，水師現下是遠差於荷人。即便如此，我仍要在兩年內動手，時間拖的越長，荷人在南洋紮根越深，咱們等是等不起的。」

說到此處，吳遂仲小聲問道：「大人一向與紅夷中的英人甚是相與，爲何不請英人相助，以夷制夷，未嘗不可？」

「遂仲，你一定要記得，那紅夷能遠涉重洋數萬里來到中國沿海，他們很蠢麼？夷人的船造的比咱們好，夷人的槍炮比咱們犀利，咱們憑什麼以爲人家蠢，可以被咱們略施小計，就能耍得團團轉？」

吳遂仲臉紅道：「是，遂仲想的太過簡單幼稚。」

「英人與荷人之間原本沒有矛盾，之所以前番被我利用，英人又一直與我合作，實在是因爲英國人在亞洲勢力太弱，需得大力尋找當地有勢力的豪強與其合作，夷人最聰明的一點正是如此。到得一地便尋找可以收買的土著豪強，以堅船利炮以爲後盾，挾土著王公以制萬民，故而幾千人就能掌握一個數百萬人的國家，就是這個道理。他們找我，又哪裡有什麼好意了？英國人現下除了在印度別無據點，我當時需要人幫我造船造炮，嘿嘿，我和他們是一拍即合，正好各取所需。若是與荷蘭人開戰，對英國人來說也是大事，需舉國動員，這兩國的矛盾還沒有至此，我現下想從英人手中直接買軍艦尙不可得，更何況讓他們舉國動員爲我賣命開戰？打荷蘭人，只能憑咱們自己的力量了。」

「大人，咱們可以派人去聯繫南洋漢人的世家大族，令他們相助，到時候裏應外合，自然是事半功倍。」

張偉搖頭道：「不成。宗族勢力乃是執政的阻礙，一時或者是助力，一世十世以降，必然割據爲禍。東漢劉秀寬仁待功臣，允許功臣有莊田部曲，結果東漢將亡，那些豪強部族，可有一家是真心爲皇室打算的？我若依南洋漢人世家大族的力量取了天下，那我有什麼臉面反過手去對付他們？不對付宗族世家，終究是國之禍患，這是不成的。只要我攻到南洋，那些受欺凌的漢人自然會歡迎相助，何需那些什麼宗族的力量！」

「大人，權宜之策罷了……」

「不成！」

見張偉態度堅決，吳遂仲嘆一口氣，心裏卻未放棄尋求南洋漢人幫助的打算。南洋漢人最少也有數百萬人，而這數百萬人，想來定是掌握在大小不一的家族組織下，不利用這樣龐大的力量，也未免太過愚蠢。

第五章　高山土著

張偉輕笑道：「若打算直接戰死，那還不是早便衝了出來，哪有這麼許多廢話。土著也是人，是人就會求生，是人也會愛面子，張瑞，你身著官服，比我威風的多了，一會兒你上前和他們說話，就說這台灣是我的治下，他們也需服王法，我愛民如子，必然不會虧待他們，若是不服，破寨屠村，一個不留！」

「遂仲，今兒咱們就談到這兒。眼看著再說下去天就亮了，我還年輕熬得了夜，你可年紀大了，不能再拖你談下去了。」

吳遂仲見他體貼，站起身來感激一揖，剛要說話，卻見張偉擺手道：「不需客氣，你現在常隨在我身邊襄助大業，今晚的話連何斌、施琅也是不知，臣不密失其身，君不密失其國，先生，慎之！」

「是，遂仲曉得分寸，大人放心。」

「明日軍機處便掛牌成立，位列三衛、台北政務署、官學、巡捕營、稅賦司、海關等衙門之上，除了廉政公署之外，舉凡政務、軍務，一律先稟報軍機處，待軍機擬出了意見後，再呈給我看。先生為首席軍機，我再尋幾個精明強幹之人入內幫辦，這樣諸衙門不致互相掣肘扯皮，我又可稍息肩頭的擔子，先生，只是要勞累你了。」

「遂仲不敢！只是遂仲在台北一向身分卑微，一下子蒙大人賞識，倖進至如此高位，只怕……況且大人也要有防嫌之心，臣下權力太重，不是君主之福。」

「不必擔心，軍機雖權重，凡有大事還需我知曉後施行。再者軍隊也不歸你指揮，你只是參贊罷了。」

見吳遂仲仍在迷糊，張偉笑道：「軍機與唐宋的丞相和大明的大學士制度不同，軍機分的是君權，而不是原本的相權。你們沒有臨事決斷之權，有的只是調節理亂之權，說白了，只是我的秘書郎，而不是丞相。」

吳遂仲這才醒悟，向張偉連稱幾聲「高明之極」，然而告辭而去，張偉肚裏暗笑，這軍機處是百年後雍正皇帝的發明，自己撿個便宜罷了。只是這種制度極易培養唯唯諾諾的奴才，那《還珠格格》電視上爾康的父親傅恒大軍機，便首創了一人不奉旨，獨自不票擬的做法，名曰軍機，實是豬雞，與禽獸無異耳。

想到此處，只得嘆一口氣，知道一時想不到好辦法，也只得先如此，待將來慢慢摸索，再做改

變吧。

這標誌著「軍機處」三字的木牌，在第二天晌午不到，便靜悄悄地掛在台北指揮使司衙門二堂東側廂房的門上，指揮使衙門來來往往忙碌的人群，初時還不知道這個剛成立的部門到底是怎麼回事。有好事者指指點點，也不過以爲這是張偉成立幫辦軍務的部門，幫著跑跑腿，打打雜之類，或是與三衛下設的參軍部相同，都是襄助張偉料理軍務的輔助部門。誰料這軍機處成立不到十天，已是默聲不響地將台灣所有部門與張偉溝通的任務接了下來。

這軍機處除了吳遂仲之外，又進了呂唯風等一批幹練精細的能員幹吏，眾人正自看得眼花繚亂，軍機處連連秉承張偉的命令，連接處置了若干大事，因各軍機都是萬中挑一的幹練人才，處理事情又快，不管是急務難務，都處理得湯水不漏，不到兩個月光景，已是穩穩將台灣的軍政處置大權接了過來。

何斌原只是冷眼旁觀，到後來，除了他直管的工商署之外再也無人尋他處理政務，一時間原本車水馬龍行人來往不絕於途的何府門前再也不復當年盛況，他一面稍有失落，一面卻也如釋重負。

他原本的志向便是做一富家翁罷了，政治權勢上並無野心，現下張偉收權，若是權欲心極重的，自是不滿之極，何斌也只是心裏嘀咕幾句人情冷暖罷了。

他與張偉交誼深厚，知張偉此番舉措不過是改良制度罷了，也不疑有他，上門打聽了幾次吳遂仲等人的底細，又細細考量了各軍機的辦事能力，除了吳遂仲原本令名不顯外，其餘軍機倒都是台灣有名的吏員，何斌這位創基立業的大老便終於徹底放心。

他都沒有不滿，那些被剝權的部門自然也只能凜然遵令，別無他話。

張偉因見島內諸事順諧，施琅封鎖與鄭氏有關商船一事又進行已久，大批以前依附鄭氏的商船改旗易幟投奔張偉門下，又收取了二十餘萬兩的水引銀子，加之遼東貿易船隻已然返回出貨，庫中白銀足以夠一場長期大規模戰役的使費，於是崇禎元年九月底，炎夏已過，張偉於指揮使衙門發令符給台北水師，令水師全軍出征，八艘大型戰艦及三十一艘輕炮船，浩浩蕩蕩從台北港口出發，向倭國的長崎港出發，先行對倭國進行壓制性的艦炮打擊。

水師出征之後，張偉便即刻再次大閱三衛大軍，此番已是比上次進步許多，數月訓練下來，雖然尚無任何戰鬥經驗，軍姿軍容，乃至戰陣演練都已有了百戰精兵的模樣。欣喜之餘，張偉不顧何斌肉痛，硬是大犒三軍，除了大批的賞銀外，又不惜血本大殺牛羊，賜酒賜肉，整個三衛官兵皆是喜笑顏開，稱頌不已。

那劉國軒在台南聽說即將與倭國開戰，便連上十書，請調台北，張偉拗不過他，調了林興珠去台南，替換這員虎將回來，至此陸戰準備亦已完結，就待水師打垮敵人的岸防力量，步兵便可上岸，擴大戰果。

他此時於民政上操心甚少，平日裏大半在軍營及火器局來回奔波，因此時尚未有接戰消息，身

爲最高統帥又不便去干預下屬的訓練計畫，除了偶爾在火器局參與一些槍炮試製，發幾句話點醒一下那些技巧，等候施琅水師消息的張偉居然無事可做。

因每日裏殺氣騰騰，又是成日裏閒著無事，張偉突然動了進山射獵的念頭。他不喜用火槍，然而弓箭射獵準頭甚差，雖練了好幾年，也常有十箭射不到一隻獵物的糗事，只是張偉喜歡弓箭射出後悄無聲息，遠方獵物突然倒地的模樣，覺得比那火槍砰的一聲，幾百顆鐵丸飛射而出，準頭臂力什麼的一概不要，用來打獵簡直是焚琴煮鶴，殺風景之極，故而這一日動了射獵念頭。

張偉換了一襲青衣，也不戴帽，只紮了一條赤陽巾，腰懸寶劍，背負鐵胎弓，帶著十幾個箭法精準的飛騎侍衛入大屯山脈的專用獵場，滿心指望能射中幾隻野鹿，便在這山中燒烤而食，他成日鐘鳴鼎食的，飯菜雖精緻可口，心裏也頗煩悶，此時心無掛礙，便一心要打打牙祭了。

進山摸索半天，卻是一隻大獵物未見，偶爾幾隻野兔跑過，張偉忙不迭用弓射了，卻連兔皮也沒有擦到，他也不沮喪，仍是興致勃勃，只是腳步逐漸向內，往密林深處去遠了。

他身邊隨侍的衛士原想勸他暫回宿營，待明日天明再行入山，只是眼見張偉興致頗高，張瑞又沒有跟來，除他之外，又有誰敢在這會兒弄得張偉沒趣？好在張瑞正自帶著數百衛士宿衛在這密林入口，故而除了擔心突然衝出猛獸來傷了張偉，倒也不擔心有人試圖來行刺。

一行人除了張偉外，皆是身強力壯之士，於是一個個引弓搭箭，拔刀持盾的護衛在張偉四周，直到日暮時分，張偉突然一箭射出，一頭野豬在十幾步外慘叫一聲，張偉雖是射中了牠，但那野豬皮厚，張偉輕飄飄的一箭又哪裡能傷得到牠？這些許皮外傷只是讓那野豬憤怒之極，當下嗅到了敵人方外所在，嗥叫一聲便衝將過來。

張偉也不慌亂，嘻笑一聲灑然後退，他身邊衛士早已搭弓引箭，且又都是精選箭術高強之士，哪裡將這一頭野豬看在眼裏，三四名衛士神態輕鬆，覷準了野豬來路，將手一鬆，便向那野豬射出。

各人只聽到嗖嗖的箭矢破空聲響起，待各人拿眼去看，只見那野豬靜靜趴在不遠處的灌木從上，臨死前掙扎不休，將那處灌木叢蹬踏的凌亂不堪，一片狼藉。

張偉此時走上前來，見那野豬身上密密的插了五六支箭矢，笑道：「你們的射術也越發不堪，以前一個人一支箭便能射死一隻野豬，跟我出來這麼膽小謹慎，看看把這死豬射的跟什麼似的，一會兒剝皮都不好剝。」

有一王姓衛士武藝甚高，平日裏受張偉寵愛，因笑答道：「什麼都沒有爺的安全重要，咱們若是一個指著另一個的，這豬衝到爺身前可不得了。」

又有一錢姓衛士亦笑道：「爺不必心疼這野豬，牠的皮不比鹿皮、熊皮、虎皮，沒什麼好可惜的。」

張偉笑道：「我哪裡心疼牠，我是心疼你們一會兒還得費事把箭頭拔出來，成了，甭一個個在這兒賣嘴皮子，趕緊的給我去拖回來。」

又看了一眼天色，皺眉道：「只顧著打獵，卻忘了時間。現下趕回入山的營地是來不及了，咱們帶著這野豬再往前，我看這林子越來越寬疏，想來前面有草坡山崗之類，咱們就在這裏幕天席地，燒烤宿營。」

幾名在前面的衛士笑嘻嘻應了，便有三個人向那野豬躺倒的地方奔去，待拿出長棍和繩索，便待將那野豬捆起抬走。

三人手堪堪將觸及那野豬身上，突然有幾支箭矢飛來，擦著三人的手背斜飛過去，那箭矢勢道極強，在三人手背上各自帶起一片血花，卻又飛掠了很遠，方才落地。饒是這三名衛士皆是身強力壯武藝高強之士，猛然間吃了這個悶虧，又不知是何方敵人來襲，只是慌忙暴退，一邊大聲呼喊，讓身後的諸衛士小心戒備。

身後各衛士也早就見前面同伴遇襲，只是無人衝上前去，返身持盾將張偉團團圍住，因見一時沒有箭矢繼續飛來，張偉便喊道：「你們幾個傷得如何？」

「大人，屬下們沒事。箭矢只是擦手而過，對方是硬點子，箭法準得嚇人。大人請不要亂動，務必小心爲上。」

「我沒有事，四周都是盾牌舉著，箭矢射不到我。你們先不要亂動，對方沒有直接射你們，未必就是有惡意。咱們等一會兒，可能會有人來說話。」

一群人不敢亂動，便這麼僵持在此，眼見得天色漸黑，這林中原本便陰暗得很，待天上太陽慢慢沉入遠方的山底，便更是連人影也見不著了。

張偉身邊的衛士等得焦躁起來，便將身上火摺子掏出，便待引火，張偉將他手一按，沉聲喝道：「找死麼，這不是把自個當活靶子麼。再等一會，我料對方也快耐不住了。」

他話音未落，就聽到留在前頭的三名衛士叫道：「什麼人！」

接著，便聽到一陣衣袂破空與撕打聲，張偉喝道：「快上，這會兒他們也沒有辦法射箭，快上去幫他們！」

他身邊的衛士尚在猶豫，張偉氣極，將身上佩劍一抽，便待自己前衝，眾飛騎衛士皆是大驚，那王雷與錢武急忙將張偉一拉，兩人死死架住張偉，不讓他動彈分毫，其餘各衛士便抽刀衝上前去，只是黑夜裏不辨方向，只得循著那聲音發出的方向跑去，一路上磕磕碰碰，待十幾人衝到聲響發出的地方，卻又是死一般寂靜，再也無任何聲響出來。

爲首的伍長將心一橫，命道：「各人小心……點火！」

他們原是帶了幾面盾牌，以備萬全，現下盾牌都舉在張偉身邊，這些追擊過來的飛騎卻是沒有，無奈之下，各人在暗中尋得樹木庇護，便將懷中火摺子掏了出來，點火照亮，各自「啊」的一聲。

張偉聽到那些驚叫，忙問道：「何事驚慌？」

「大人，咱們的三名兄弟都被打暈了，那頭被射倒的野豬不見了。」

張偉冷哼一聲，怒道：「成了，我知道怎麼回事，咱們找些枯樹枝，捆成火把照亮，這便下山去吧。」

眾衛士聽令，各人便自去尋了些易燃的枯枝木棍，撕下身上衣衫捆成火把，一行人護住張偉，慢慢向山腳下退去。

待行到半路，正遇到帶人上山來尋的張瑞，這十幾名跟隨張偉上山的貼身衛士這才將懸得老高的心放下，隨著大隊人馬直行到山腳。

張瑞聽得屬下將山上一事說出，便懇請張偉即刻下山回台北，誰料張偉卻道：「不必如此緊張。我料適才的事，是生番高山族人所爲，一來是要搶我們的獵物，二來是警告我們不可深入他們的地盤，僅此而已。」

張瑞怒道：「早聽人說這台灣土著有熟番生番之分，熟番早已開化，隨著漢人一起耕作勞動，生番不服管束，動輒傷人，因只在這大山裏以射獵爲生。咱們一向沒有理會，不加約束以和睦四夷，今日他們膽敢對大人無禮，又傷了咱們飛騎弟兄，大人，請准我將飛騎人馬召齊，進山清剿！」

張偉斜他一眼，道：「這台灣到處是山，平地不過是三分之一面積，整個山脈綿延數百里，你怎麼去清剿啊？人家自小便在山上長大，對地形瞭若指掌，你卻不然，沒有補給沒有水源的話，任你人再多也是枉然。」

張瑞漲紅了臉孔，急道：「大人可以調三衛大軍，由台北台南共同進軍，招募那些願意效力的土著帶路，我就不信，幾萬大軍滅不了這些沒開化的生番。」

「這話說得沒錯。不過，那咱們不打倭國人了？也別想辦法向外打了，成日裏就留在台灣平亂吧。」

「那依大人的意思？」

「你現在就派人去尋幾個通高山族語言的熟番來，再調所有的飛騎過來，明日帶人上山，看那生番是什麼章程。」

「大人，反正他們也不下山，若是大人不在意被襲擊的事，不如放任不管，也就罷了，何苦還要上山去尋他們？」

張偉命人熱了帶來的乾糧，正大馬金刀坐在馬紮上大嚼，只嚼得腮幫子生疼，想起原本到手的野豬肉，心頭一陣鬱悶，見張瑞問個不休，便將口中乾糧一吐，笑道：「張瑞，你現下問題挺多，不像以前，吩咐你做什麼，照做便是了。」

見張瑞神情尴尬，又笑道：「很好，這樣才有長進。如若不然，一輩子只給我做個帶刀侍衛總管，終究不是個了局。至於爲什麼要去尋他們，嘿嘿，皇太極能去黑龍江尋通古斯人，難不成我就不能招些悍勇的土著來？就是不能成軍，憑他們的箭法，充做我的護衛也不錯嘛。」

見身邊眾飛騎神色怪異，張偉又笑道：「非我族類，其心必異。縱然這些土著成日的射獵，箭法精絕，不過我是斷不會讓他們貼身護衛的，具體怎麼安排，將來再說。只是放著這麼些人在山上，我也不能安心，還是去實地察看一下才好。」

當夜無話，張瑞自加派了人手戒備四周，待第二天天明，待尋來的幾個熟番趕來，又調齊了千

多名飛騎衛士，由百名箭法眼力超卓的飛騎在頭前開路，千多人照著昨日張偉一行上山的痕跡，向大山之內浩浩蕩蕩而去。

張偉前番去那遼東，也是對神射手頗動了一番心思，他知道皇太極自登極爲汗之後，一直幾千幾千的派兵，到黑龍江乃至庫頁島附近的索倫、通古斯等部落掠奪那些健壯男丁，將這些比定居女真更野蠻，戰鬥力更強大的生番部落一併劃入八旗之中，與原本的建州女真唯一的不同之處，便是將這些部落蠻人稱爲「生女真」，是以八旗連年征戰，部落人口卻是不降反升，正是連連去掠奪人口的功勞。

因知道便是在這一年前後，黑龍江流域有一大部落即將起兵反叛，因反叛部落在深山叢林，皇太極派遣精銳八旗數千前往征伐，竟然在這些成日射獵的部落叛軍前吃了大虧，那些人箭法精準之極，女真人雖征戰不休，卻早就不是那終日射獵爲生的蠻夷部落了，故而作戰初期，竟然不是索倫部落的對手。後來還是在兵力上占優，連連擊破那部落的營寨，這才勉強打贏，此戰過後，整個黑龍江流域再也沒有首領出來反抗後金的統治，成百上千的精銳騎射手源源不斷地投入後金懷抱，改頭換面後便成爲最恐怖的八旗精銳。

張偉一心想打這些原始部落的主意，只是到了遼東後諸事纏身，卻沒有能去成。有心從鴨綠江繞道而去，想想終究是難以突破後金的封鎖，也只得罷了。而台灣高山土著此時也是以射獵爲生，只是一向在山地活動，張偉的打算是要建立一支精銳的騎射部隊，以做騷擾敵陣，斷敵糧道之用，故而對這些山地射手興趣缺缺，此番上山射獵卻巧遇這高山族人，不免又動起了心思，只是這些涉及將來的大陸戰略，故而張偉只推說要選侍衛罷了。

張瑞一邊指揮部下前行，一邊隨時要注意張偉身邊四周有無動靜，這高山族人擅射，誰知道是否會從哪邊飛來一支木箭，無巧不巧的就射中張偉？故而張瑞強求張偉換上普通飛騎身著的皮甲，又在他身邊布了數十名持盾的護衛，這才稍稍安心。

因見張偉神態輕鬆向前而行，張瑞抱怨道：「大人，您身為全台之主，有空來打獵消遣也罷了，現下去尋那些蠻子，您也親自隨行，千金之子坐不垂堂，您這也未免太輕率啦。」

張偉見他焦躁，知他是為自己安全懸心，便溫言答道：「我平日裏忙得不可開交，難得這幾天有些空閒，我又不喜宴飲聽戲打牌，唯愛這山野風景，就便打上一些野物，也是新鮮有趣，調劑心情。今日之事，我既然在場，總比委託別人來更安心些，這些蠻夷沒準有大用處，你現下不懂，我也不便同你說，將來再看吧。」

他這番話說得入情入理，且又難得的語氣和緩親切，張瑞心中一熱，乃盡釋心結，重重向張偉一點頭，便又去張羅著隊伍向前。

張偉卻是不以為意，心中只想：「這些蠻子射箭是沒有問題。只是這台灣無馬，他們自是從未騎過，騎射騎射，光射術精沒有騎術，長途奔襲，騷擾敵人後方都是需要騎術的精良。重騎兵衝亂敵

陣，騎射部隊需縱騎射箭，殺傷敵散兵，襲亂敵陣，這亦是需要騎術，光射術精，只能在地上，我有火槍部隊，要他們也是無用！除非這幾年選其精壯，讓他們成天泡在馬上，漢武帝能訓練出數十萬騎術精絕的漢家騎兵，難不成我連幾萬騎兵也弄不出來？老子卻不信這個邪！」

上千人的隊伍在山中迤邐行了半日，待到了正午時分，已是遠遠走過了昨日張偉射中野豬的地界，因林地漸稀，草木漸盛，山中地勢也越發的平緩，張偉吩咐道：「估計離土著紮營的地界要近了，那些土著未必知道要遠遠的放著哨探，不過還是小心些好，張瑞，你派人散開，在大隊兩邊搜索前進，如有哨探，必要活捉。」

因見張瑞如臨大敵，遠遠撒開去一兩百名飛騎依次散開向前，張偉便笑道：「張瑞，不必如此緊張，這些生番最多是部落間的小小械鬥，哪曾打過什麼仗，昨日是突發事件，他們也不知道我的身分，咱們又何必這樣如臨大敵的。」

「大人，小心點總是好的，這打仗最好是以獅搏兔，話可是您說的。」

張偉微微一笑，這才沒話。

事實卻果然如他所料，待行到一個向陽山坡，因見滿山的綠草隨風舞動，張偉沉聲道：「止住前行，派幾個人去查看對面避光的山坡，我猜昨夜襲擊我的部落必然在斜面的陰涼處落寨，咱們先在此等候，待去查實了再說。」

幸虧這坡上野草長得旺盛，過膝的野草遮住了張偉等人的目光，也將這千多人掩護在草叢中，令任何人無從發覺。

張偉四仰八叉的躺在草地上，刺眼的陽光灑在他的臉上，張偉瞇著眼看向四周，只覺得這一刻安寧靜謐，渾然不知身處何方，這數年來一直奔波勞苦，一直為心中的理想拚鬥，卻不料於這深山的草坡上，令他得到暫時的放鬆。只覺得身心都緊貼著這塊土地，鼻中聞著野草的味道，四肢慢慢地由緊繃而鬆弛下來，更覺得眼皮沉重，只欲睡去。

「大人，那幾個去哨探的飛騎回來了，不出大人所料，果然有一個生番部落在那邊的山坡立寨。咱們是不是現在就攻過去？」

「大人？」

張偉在內心深處嘆一口氣，勉強支起身體，笑道：「攻什麼攻，在此立寨的部落能有多大，連老幼婦孺不會過千人，咱們這上千的精壯戰士，還怕他們不成，悄悄摸將過去，將寨子圍了！」

張瑞聽他吩咐了，自去安排人手，劃定路線，又親自領人護著張偉，慢慢摸了小半個時辰，方摸到了那土著寨子木柵門前。

因兵力遠勝過對方，倒也不需要搞什麼花頭，張瑞令三百以射術見長的飛騎爬上地勢略高的小山包，張弓搭箭瞄向寨內，又將剩餘飛騎以半月型包圍寨門，因這寨子依山而建，也不必擔心他們從後面跑了，待一切安排妥當，張瑞便吩咐帶來的幾個熟番向寨內喊話，那幾個熟番便雙手叉腰，嘰哩咕嚕向寨內大喊起來。

張偉站在陣後，凝神細聽了幾句，卻不禁失笑道：「怎地這些熟番喊的話長短音不同，顯然不是一種土語？」

張瑞答道：「這生番總稱高山族，其實又分什麼泰雅、布農、阿美等等，我也弄不清楚這麼許多，就這還是早晨那幾個熟番剛告訴我的。」

張偉點頭道：「確是如此，這高山族只是總稱，其實其中又有七八小族，我也聽說過，只是一向也弄不清楚。」

他與張瑞及十幾個貼身衛士站於遠離寨門的小土包上，算來再強的弓箭也絕難射到此處，饒是如此，張瑞仍佈置那些衛士各自將牛皮盾牌豎起，以防萬一。

兩人笑咪咪站在遠處，只等那寨內有人出來答話。誰料那幾個喊話的熟番喊得嗓子都啞了，張偉手搭涼棚張望了半天，只看到眼冒金星，卻是連一個人影也沒有見到。

無奈之下只得吩咐道：「命前面的射手向寨內射箭，若是射上一輪仍無人出來，便在箭頭綁上布條，點火射進去，我倒要看看這木寨子能不能禁得住火攻。」

他一聲令下，那三百箭手便將手中弓箭拉滿，各自瞄準了寨內的圓形木屋，射將過去，這些人原本就是武勇之士，加之又是精選的善射之士，三百之箭無一落空，盡數落在寨內木屋之上，或是釘在那木屋之下，或是射破那薄木屋的木板，直穿入內，那寨子當中稍大一點的木屋更是被射得如同刺蝟一般，待射手們射完箭矢，又令那幾個熟番喊話，寨子內卻仍是一點聲響也無。

張偉氣極反笑，令道：「他們道我們不敢衝進去，是以以靜待動，很好，令射手將箭矢綁上布條，抹上豬油，令熟番再喊一次，告訴他們，若是還不出來，就要火攻了。」

此番的威脅倒比什麼都管用，那幾個熟番剛剛講話喊出，就聽到那寨子裏有人大聲答了幾句，那熟番便大聲稟報道：「他們說咱們會屠寨，與其出來談判受辱而死，不如直接戰死的好，讓咱們不要射火箭，他們就出來了。」

張偉輕笑道：「若打算直接戰死，那還不是早便衝了出來，哪有這麼許多廢話。土著也是人，是人就會求生，是人也會愛面子，張瑞，你身著官服，比我威風的多了，一會兒你上前和他們說話，就說這台灣是我的治下，他們也需服王法，我愛民如子，必然不會虧待他們，若是不服，破寨屠村，一個不留！」

「是，我這便過去。」

張偉瞇眼看著張瑞上前與那些出寨列陣的高山族人談判，那些生番陣前卻是幾個年長的老者，皆是赤裸上身，腰裹獸皮，手中各自持著不知從何處弄來的鋼刀，兩三百男子盡皆是如此打扮，只有的手持骨刺長矛，大半是手拿弓箭，只是那箭頭也該當是骨製的。

台灣沒有什麼鐵礦，在漢民渡海而來之前，這些生番只怕是連什麼是鐵也不知道，現下幾名族中長老能手持鋼刀，料來也是生番們用獵物從山下漢人手中換得。

第六章　遠征倭國

周全斌想了片刻，頗為擔憂道：「大人，這方略雖是妙極，不過海上補給不易，費用甚高，再加上有荷蘭、西班牙人環伺左右，若是幕府與他們任意一國達成協議，這兩國派軍艦來斷我們的補給，那時候師老遠征，沒有了糧草，大軍一夜而潰啊。」

因站得遠，聽不清張瑞與那些生番們談些什麼，隱約間只能看到雙方皆是面紅耳赤，那幾名熟番就站在張瑞身邊，張瑞話一出口，他們便七嘴八舌喊將過去，一直吵了小半個時辰，卻見那張瑞小跑回來，向張偉氣道：

「大人，這些生番當真是不可理喻，我同他們解釋半天，說明了大人的德意，又不徵他們賦稅，又不派官來管轄他們，他們卻只一意要咱們退出山外，說什麼山外是漢人的地盤，山內是他們的地盤。大人，我看沒有辦法，還是打一仗吧？」

「不能打。滅一個寨子容易，只怕這整個大山裏的生番都會輪番下山偷襲咱們，這樣不是個了局。」

眉頭一皺，問張瑞道：「這次上山射獵，可帶了酒來？」

「自然是帶了，用皮袋裝著，由錢武他們背著呢。」

張偉一笑，令道：「這些傢伙最愛喝酒，只是他們沒有什麼糧食，平時裏都是用山裏的野物釀製，自從咱們種了甘蔗，聽說這些生番經常用野物換甘蔗釀酒，把咱們帶的上好白酒遞給他們，說清楚了，只要他們認我爲主，寨子裏喝的酒我全包了。」

見張瑞轉身要去，又吩咐道：「還有，告訴他們，射殺獵物不易，朝起晚歸的，從今往後，什麼豬羊牛雞，我都白送給他們。告訴他們，我是上百萬人的大酋長，不會食言的。只要他們向你下跪，今晚便派人送豬羊牛各一百頭上來。去吧！」

只見那張瑞又返身而去，令那些帶著上好美酒的飛騎跟上前去，那些部落長老原是詫異，待張瑞令人將美酒送上，又令熟番將張偉的意思轉告那些長老，只見那些長老臉上陰晴不定，又是眼熱眼前的美酒及將來的好處，卻又拿不定主意，不知道張偉這位「大酋長」到底是不是如同眼前這個衣著華麗漢人所說的那樣慷慨，又擔心投降之後對方變卦，卻是一時拿不定主意。

張偉見對方遲疑，知道火候已差不多，便又令射手們將箭頭點燃，向寨中瞄準，又命人傳令，若只還是遲疑不降，便要屠寨！

那些土著眼見對方將箭頭點火瞄向寨中，各自都是臉色大變，他們原本窮困之極，病無醫食無粟，平時裏唯有射獵爲生，打到獵物便有的吃，打不到便餓肚子，若非如此，昨夜也不會有寨中出門打獵的幾個青年土著冒險打下了張偉他們射死的野獵。

現在山下漢人越來越多，原本這個部落靠近平原，食物大半需要靠近山下獵獲，卻被山下漢人一步步逼近，地盤越來越小，若要往別處遷移，還得與其他的寨子爭地盤方可，又捨不得這些祖輩傳下來的木屋，是以日復一日耽擱下來。

眼見得數倍的敵人圍了寨子，又用火箭威脅，一邊是美酒肉食的誘惑，一邊又是刀兵相加，幾個爲首的部落長老急忙合議幾句，便立時向張瑞跪了下來。

張偉見狀大喜，這些土著卻不似那些數千年來學透了陰謀詭詐的漢人，跪了便是當真服了，除非逼迫太甚，不然決沒有反叛的道理。當下便令衛士護送，進寨召集了部落長老溫言安慰一番，那些長老這才知道適才的那個官還不是真正的主事之人，原來這位身著普通皮甲，個頭相貌皆平常的青年男子，方是真正的「大酋長」。

土著們卻是不善言辭，因見張偉說個不休，各長老也只是唯唯諾諾而已。

後來聽得張偉動問道：「這一片大山還有多少這樣的寨子？」

有一土著老者答道：「這方圓一兩百里內，這樣的寨子約有五十六十個，多的有近兩千人，少的也有五六百人，咱們這個寨子，算是較小的。」

張偉沉吟片刻，笑道：「這老者，我答應你們的條件，絕不食言！今晚我回去便派人送給你們牛羊豬雞，還有上好的白酒，要多少給多少！只是一條，你們寨子裏可有願意當兵打仗的青壯男子，若是有，只要有一家出一個合格男丁的，我便包養他家裏所有人的吃食，他便是戰死了，也不會不給！說說看，有沒有願意隨我去的？」

見那老者遲疑，又道：「不但如此，我還可以在平地上給你們劃一塊地方，再劃給你們專門的獵場，也可以給你們銀子，買酒買肉，吃上好米！」

他雖然將這些優厚的條件開將出來，只是這些土著吃了漢人不少的虧，知道漢人中說話不算話的人大有人在，對他這位大酋長的話雖不能全然不信，卻也不敢全部當真，若是被他引下了山，到時候說話不算話，那可就慘了，再說故土難離，在這寨子裏過得好好的，誰也不想平白無故下山給人賣命。

張偉見無人出來應徵，卻也不急，又笑咪咪說道：「也罷，你們寨子裏可有生病的人，我那裏有不少好醫生，這便就帶下去給醫治好了，再送回來。我這個人最不喜歡強迫別人，你們還願意在這裏生活，我也依你們。只是再也不能隨便傷害漢人，而且要聽我的吩咐，還有，你們可以把我的意思告訴其他的寨子，人家若是願意來投奔於我，我都是歡迎的。」

說罷起身，向寨外行去，待到得大門處，卻突然不經意問道：「昨晚搶我的獵物，射傷我三名手下的人，是誰？」

他的話一經譯出，陪同而出的諸土著便面面相覷，不知道他是何用意，那幾個部落長老便不肯說，只恐他是要找出來人報復。

張偉因笑道：「不敢說就算了，只當我沒有問過。」

那土著人最敬勇士，最瞧不起膽小怕事的懦夫，他這番擠兌人的話一出口，便立時跳出兩名身強力壯，全身刺青的健壯土著，粗聲答道：「就是我們兄弟射傷了你的手下，搶走了你的獵物！要怎麼對付我們，隨便你！」

張偉見這兩人氣宇不凡，身量極高，土著常年在山上生活，鮮少有高個大漢，眼前這兩人卻長得如黑鐵塔一般雄壯，便笑道：「你二人是親兄弟？」

「正是！我是哥哥契，他是弟弟黑。」

那個頭稍高些的皺眉答完話，又說道：「昨晚我見你射箭，軟而無力，不是個好漢！不知道眼前這些好漢爲什麼要服你，你敢和我角力嗎？」

張偉見身邊眾衛士皆有憤怒之色，笑道：「他們土著說話便是如此了，直筒筒的不知道拐彎。」

因又向那高個兒土著問道：「你會和你部落的老人角力嗎？」

那土著不顧眾飛騎憤怒神色，亦是不管其弟拉著他的衣袖勸止，直筒筒又回道：「不會，不過他們是老人！我不欺負老人，可你是壯年男子，和老人相比，真丟臉。」

張偉聽他如此侮辱，卻也不惱，笑咪咪又道：「可是我年紀輕輕，就可以掌管一個百萬人的大部族，比你的部落大幾千倍的大部族，難道我是憑角力嗎？不對，我是憑藉著比你部落所有老人加起來還要豐富的智慧，你懂了嗎？」

見那土著目瞪口呆，顯是沒有話可說。張偉踮起腳尖，在他肩膀上拍上一下，笑道：「你說話直率，是個好漢子。我能用頭腦打敗你，可我不能用武力打敗你，這樣的主人，你願意跟隨嗎？」

那土著歪著頭想了一會，答道：「現下不願意，等我知道你是怎麼統一你的部落，再說。」

他雖拒絕，張偉卻是開心一笑，哈哈幾聲便出了寨門，帶著飛騎回台北去也。

他回府當晚，便下令將答應的物資送往那個土著營寨，看著押送活豬活雞的隊伍冒著夜色持松明火把前行，一路上浩浩蕩蕩，雞毛亂舞，豬羊嚎叫的震天價響，鎮上百姓皆被驚動，不知道出了何事，家家戶戶皆推門而出，觀看這支奇特之極的隊伍。

何斌也被驚動，駕車來張偉府中打探出了何事，待張偉向他道明原委，何斌笑罵幾句，自回府歇息不提。

此事過後，張偉無奈斷了悠遊的念頭，派了人乘船打問施琅水師的消息，又成日泡在桃園軍營，整軍頓武，親自操練三衛九軍，將一夥都尉校尉訓得屁滾尿流，底下的士兵成日裏在毒日頭裏曬著，更是苦不堪言。

如此這般半月過去，終於得了施琅消息，原來施琅早已到了倭國外海，先是不加通知便轟擊了平戶，後來倭國將軍派人來詢問端底，方知張偉曾派遣使者的事。重罰了當地城主和大名後，又遣使向施琅求和，施琅便將張偉準備好的條件報將過去，幕府的德川秀忠卻又決然不能同意。

原本派人求和便不是他的主意，而是德川家康留下的諸家老合議後向秀忠施加的壓力造成，現下張偉那麼許多過分的條件一拋過去，倒正是給了秀忠出兵的藉口。於是便在施琅到達倭國外海的半個月後，幕府集中了所有的海軍艦船，一共一百餘船，加上一萬多水軍，企圖一戰而擊潰施琅的台北水師。

只是當時的倭國海軍早已不是九鬼嘉隆時代的精銳，數十年風平浪靜，無有戰事。縱是當年強盛的倭國海軍尚不是朝鮮水師的對手，現下這些圖具水師之名的旱鴨子們，又怎是打過數次大海戰的台北水師的對手？

數次激戰下來，台北水師一船未損，倭國海軍卻被打得灰頭土臉，落後的戰船和戰術思想根本觸不到台北水師的皮毛，一艘艘老式戰船依次被擊沉，當最後一場長崎外海的決戰之後，日軍僅餘十艘不到的小船逃離，此戰之後，幕府遂放棄了海戰破敵的狂妄想法，龜縮在陸地不肯出戰，施琅雖已將整個倭國封鎖，又不斷地炮擊平戶長崎等港口，只怕炸死炸傷的倭國平民已過萬人，可是幕府似乎只抱定了任你如何來，我只學烏龜的方針不放鬆，任是施琅四處開炮，弄得全倭國怨聲載道，幕府方面卻是任何打算也沒有。不但不和談，似乎連反抗也懶得反抗了。

施琅因帶著水師在海上飄泊已久，給養食物已是消耗的差不多，正巧又有張偉的使者前來訊問，便也不請示彙報，留下幾艘小炮船，放上大船的給養火藥炮彈，便直接將整個船隊帶了回來。

張偉見水師官兵皆是疲累不堪，也不怪施琅自專，下令讓水師官兵上岸休整，又給三衛步兵放假休息，便在那軍營節堂召開軍議，議定了水師休整完畢，便用水師艦隊掩護一百五十艘運輸船帶著三萬步兵登陸九州，攻占平戶。

如此又忙碌了半月有餘，準備給養、彈藥，安排兵士訓練登陸，準備船隻馬匹便於聯絡，指定三衛各自登陸區域，張偉有感於水師補給消耗過快，皆因所帶食物占了大量空間，淡水反倒裝的不多，而英國教官居然提議在船上飼養活雞活豬，道是當時西洋各國的遠洋艦船都是如此處理云云，現下這三萬步軍數千水師，一天吃的喝的便是幾十噸的載重，這可如何得了？只是現在卻沒有工夫搞什麼鐵罐頭之類的保鮮食物，至於壓縮餅乾之類，那自然是想也不敢想了。萬般無奈之下，果真依了英國人的建議，在船上弄了一些艙室，養了些活豬活雞之類。

何斌在船隊出發前一日上船看了，大笑道：「志華，倒不如弄些泥土，種些青菜什麼的，那可更加的新鮮可口了。」

張偉橫他一眼，道：「你這土包子，從來沒有走過遠路。中國人又能窮將就，闖南洋最多也就十幾天的水程，是以咱們不知道這些。人家紅夷動輒在海上飄泊行駛半年一年的，這些事聽人家的沒錯。船上長期吃不到新鮮的疏菜和肉食，一則士兵容易得病，二則也易厭戰。咱們又不能擔保上了倭

國就能徵集到大量食物，小心總是對的，多帶些總比不夠吃來的好。」

何斌仍是笑了一陣，方又問道：「你此番定是隨船去了？」

「不錯，這場仗規模不小，我在家待著不放心哪，也只得辛苦一遭了。」

何斌唔了一聲，又問道：「台南留兩千龍驤衛軍，由林興珠校尉領兵，台北留四千兵，由誰領兵？」

「張傑，我已先任命張傑爲金吾衛左軍的前將軍，領兵駐守台北，我讓他遇事常與你商量，該當不會出什麼岔子。」

微微一點頭，何斌自是無話，又問道：「志華，你弄的那個軍機處，看名字是處理軍務，怎麼此番大動刀兵，那吳仲則卻是全無動靜，還有軍機處的其他軍機，比如那呂唯風、袁雲峰，怎麼此時都不露面，軍機軍機，我看是政務才對吧？」

「這倒也不是。廷斌兄，切莫誤會，我設軍機處，原本是要裏理軍務，只是那些個軍機們都是文官，現下雖瞭解打仗是怎麼回事，也知道些軍隊上的日常事物，離真正的料理軍務還早的很呢。那政務簡單，他們原都是中下層官員，我提上來不過是幫著我處理一下日常事物。可笑這台北就有流言，說我要奪各層官員的實權，特別是要對付你。我令高傑捕了幾個背地裏饒舌的，送到金礦挖幾年金子再說！」

「志華，我沒有吃醋的意思。人家說上幾句，也就罷了，何苦一定要捕人。防民之口，甚於防川，剛見你的時候，你不是也常念叨。再有，軍機處我看很好，你平日裏哪有那麼多閒空，有這麼些人幫手，又不怕他們攬權，也虧你想得出來！」

張偉一笑，便起身出門，往艙室外邊行邊走道：「廷斌兄，此一時彼一時也，爲上位者才知道孔子誅少正卯的道理。言僞而辯，記醜而博……廷斌兄，再加上心達而險，行僻而堅，我在台灣不過是憑藉武力領了這個位置，若是放任鄉野的這些個儒生商人和有心之士加起來一併詆毀於我，難不成我終日殺人？這樣還治什麼政！所以……」

雙手揮舞作一個手勢，又向何斌笑道：「把一切敵對勢力扼殺在搖籃裏，不使其坐大，這可是我家鄉的某種哲理，有時候，它是有道理的。至於開放言論，博採眾人之長，還是等我威望實力到了某個階段，可以真正掌控全局時再說不遲。反正我早有言在先，不准台灣軍民議論軍政，逮了這些多嘴烏鴉，也不算是不教而誅。」

何斌跟在他身後，見他如此堅決，也只好熄了尋他說情的念頭，只是想起坐在自己府中等消息的那些婦人們，猛打一個寒戰，急步追上張偉，打定了主意隨他一同混飯去也。

第二日是選好的黃道吉日，三萬大軍出征在台灣尚屬首次，因這些軍人家屬大半都在台北，是以這一日碼頭港口除了黑壓壓的軍隊之外，尚有數十萬沿途送行的平民百姓。

這麼大的舉動，自然是瞞不過台北知縣史可法，原說這些事自然與他有關，他需出面安撫百姓，疏通街道，又需在後勤各事上多盡心力。只是他這個知縣不但無權干涉台北衛所的軍務，便是那民務，也被張偉自設的各個衙門蠶食乾淨。來台許久，竟然有許多台北百姓尚不知道皇帝派了知縣來台，史可法無奈之餘，倒也佩服張偉的手段。只是每年伴食畫諾，卻實在令這位青年知縣苦惱，他可不是那種拿了俸祿不想做事的庸材，更何況除了正常的知縣俸祿，那張偉又稟報了朝廷，道是台北諸事繁蕪，工廠商號眾多，兩位知縣辛苦，又特地加了千兩俸祿的銀子給他。

明朝官員俸祿之低，可以說是前無古人，後無來者，朱元璋和尚叫花子出身，只想馬兒跑，又跑馬兒不吃草，俸祿低的離譜，一個知縣一年不過幾十兩銀的俸祿，還需負擔師爺書辦的雜費，還要養家糊口，若是不貪污，那只有一家大小喝西北風的分。海瑞是明朝有名的清官，母親過生日，也只買得起半斤豬肉，死了連棺材也置辦不起。這叫官員們如何不貪？

自洪武年間貪官就殺而不絕，官員貪污六十兩以上處剝皮之刑，饒是如此，貪官卻如那野草一樣，春風一吹便又生，朱元璋曾納悶道：「我捉住貪官沒有姑息的，全都殺了，卻如何這些官員都不怕死，總是要貪？」

他只管自己抱怨，卻不知道官員們也需吃飯，朝廷的俸祿低得離譜，不貪卻又怎辦？是以明朝吏治之壞，也是諸封建王朝之冠。

史可法家境原是平常，現下被張偉困在台灣不得離去，反是每年千兩的銀子拿著，事情又少，銀子又多，若是現代那些期盼著「錢多，事少，離家近」的人得了他這個工作，那當真是夢裏也要笑醒過來。

他拿這銀子有愧，原待堅拒不受，張偉卻笑咪咪拿出朝廷恩准的批文來，道是不拿便是抗命，無奈之下也只得受了。這銀子放在袋裏，可也壓在了他心上。於是張偉越是不肯讓他辦事，他越是拚了命地找事做，現下眼見張偉出兵，又將他公然晾在一邊，史可法無奈，只得將朝廷給的全副知縣的儀杖擺了出來，放在桃園鎮至港口的大道之上，一則張偉此番出兵是爲了倭亂，他這個大明知縣自然要表態支持，二來也可借這儀杖疏導交通，也防著軍人家屬情緒激動，衝撞隊伍。

張偉遠遠見了這位史書上有名的剛直能臣、民族英雄，就這麼傻呆呆地站在路口爲他的軍隊開路，還一邊微笑向打招呼的軍官做揖回禮，心裏只道聲：「罪過！史憲之，這一向我得罪了。待過兩年朝廷壓力小了，我便將你這知縣應有的實權給你，讓你好好的一展抱負，只是，你可別一心求去，那是條死路啊……」

就在大軍登船之際，台北指揮使司衙門軍機處的各軍機也正在會議，因張偉有意壓制軍機處的規模，只撥了一處廂房給軍機處權充處公入值之所，是以五六個軍機加上十幾個書辦擠在三間廂房內，平時就有些狹小局促，坐議時各人都離了本身的坐位，擠在一處，就更加顯得擁擠不堪了。

吳遂仲坐在主位主持會議，只是他彷彿有什麼心事一般，一直低頭不語，凝神沉思。其餘各軍機都是性格沉穩的人，也無人催促他，各人也都攢眉咬牙，只待那吳遂仲發話。

直過了小半個時辰，吳遂仲方好像剛睡醒一般，一迭聲道：「怎麼沒有人說話？今天召集會

議，是要大家商議出個章程，大軍出征，調集糧草分撥補給，安撫家屬諸事，可都是咱們軍機的事，大家說說看，怎麼個處置法？」

那袁雲峰原是何斌手下工商署的吏目，論起職務和地位，比當軍機前的吳遂仲強了許多，只是此人才幹雖有，無論金銀錢釐數目，都弄得一清二楚，脾氣卻不大好，頗有些孤高自傲，在工商署並不討何斌喜歡，故而軍機處一成立，張偉令各衙門推薦軍機人選，他是第一個被推薦了過來。待後來全台上下知道軍機處之重要時，袁雲峰卻憑著自身才幹，牢牢立穩了腳根，軍機各有職掌，袁雲峰自然是偏重財賦工商一塊。

此時吳遂仲動問，袁雲峰便立時答道：「仲則兄，錢糧等物，張大人何大人早已準備妥當，咱們只需督促政務署和三衛留守的官兒們不要出紕漏，妥妥當當的把物資發送下撥，便是完成任務了。」

吳遂仲點頭道：「是極。逸宸兄，此事就交給你辦，若是有官吏不聽招呼，敷衍了事的，大人有令，此番給與咱們先免後報的權力。逸宸兄，凡事定要親力親爲，大人如此看重咱們，不可令他失望。」

袁雲峰拱手一揖，以示知曉。

那吳遂仲又分派其餘各人任務，六名軍機包括他自己在內，皆各領一塊，各自對所領任務負責，這樣事權分明，軍機又只對張偉負責，張偉此番能夠領兵出征，也是托了設立軍機之福，不然的話，又如何能盡然放心。

待會議結束，各軍機便魚貫而出，各自出門辦事去也。袁雲峰與呂唯風卻是一路，他去分派調集軍隊補給，呂唯風卻分派了巡查軍營的任務，兩人正好同路去那桃園軍營，於是兩人同車而行。

因都是心機深沉人物，那呂唯風自出使倭國狼狽而回後，頗得張偉的賞識，由一個小小書辦升爲軍機要員，卻從未見他露面驕色，仍是一副恬淡自若模樣，袁雲峰素不喜與達官顯貴交往，這呂唯風的性子卻讓他甚是欣賞，故而肯折節下交，兩人若論私交，在軍機裏算是很不錯的了。

見呂唯風做閉目養神狀，袁雲峰忍不住問道：「季明兄，今日會議，怎麼不發一言，現在又心事重重模樣，什麼事如此憂心呢？」

呂唯風只是閉目不理，袁雲峰一急，便攀住他胳膊搖道：「季明兄！」

「唉呀，不要擾人清夢！」

「呸呸，大白天的，做什麼夢，快同我說話！」

呂唯風無奈，只得張開雙眼，目視著袁雲峰正色道：「逸宸兄，難道你沒有覺出來，吳遂仲神色有異，顯是對張大人的安排不甚滿意，嘿嘿，我只怕這軍機處遲早取消啊。到時候，咱們哪兒來回哪兒去，因又任過要職，只怕日子難熬啊！」

袁雲峰詫道：「怎麼可能！大人新設軍機處爲他解勞，咱們做得不錯，又是群議分別做事，不怕有人專權。大政方針都是按大人交辦的來，連大明的內閣大學士也不如，又怎會突然取消呢。」

「哼，我看咱們這個衙門只是大人靈機一動，又因吳遂仲上的條陳不錯，覺得他能參與軍機，這才設立。現在經過這麼一段時間，明眼人都看出來，軍機處只理政務，不理軍務，前幾天我聽說大人打算設參軍處，選拔老練參軍襄助軍務，下設後勤、軍法、軍情、戰略等署協助，你說說，咱們軍機處是不是地位尷尬，是留還是不留？」

袁雲峰細思片刻，撇嘴嗤道：「我看你們成日不擔心怎麼辦好手中差事，反是琢磨這些費盡心思，季明兄，咱們只管好生做事，還怕沒有用武之力不成？我料類似軍機處這種協調諸部門的機構必然要保留，至於換成什麼名目，也是大人的事，咱們就別操這個心了。」

呂唯風心裏不以爲然，也只得點頭稱是，兩人換了話題，一路談談說說，自去辦事不提。

張偉此時卻正在台北水師的旗艦鎮遠艦上，因艦長室最爲軒敞寬大，張偉便占了原施琅的地盤，正舒適地躺在那鐵床上，向第一波登陸的神策衛諸將訓話：

「殺敵一千自損八百的事最蠢不過，炮彈能值幾個錢？比人命賤得多了！你們的計畫我看了，什麼強攻，什麼猛衝猛打的，一律不行！我的章程就是少死人，炮火準備要足，然後是延伸火力偵察，等到岸上敵人沒有喘氣的了，再行上岸。上岸後一遇抵抗，即刻後退，通知水師大炮，再行轟擊，一直待陸戰野炮上岸，再配合大炮推進。倭人火槍雖比咱們落後，卻比明軍火器差不多少，而且倭人中武士比明軍士卒勇猛的多，又是在人家的土地上作戰，你們得多加小心，凡有大意損兵折將的，我有情，軍法卻是無情！」

他的這些佈置舉措正合周全斌的心思，因笑道：「你們可聽清楚了？」

諸將躬身答道：「唯大人之命是從。」

此時除張傑被任命為金吾左軍前將軍外，那林興珠顯然亦是占了個將軍名額，只是沒有宣示，其餘三衛各軍七名將軍的名額尚沒有分配，張偉有言在先，不論是校尉、都尉，倭國一戰打完後，擇表現優異者任為將軍，故而不論士兵的士氣如何，這些各級將官們都是卯足了勁，打算在倭國大幹一場，掙了軍功好更上一層。

張偉自是知道諸將心思，心中暗笑，只盼這幫爺們在倭國好好的大幹一場，只是不能弄得千里赤地，將來還得來倭國賺銀子，建立殖民地什麼的，若把倭國弄到沒有人煙，那可是得不償失了。令這幫神策衛軍官出去，免不得又召來艦上諸軍官慰勉一番，其餘各部軍官分散各艦，不及親自指示，好在作戰方略大體上都已佈置完畢，倒也不需要再多囉嗦。

船行數日，已是到了倭國九州外海，遇著留守停靠在九州的炮船，得知倭國方面一直無有什麼新的舉措，至於內陸是否調兵至各個港口城市，卻也無從知曉。張偉便令那幾艘炮船回台北休整，又令水師齊集長崎港外，掩護陸軍登陸。

因早前長崎便被台北水師轟炸得七暈八素，不但倭國海軍全軍覆沒，便是岸邊的步兵也是一個人影也無，整個三衛士兵三萬人登陸上岸後，別說是軍隊，就是連平民的影子也是蹤影不見。待登陸

點都被占據，連野戰火炮也盡數拖拉上岸，便由飛騎護衛簇擁著張偉上岸，待張偉聽到稟報通傳後，便向身邊周全斌、張鼐、劉國軒等人問道：

「你們說說看，敵軍打的什麼算盤，怎麼沒有人敢在此阻擋我們上岸？」

「咱們炮火大猛，他們估計難以抵擋，乾脆放棄外圍，直接縮在長崎城內固守，大人，咱們這便去打他娘的？」

張偉冷笑道：「這話是沒錯。不過咱們不必猛攻猛打的，留一部分人配全水師固守這些登陸點，大部隊前去圍城，你當那幕府是死人麼，咱們光封鎖其海港便夠讓其頭疼的了，現下更是直接攻上了倭人領土，無論是上對天皇，還是下對大名城主，幕府都需給個交代，我料現下幕府必然齊集大兵，只是害怕離岸太近，受到我們水師炮火的壓制，所以等著咱們往裏突進，然後最少十萬的精銳幕府大軍直衝過來，將咱們一舉圍殲。咱們若是和他們硬碰，倒也不懼，倭國人手中火器甚少，又沒有什麼精銳騎兵，等那些武士和足輕衝上來，還不夠火槍打的，更別提咱們還有一百多門野戰火炮，只是我卻不喜歡被人牽著鼻子走，況且最好是一戰定倭，把他們打疼了，這才方便我爲所欲爲。」

張鼐問道：「那大人打算如何料理？」

「圍而不打，一下子打下來了，幕府必然在內陸等我們，圍而不打，我倒要看看德川秀忠是否能無視長崎百姓和城主的死活。等他耐不住壓力，則必然揮軍而進，到時候，我要讓他們知道什麼是大漢天威。」

周全斌想了片刻，頗爲擔憂道：「大人，這方略雖是妙極，不過海上補給不易，費用甚高，再加上有荷蘭、西班牙人環伺左右，若是幕府與他們任意一國達成協議，這兩國派軍艦來斷我們的補給，那時候師老遠征，沒有了糧草，大軍一夜而潰啊。」

張偉咬牙笑道：「不妨事！我早便派人盯著這些紅夷的動向，若有異動即刻就知道，現下看來，荷人西人一向在倭國的利益不大，幕府早就斷了與他們的貿易，此時他們又何苦來惹我？況且台北水師實力不弱，他們來之前也需考慮一二。再者，咱們又不是全靠台北補給，這樣如何得了？從明日起，就大索四方，將倭國百姓的糧食統統徵用，咱們不過三萬人，這九州可是有過百萬人呢，能徵到多少糧草？怕什麼？」

當下定計分兵，留兩千人掩護後方，其餘大部攜火炮向長崎進發，又大派飛騎偵察，以防敵人偷襲。近三萬人大軍浩浩蕩蕩將長崎圍了個水泄不通，長崎外圍早已沒有任何抵抗力量存在，倭國的城池比之中國城池又狹小低矮，小小長崎城內除了近萬的武士和足輕外，還有十幾萬逃難的百姓，整個城市被圍之後，城內當真是驚惶之極。

誰料城外的明國大軍卻不攻城，只是排開了上百門火炮，先是一通狂轟，打城內眾人打得如喪考妣，只以爲敵軍即刻便要攻城，誰料一輪炮擊過後，那圍城的軍隊沒事便打上幾炮，炸死幾人，然後就是再無動靜。

如此這般來回，時值盛夏，城內人口眾多，原本就超出這小城的負擔之外，再加上被炸平了無

數房屋，死傷甚眾，城內又不好掩埋屍體，沒過幾天，城內疫病流行，死者更眾。

那長崎城主無奈，拚了命的派人偷偷出城繞過敵軍防線，向大名和幕府求援，那大名有什麼辦法援助長崎？只得也加派了一撥又一撥的使者趕往江戶，向德川秀忠求救。

第七章　長崎之戰

他既已同意，身邊的旗本武士便拚命地將令旗搖將起來，神原康勝本就離得不遠，眼見前方將士浴血奮戰卻始終被敵軍擋在防線之外，無數精銳的武士手持鋼刀倒在不遠處的敵人面前，雖然是前仆後繼，卻是連敵人的邊都摸不到，怎能不讓這位德川四天王的後代急得吐血？

長崎被圍半月之後，整個城內早已如人間地獄，死者過半，守城士兵亦是沒有幾個能夠持械而立，縱是如此，敵人仍是不肯攻城，那城主倒是將自己府邸保護的極好，故而本身安然無恙，見治下百姓死傷如此慘重，心中大急，此時反是盼那圍城的明國軍隊快些攻城，只要敵人一攻，他便可即刻下令舉城投降。

誰料不但幕府的軍隊不見蹤影，城外的敵兵也是不肯登城，就這麼尷尬的又耗了數日，終於傳來消息，幕府齊集了十二萬大軍，其中有精騎一萬，就要來這長崎合擊明國軍隊。

幕府出動大軍，自然瞞不過一直等著幕府主力出動的張偉，幕府前鋒軍隊一至小倉藩的福崗城附近，張偉便已開始收攏軍隊，排好陣勢，等候敵軍主力的到來。

他倒不必擔心長崎城內軍隊出來搞什麼裏應外合，估計長崎城內的軍人能站起來裝裝樣子就已不易，更別提出城作戰了。

崇禎元年十一月初一日，名義上仍屬明朝治下的台北三衛三萬餘大軍正面迎敵，對手乃是幕府第二代將軍德川秀忠傾全力召集的十二萬大軍，除了家督神原康勝率領的一萬的赤備騎兵，餘者皆是步兵，除了約三萬人是整個九州諸藩拼湊，其餘皆是幕府直轄的中央軍團，倭國軍制是五千人一軍團，除了神原康政之子康勝領騎兵外，還有德川四天王本多忠勝之子本多忠政領前隊四個軍團的精銳步兵，德川秀忠親領大軍留守本陣。

因德川家康受命爲征夷大將軍後，下決心偃武修文，二三十年過去後，倭國戰國時代的老將大半逝去，那些百戰之師先是在朝鮮受到重大損失，然後關原大戰又死傷甚眾，再經歷這麼些年和平年代的消耗，眼前這些前來進攻張偉的十二萬大軍，真正稱得上精銳的，已經很少了。只是倭國以武士治國，又有武士道爲武士之魂，經歷戰國末期的「兵農分離」，已經有爲數不少的武士和職業軍人，論起戰鬥力來，仍是超過同時代的明軍。

德川秀忠的戰略原本就與張偉預料的相同，放棄長崎，乃至整個九州，待敵人深入，由四國或是中國地區往攻江戶時，利用敵軍戰線拉長，兵力不足的弱點，派遣諸藩大名襲擊敵人後路，然後集中幕府精銳大軍，與疲敝之敵決戰，誰料張偉登陸九州後竟然不肯進軍，只是圍住了長崎，威脅整個九州，又四處徵集糧草，竟似要在九州紮根一般，他的水師又經常四處襲擾，炮彈不住的落在整個倭國沿海的某個城鎮頭頂，諸藩大名不住的向幕府告急，再加上家老們的壓力，德川秀忠終於按捺不住，集中了四倍於長崎城外明軍的強大兵力，準備一舉將敵人趕盡殺絕。

對於圍城明軍擁有數量眾多火炮的事，德川秀忠自然已經知曉，倭國原本就沒有什麼火炮，除了從葡萄牙人身上學到了火繩槍的技術，在火器上倭國根本無優勢可言。戰國時赫赫有名的「三段擊」法，只不過是抗倭名將戚繼光六段擊的翻版，在朝鮮時小西行長於平壤被圍，趕來救援的日軍聽到大炮的聲響，居然嚇得原地返回，逃之夭夭。

後來日軍與明軍交戰多了，方知道敵軍的火炮雖然犀利，不過運轉不靈，精準度極低，甚至有不少虎蹲炮、大銃之類，也不過只是加大口徑的鳥銃罷了。故而現下秀忠雖知道敵軍有不少火炮，卻也並不認為有多大的威脅，倒是對方都是火槍兵，令他有些撓頭，倭國足輕，甚是正規的武士與騎兵都沒有什麼好的盔甲，除了一些有限的大將身上，基本上都算是全無防護，好在秀忠自認為兵力占絕對優勢，與明軍又是正面接戰，縱然有些損失，只要殲滅了敵軍，自然便交代得過去了。

德川秀忠其實亦是一時人傑，自小便其乃父東征西戰，只是一向不得乃父喜歡，家臣大老們對他也是心有疑忌，故而此戰他必求必勝的同時，也力爭完勝，自蒙元之後，再無人能踏足倭國國土，此番海軍戰敗，被人封鎖國門，四處轟炸，現下又被敵軍登陸九州，圍困長崎，若是不以全勝而歸，他又有何面目繼續擔任將軍之職？

雙方在長崎城外七里處展開戰線，張偉一方的台北軍隊正中本陣爲周全斌帶領的神策衛全軍，共一萬兩千人，左翼爲張鼐的金吾衛，八千人，右翼爲劉國軒的龍驤衛，一萬人，另外由張瑞率領一千餘飛騎騎兵，爲戰略總預備隊。

整個戰線橫向排開約七里長，向後縱深四里。左翼的張鼐實力稍弱，被安排在擁有背倚樹林，前有斜坡的最佳防禦地形上，周全斌與劉國軒則佈陣於平原之上，張偉本人拒絕了回到海上指揮的建議，令飛騎退到炮陣附近後，便留在了周全斌的中軍，就地居中指揮。

因見對方的步兵已經在遠方的地平線上露頭，周全斌縱馬至張偉身邊，問道：「大人，敵人眼看就要佈陣進攻，我看，現在就用火炮轟擊，打亂敵人部署，如何？」

張偉搖頭道：「不必，敵軍只在幾十年前的朝鮮戰場吃過一點火炮的虧，咱們的火炮威力可遠大於當年明軍的火炮，只是他們不知罷了。待一會兒敵人佈陣完畢，向前移動時，再給他們一點厲害。現在就開炮，暴露的太早了。」

因見對面的日軍士兵越聚越多，黑壓壓的士兵背部都背負著五顏六色的小旗，十幾萬人這般列陣排開，聲勢當真是駭人之極，張偉笑道：「倭人當真是有趣，打仗弄得跟咱們戲班子唱戲似的。」

周全斌見他神態輕鬆，笑語吟吟，忍不住怨道：「大人，對方十幾萬的大軍，您在這兒實在是危險得很，怎麼還這麼不當回事！」

「哼，若是我的火槍也能如火炮那樣改進，我現在還能弄桌酒席，邊飲邊觀戰呢。全斌，待會兒敵人被火炮轟得厲害了，定然會用騎兵繞過劉國軒的右翼，斜插進攻炮兵陣地，你一定要部署好用來護衛炮兵的預備隊！」

「是，全斌曉得，不過那倭人騎兵人數不多，便是能撕開右翼防線，突到後方，估計也剩不下什麼人了。」

「總該小心爲上。炮兵可是現下咱們制敵的法寶，馬虎不得。不過，倭人戰國時武田家的騎兵曾經吃過火槍兵三段擊的大虧，便以爲騎兵已無用，再加上倭國沒有什麼好戰馬，各家大名都不肯把錢投到騎兵上，這一萬騎兵還不知道幕府是怎麼拼湊的呢。全斌，臨敵指揮我未必如你，下面的事你看著辦吧，我只在此看你們痛擊倭人就是了。」

周全斌苦笑道：「那您還不肯回船上去。」

「那是兩碼子事，大戰在即，我這主帥棄師而逃，以後三衛士兵麼怎麼看我呢。」

因聽到對面日軍鬼哭狼嚎一般的牛角號聲響起，兩人不再說話，周全斌自回到神策軍陣前方，準備迎敵。

日軍雖人數遠超過三衛大軍，卻因戰場地形限制，再加上倭人戰略落後，因見對方排開陣勢，經過短暫的調整後，十二個軍團六萬人也便如對方那樣，先行排開了一個一字長蛇陣，傳令的小旗武士四處傳達諸倭人將軍的指令，第一批投入戰場攻擊的三萬士兵即將換陣，以倭人認爲攻擊力最強的

魚鱗陣來進行第一撥試探性的進攻。

「開炮吧！目標對準敵方中陣，轟擊！」

張偉一聲令下，炮兵陣地的三百二十七門火炮便一齊開火，因火炮齊射威力過大，整個三衛士兵只覺得耳邊一陣陣嗡嗡作響，腳底大地微微發顫，各人再放眼看過去數里外的倭人戰陣，卻見一股股隆煙升起，整個日軍大陣被炸地七暈八素，每一顆炮顆落下，便是數十數百人身死受傷，那些土包子日軍何曾經歷過威力如此大的炮擊？一時間鬼哭狼嚎，什麼武士道統統拋諸腦外，數萬人沒頭蒼蠅般向回亂竄，立時將後陣衝亂，尚沒有進攻，自己隊列便已亂成一團。

且不提張偉心中暗嘆，沒有強大的騎兵衝擊擴大戰果，那德川秀忠眼見手下的士兵們如此不堪，敵方一陣炮擊便將他們炸得魂飛天外，隊列混亂，他一時無法，只是氣得臉色鐵青，連聲下令各侍大將、大將趕快整頓隊伍，他決心待大隊重裝完畢，便強令這些足輕們不顧傷亡的強攻。

那家督神原康勝奉命率領幕府好不容易召集的一萬多騎兵，因距離德川秀忠的本陣很近，又見前隊士兵被炮轟得不成模樣，忙驅馬趕到秀忠身邊，下馬向秀忠道：「將軍，一會兒讓赤備騎兵出擊吧！讓我帶人把敵人的炮兵陣地摧毀。」

德川秀忠點頭道：「也只能依賴騎兵的力量了！步兵行動太慢，承受不了對方如此猛烈的炮擊，再加上對方的火槍戰陣，我們很難突破敵軍的防守。」

他站起身向神原康勝微微一躬，鄭重道：「拜託了！敵軍對炮兵陣地的防守一定很嚴密，此戰是否能得勝，就看閣下的了！一會兒我會下令步兵重新投入戰場，請等我的命令吧。」

「是，我知道了！」

神原康勝又向德川秀忠行了一禮，翻身上馬自回本陣去了。一回到騎兵本陣之中，便將戰略意圖告之手底下的大將們，令各將做好強突敵陣襲擊敵後的準備。

他本人倒還信心十足，只是手下的大將們卻對這個任務的可行性甚覺懷疑，神原康勝不比其父，除了繼承其父的家督之位外，本人並沒有什麼令人信服的功績，好在倭國人紀律性極強，他宣示了此命令為將軍親下之後，各將也只能表示堅決服從。

德川秀忠見神原康勝信心十足地離開，稍覺心安，便召來一個旗本武士，令道：「你去通知本多忠政，令他快點把第一列的部隊整頓好，要不避炮火，直往前衝！」

那武士領命去了，因對方的台北軍隊見日軍紛紛後退，暫停了炮擊，再加上不少有作戰經驗的老將呼喊喝令，本多忠政已將驚慌不已的前隊軍團重新整隊完畢，正在大加訓斥，雖然前方仍躺著數千名死傷士兵，這些職業軍人卻已經慢慢鎮靜下來。

待德川秀忠的命令一到，本多忠政便下令道：「全軍衝刺，待衝到敵陣附近，大炮就沒有用了，諸君，請努力吧！」

此番命令一下，那些被血腥刺激過後的日軍士兵便發出一陣陣野獸般的嚎叫，各武士抽出脅下的倭刀，拚盡全力向前方衝去。

相隔五六里的路程，卻實在不是這些憑著雙腳奔跑的武士們轉瞬便能跨越的，本多忠政一令衝擊，日軍大隊一動，台北的炮軍便又全力開火，火炮的怒吼很快便將日軍將士的吶喊聲蓋了下去，原以為奔跑到一定距離，敵方炮火便無法射擊的日軍將士很快便發覺自己實在錯得離譜，敵軍炮火如同張了眼睛一般，始終在日軍頭上不停地炸響。

雖然德川秀忠又下令加強攻擊，在第一隊衝擊之後，很快又將第二第三列派了出士，除了留下本陣的三萬人與騎兵未動，整整八九萬日軍如同潮水般衝了出去，敵軍炮火卻似半分也沒有減弱，成噸的炮彈不停地傾倒在日軍的頭頂，一顆改良過的榴霰彈落在密集的日軍陣中，便是成百人慘叫著倒下，這一段不遠的路程，委實是日軍的死亡之途。

德川秀忠眼見手下的武士不斷倒在衝擊的途中，心裏一陣陣的怒火湧起，手中扇子便待舉起，便欲下令騎兵出擊。卻又見本多忠政麾下的第一陣步兵已然衝到距離敵軍相近不到一里處，終又忍住，這麼近的距離，敵軍火炮無論如何也無法轟擊，騎兵是他手中最後的王牌，不到致勝關頭，終是不能下定決心。

他在這邊猶豫不定，神原康勝卻是急得汗如雨下，眼見步兵們拚命接近了敵陣，若是此時下令騎兵衝擊，這麼一點距離對步兵來說甚遠，對騎兵來說，只是瞬息間便可衝到，若是此時出擊，配合步兵，一定能成功的撕裂敵軍防線，只因日軍第一陣的步軍已然衝近，炮兵炮架上揚，開始做延伸射擊，炮彈不住落在隨後衝來的日軍頭頂，三衛步兵早已將火槍備好，只待長官們下令射擊。

由張偉親自下令，三衛各兵都新換並檢查了火石，又將每次擊發的火藥與鐵丸裝好灌入桑皮紙包，每名士兵皆保證有六十到八十發的射擊彈藥，由各都尉親自檢查，凡有因火石丟失、槍筒堵塞等因造成士兵無法擊發的，該管長官並士兵都要受到嚴罰。

由於受到大員島之戰的影響，張偉痛覺令滑膛槍兵帶刀的想法大錯特錯，戰場情勢瞬息萬變，放下槍再持刀肉搏，可能夠掉幾次腦袋了。於是將原長刀封存，除了新改的「斬馬」刀配備軍官與騎兵外，所有的普通士兵皆已在火槍上配備刺刀，台北刺式滑膛槍長一一二釐米，刺刀套於槍頭之下，用銅螺絲擰緊，刺刀長四十五釐米，三面開刃，稜形三角，平時置於專用的刺刀刀鞘之內，戰時則聽命裝上槍頭。

張偉一直認爲刺刀能影響到火槍的射擊精度，不過在滑膛槍開槍時的震動影響下，在有效距離不到三百步距離的實際情形下，刺刀是唯一能迅速在火槍擊發後與敵肉搏的最佳武器了。

三萬滑膛槍兵以五百人爲橫陣，依次排開於這數里長的戰線之上，以三列士兵爲橫隊，五百人一隊依次散開，除了佈置了數百射術精絕手神射手散亂布於各個散兵坑內，整個戰線皆是密集隊形所布成的一團團的縱隊橫陣，又因台北軍服皆是黑色，間或有軍官頭頂紅衣圓紗帽點綴其間，於是，在衝鋒日軍面前的，便是這黑色的海洋，冷峻而威嚴的橫亙於這些倭人小丑之前。

「開火吧！」待第一股日軍衝入距三衛防線不足兩百步時，由周全斌、張鼐、劉國軒分別下令，數里長的戰線上所有面臨敵軍衝鋒的士兵們同時開火射擊，初時不過如炒豆般剝剝的微響，待整

條戰線上兩萬餘人一齊分列開火後，除了依稀可聞的火炮轟擊聲，便是這一直不停叭叭作響的火槍射擊聲，整個天地間亦被幾萬支火槍開火發出來的白色硝煙籠罩。

由於張偉素來重視訓練槍兵的射術，而不似當時的明軍或是歐洲諸國，認爲滑膛槍反正是霰彈噴射，甚至在十九世紀，歐洲法英各國還經常徵集一槍未放的農夫當兵，不加訓練便直接拉上戰場。直到拿破崙親自下令，在步兵操典裏規定士兵必須接受槍法訓練，也必須打過實彈，方有資格上戰場，這才扭轉了一群沒有拿過槍的農夫充做大兵的局面。

張偉的火槍兵經過試射，三百步百槍可中二十發，兩百步四十發，一百步六十發，五十步八十發，由於三百步外擊發效果太差，張偉早便下停開火，日軍雖人數眾多，卻一排排的割草般擊倒在地，偶有多衝出幾步者，也瞬間被打倒。

張偉只見一團團的血花在眼前飄起，被擊中的倭人武士不住的倒在距離三衛防線一兩百步之前，全然沒有辦法突進半步，縱然如此，因日軍人數眾多，衝鋒的隊形越來越密集，即便是前方遭受了沉重的傷亡，依靠著兵力優勢，日軍將領仍不斷的將士兵驅趕向前，指望著用屍體開路，能與敵人肉搏。

因見敵軍一步步向前推進，已經有弓箭手向神策軍陣內射箭，不少站在前列的神策軍士中箭倒下。若是不後撤戰線，只怕肉搏戰再所難免。

張偉皺眉令道：「命令炮兵不要向後面的敵軍轟擊了，改換霰彈，轟擊五百步左右的敵軍！」

聽得他的命令，炮兵校尉朱鴻儒便向身邊的三名都尉令道：「向兩千步外打一炮實心彈，然後全數換霰彈，調整炮架，轟擊五百步左右敵軍。」

最後一發實心彈擊將出去，使得密集隊形的後陣日軍承受了巨大的傷亡，實心彈穿透力極強，除了攻以攻打敵軍城堡，海上炮戰之外，便是當此密集隊形之際，一發便能殺傷大量敵軍。

朱鴻儒眼見一發實心彈足足穿透了二十餘排日軍隊列，最少砸死砸傷一兩百人，卻也只是微微一笑，此人宗室出身，原本別說來台北做將軍，便是連出城也是甚難，幸得明末財政困難，養不起數十萬的宗室子弟，無奈之下放遠宗自謀生路，他輾轉之間，竟然在台北炮兵中做到了校尉，倒也是明末宗室中難得的人才了。

「霰彈準備，放！」所有的火炮搖準了準星後，滾熱的炮膛內又放入了以薄鐵皮製成的霰彈，這種炮彈內置細小鐵丸，擊發後因壓力大於炮彈鐵皮的承受能力而破裂，高速運轉的鐵丸四散而出，對人員的殺傷力極大，缺點便是射程很近，炮彈最多在四百米處便會破裂。現下的局勢，使用霰彈殺傷攻得越來越近的敵軍，當是最合適不過的選擇。

一顆顆霰彈在蜂擁而至的日軍頭頂爆炸，無數顆細小的鐵丸以高速的轉速，帶著可怖的穿透力撒下身底成群的日軍官兵，一顆拇指大小的鐵丸落在人的頭頂，便可將其頭頂鑽出一個拳頭大的血洞來，每一輪炮擊過後，便有過千的日軍頭破血流，倒地不起。原本已衝擊到百步左右的日軍頓時生起無能為力之感，雖然他們極是悍勇，但在武器上太過落後，仗打到這個地步，已是不知道該如何進行

下去了。

「出動騎兵吧！本多忠政是無能爲力了，這樣打下去，只怕打到夜裏也無法撼動敵軍的防線，到時候他們一個反衝鋒，疲累不堪的士兵們必定會潰不成軍的。」

「是啊，將軍，勝敗在此一舉，拚了吧！」

見德川秀忠仍然癡癡的目視前方，兀立在他身邊的家老大將們紛紛進言，請求秀忠下令讓騎兵出擊，目睹敵軍大炮與火槍威力的秀忠早已喪失信心，只是礙於面子無法下令撤退，因見諸家臣大老們紛紛請求，秀忠長嘆道：「好吧，令神原康勝出擊！」

他既已同意，身邊的旗本武士便拚命地將令旗搖將起來，神原康勝本就離得不遠，眼見前方將士浴血奮戰卻始終被敵軍擋在防線之外，無數精銳的武士手持鋼刀倒在不遠處的敵人面前，雖然是前仆後繼，卻是連敵人的邊都摸不到，怎能不讓這位德川四天王的後代急得吐血？

當下見了令旗舉起，立即將馬腹一夾，拚命叫道：「諸君，倭國的存亡在此一舉，隨我去突破敵軍防線！」

說罷當先一步，縱馬向前方疾奔而去，他身後諸騎見他衝出，自也忙不迭隨他而去，萬餘騎兵如潮水一般自陣地泄出，一齊向右翼的劉國軒部陣線衝去。

「不成章法！這樣衝法，我看想衝破劉國軒部的防線都成問題，更別提衝到咱們的炮兵陣地了。」

張偉眼見對面的倭國騎兵狂衝而出，不但不驚，反倒撇嘴先嘲笑一句，然後方令道：「命令炮兵以實心彈擊敵騎兵，劉國軒部散開陣線，列成縱隊，放開間隙放騎兵過去，敵騎志不在攻他，不會與他部糾纏，待敵殘餘騎兵衝過，仍然以橫陣迎擊敵步兵。」

「大人，若是敵騎留下與劉部纏鬥，放開間隙後敵步兵再衝上前來，劉部必然陷入苦鬥，死傷必重，右翼不穩，我軍整個戰線亦必然受到衝擊，請大人三思。」

張偉斜眼一看，卻是剛提拔到身邊的原神策軍參軍江文瑨，見張偉看他，便躬身行了一禮，謝罪道：「文瑨無禮，請大人恕罪。」

「無妨。讓你到我身邊來，便是要隨時贊畫建議，若是噤口不言，要參軍何用。」說完又笑道：「長峰，我問你，若你是幕府將軍，又或是這騎兵的指揮官，你是以衝破陣線，纏鬥爲主，還是撕開防線後迅速猛進，尋我的炮兵陣地，摧毀炮兵陣地後襲擊我後方陣線，以期與前方攻擊的步兵前後夾擊，這兩種選擇，你選哪一個？」

江文瑨低頭沉思片刻，抬頭笑道：「是，文瑨想得不周全，讓大人見笑了。」

「你很好，即便如此，咱們也需防備敵軍腦子出毛病，萬一真的在陣前纏鬥來回衝刺，也是麻煩。」

「是以大人抽調神策衛一營兩千人，一來可隨時護衛炮兵，二來可以在戰線不穩之際隨時支援？」

張偉見他機靈，便讚許一點頭，不再與他解釋，又轉頭凝視那狂衝而來的過萬騎兵。因騎兵奔

馳時聲響震天，那些騎兵們又拚命呼喝叫喊，又皆是抽刀在手，刀海迎著光線折射過來，令人覺得這實在是一股不可抵擋的力量。

只是以張偉的眼光看來，倭國騎兵潮擁而出，全無隊列章法，前排沒有可以突刺敵陣的長刀或是矛、槍之類，後隊又過早將刀舉起，徒耗力量，一眼看去，整個隊伍約是十幾人一列，密集衝來，這樣不能形成大規模的橫面衝刺，不能快速撕開敵軍防線，實在是很落後很原始的騎兵戰法。

因見前方陣線有些不穩，不少適才英勇抗擊倭國步兵的戰士顯是都有惶懼之意，如此大規模的騎兵衝擊，讓一向沒有經歷過大型戰陣的士兵有了畏懼之意，張偉因令道：

「派督戰隊上前，隨時準備捕拿怯戰後退的兵士。」

「結陣，結陣！」

原本散開射擊的龍驤衛士兵慢慢由橫列集結，轉爲縱列，雖然仍不停向遠方撲來的日軍步兵射擊，不過馬上陷入肉搏也是不可避免的事。而敵軍騎兵，已然近在咫尺。

雖然在奔襲的路上遭受了炮兵猛烈的轟擊，但騎兵高速的優勢仍然體現出來，連同掉隊與被火炮擊倒的，不過兩三千騎，仍然有六七千騎兵高速向龍驤衛防守的戰線撲來，神原康勝因見對方已然集結待戰，又見對方槍刺如林，倭國雖然有火繩槍，卻從未見過有在槍上安放這些明晃晃的槍刺，心中極是納悶，瞬間之間，神原康勝便做了決定：「不要停留，撕開敵軍防線，一直前突！」

說罷在身邊家族武士的護衛下，搶先衝出龍驤衛陣中，雖然當先的騎士有不少被刺刀刺倒，到底這些又窄又薄的刺刀無法對騎在高頭大馬上的騎兵造成如同長矛一般的威脅，再加上雖是縱深防線，仍得要提防隨之而來的倭國步兵，劉國軒便約束下屬，儘量避開敵騎鋒銳，甚至有不少都尉見敵騎突來，便指揮下屬讓開通路，故而兩邊不過是稍加接觸，神原康勝便帶著大隊突破適才還堅固之極的防線，直衝入內。心頭狂喜之餘，忙策騎向一直狂轟不止的炮兵陣地衝去，心中只在暗念：「天照大神庇佑，只要幹掉這些明國的大炮，勝利終將屬於我們。」

他這邊狂衝猛打，卻沒有注意到適才撕開的防線已經被乖乖讓開通路的明軍再度封死，那些試圖隨著騎兵一同突擊的武士被龍驤衛的縱隊防禦死死抵住，一陣肉搏之後，又有縱深防禦的橫陣前赴支援，肉搏加上槍擊，很快便將為數不多的日軍步兵擠開。再加上火炮又再度轟擊倭國步兵大陣，雙方又回復到戰爭開始初的態勢，日軍步兵徒勞的前撲，紛紛死在陣前不遠處，屍積如山，鮮血染紅了大地，卻始終無法真正威脅到三衛各自的防線，間或有不穩之處，亦是迅速被填補空缺。

現在，兩邊的將帥都在等待，等待神原康勝撲擊炮兵陣地的結果。

見到敵方騎兵撕開防線後一直前突，張偉便知自己沒有猜錯，急忙下令身後的兩千神策軍向炮兵陣地移動，又因張鼐的金吾衛防線所受壓力較小，又急調金吾軍兩千奔援。

那兩千神策軍士原本便做為保護火炮而排陣於後方，張偉命令一下，便立時奔赴設在身後的炮兵陣地，面對日騎奔襲而來的方向以五百人一陣列隊，以專門對付騎兵的步兵方陣待敵，四個方陣組成了四個四面向外的刺刀叢，嚴嚴實實地擋在不遠處衝擊而來的敵騎面前。因方陣需要面對強大騎兵

的壓力，故而被選中保護炮陣的兩千神策兵士大半是最初的鎮遠軍老兵，這樣才對在敵騎將自己團團圍住時保持戰意與鬥意，若是四面方陣只要有一面堅持不住先垮下來，整個方陣必將被敵騎輕鬆突破，造成慘重的不對稱損失。

由於面對騎兵的高速，所有神策士兵一槍未發，直接在優勢騎兵布下了兩千支由火槍及刺刀組成的近兩米長的刺刀叢，神原康勝原本未將對方留在後方的這點軍隊放在眼裏，在他看來，相等數量的步兵也休想抵擋他的騎兵衝擊，更別提對方顯然沒有在後方留下大股的部隊，這樣，沒有任何防護的炮兵部隊，必然一個個慘死在他刀下。

正當他帶著部下舉棋不定之際，急調而來的兩千金吾槍兵卻已在神策刀陣後列好了橫隊，開始舉槍瞄準射擊。

砰砰的槍響驚醒了神原康勝，眼見自己的屬下沒有接戰便一個個被火槍擊倒倒地，憤怒之極的神原康勝令道：「向前衝吧！雖然會面臨可怕的死傷，可是勝利就在眼前了！」

無論如何，他也不能接受優勢騎兵不衝鋒就被幾千火槍兵攆走的事實，可他唯獨忘了織田信長用障礙物擋路，以落後的火繩槍擊敗武田騎兵的事實，於是，雖然手下的騎兵與戰馬都對那一片片刺刀叢心懷恐懼，孤擲一注的神原康勝仍下達了衝擊的命令。

既沒有成建制的槍騎兵，也沒有後世歐洲人對付步槍方陣的經驗，更沒有適合騎兵作戰的隊形，近七千騎兵就在火槍兵不斷的射擊下，向眼前刺眼晃目的刺刀叢衝上過去。

第一波接近的騎兵雖然揮刀狂舞，卻根本靠不到方陣內神策軍士的邊，疾衝而擊的戰馬連同騎士，直接被刺刀刺倒在地，或是被慣性拋上了天空，直接落在了刺刀叢中，整個人身被刺刀捅穿，掛在半空。

這樣的強攻雖然可以突破刺刀方陣的第一層，可是亦付出了慘重的代價，隨之而來的卻是一直排到五層的方陣等待前衝的騎兵，初始的銳氣很快喪失，縱然神原康勝一直督促部下前衝，各級大將也拚命呼喊鼓氣，可是眼前就是明晃晃的刺刀，耳邊是火槍不停開火的砰砰聲響，長途奔襲撕破敵軍防線後的勇氣已然喪失殆盡，剩下的，便是如何逃脫這可怕的戰場吧。

與此同時，張偉的火炮部隊卻一直沒有停止過射擊，霰彈已近在激烈的轟擊中迅速消耗乾淨，又換上了普通的開花彈與實心彈一直不停地向前方的日軍步兵陣中猛射，縱然敵方騎兵近在咫尺，心裏明白斷然不能讓敵大隊步兵突破防線的朱鴻儒只是不理，命屬下軍官安撫好炮手的情緒，無視身邊神策、金吾兩軍與敵方騎兵的生死搏鬥，只顧著不停地向敵步軍發炮。

他這般穩妥堅毅的表現，自然讓張偉全盤看在眼裏，原本擔心炮陣會因敵騎襲擾而混亂不堪，失去對敵步兵的威壓打擊，現下在朱鴻儒的指揮下，炮彈仍是不停的傾泄在大股的日軍陣營中，不停地奪去日軍步兵的生命。

戰鬥從中午打起，眼看已是黃昏時分，日軍不但沒有突破防線，反而不斷地被炮火逼得後退不止，武士的勇氣和戰意在不停的炮火打擊下，已然接近崩潰邊緣。

「家督大人，咱們後撤吧？」

面對不停的火槍射擊，加上難以突破的刺刀方陣，神原康勝身邊不停地有人勸他後退，「是啊，這樣打下去，我們會全軍覆沒的，還是後退保存實力，以圖再戰吧！」

「混蛋！你們回頭看看，剛剛我們衝進來的敵陣已經又再度合圍，而我方步兵給對方的壓力越來越小，我們現在回頭，那些豎起長槍的敵人必然放槍追殺，待我們衝到剛剛的敵陣前，你當他們還會那麼輕鬆的放我們出陣嗎？」

神原康勝雖是如此回答，心中卻是在急速思索著突圍之策，原路而返是不可行了，只能先向右突圍，往長崎城方向而逃，至於下一步是不是能突破敵軍的封鎖，也只能見步行步了。

看著畏縮不敢硬衝，只是象徵性的在敵軍方陣前縱馬來回奔馳的部下，神原康勝怒從心起，心知再拖下去，整個部隊必然將四散而潰，只得恨恨下令道：「全體突圍，向長崎方向突圍！」

說罷，自己搶先調轉馬頭，雙腿用力一夾馬腹，向左面長崎城方向縱馬逃逸。

他搶先一逃，整支隊伍頓時大亂，屬下各騎皆是不管身邊戰友死活，拚命調頭向長崎方向逃竄，神策方陣的士兵眼見對方陣勢大亂，所有的騎兵皆是不顧擁擠與身後的槍擊，甚至將手中的武器拋卻，以方便縱騎逃跑。當即便有都尉校尉指揮，散開陣型，放下長槍，開始裝藥射擊，日騎雖然拚命奔跑，但是因隊形混亂，甚至有自己人被擠踏而死，一時半會兒卻又能逃得多遠？於是只聽得身後槍聲大響，顯是適才列陣的敵兵開始舉槍射擊，眾騎兵皆是心膽欲裂，拚了命地向前逃竄，那手中有刀的，甚至就向眼前擋路的戰友劈去，種種混亂模樣，當真是不堪之極。

在留下近千匹戰馬與兩千餘具屍體後，剩下的四五千殘餘騎兵終於成功逃脫，踏出的一股股煙塵慢慢消失在遠方，這支對此戰威脅最大的軍隊就此絕跡於戰場。

德川秀忠立於遠方的土坡之上，親眼目睹神原康勝帶隊而逃，心中湧起一陣陣的絕望之感，恨恨地向身邊侍立的家老大臣道：「神原康勝比起他的父親，簡直是豬！他不配做德川家的家督！就算他逃命成功，我也要令他切腹！」

本多忠政早已回到他身邊，聽他侮辱康勝，心中卻是興奮得很，雖然他的步兵亦是全無建樹，不過總好過神原康勝落荒而逃，只是眼前局勢，倒也容不得他幸災樂禍，急忙向德川秀忠道：

「將軍，不可以再拖下去了！前方士兵的士氣早已消弭怠盡，騎兵又已逃竄，此戰我們必敗，還是快點下令您的本陣上前掩護，令前方的士兵從容後退，不然的話，我擔心敵人反攻，我們會由失敗便成大潰敗！」

德川秀忠又狠狠向前看了半晌，方點頭道：「你說得沒錯，我現在就令我的本陣上前，你去指揮前面的士兵後撤吧。」以手加額，慶幸道：「若是敵軍也有萬餘騎兵，只怕我們沒有機會回到江戶了。」

此時太陽已慢慢落下，暮色降臨，這一片大地行將被黑暗籠罩，只是那火槍擊發時的紅色亮點，以及大炮沉悶擊發時猛然的紅光一閃，提醒人這場激烈的大戰仍未結束。

第八章 長崎和談

諸人卻是不理秀忠，眾人合議仍是要和談，派遣了使者前往長崎，請求張偉再派使者，重新擬定條約。張偉又有意透露何斌已至倭國，幕府諸人已探知何斌為人，當下喜不自勝，極力要求何斌親來江戶談判。

德川秀忠本陣的一萬人在各侍大將的指揮下，緩慢地向前移動，以期穩固防線，掩護前面奮戰半天的將士，各人均知此戰已敗，來日亦無法突破敵軍的強大火力，仗，是無法打下去了，倭國該當如何避免千年以來沒有過的奇恥大辱？

「啊……呀……」

張瑞狠狠將發出淒慘叫聲的倭人一刀劈成兩半，他手中的斬馬刀雖不如倭國倭刀那般鋒利，但是刀身較直，刀背比倭刀厚實，鋒刃又仿了倭刀形狀，便於劈砍，亦可平端直刺，接到張偉出擊的命令後，蓄勢待發半日的飛騎將士從金吾將士身後的小樹林內奔出，馬尾上綁上了樹枝後，這支奔馳向前的騎兵聲勢絕不下於適才的倭國騎兵。而千中挑一的勇力之士方能充做飛騎，論起精銳，卻又比適才的日騎強上許多。

眼見對方騎兵逞威，張瑞急得兩眼充血，只是沒有接到張偉命令，他卻是無論如何也不敢出動，只得不停地派遣使者向張偉求戰，卻一次又一次地被拒絕。他自是不知，張偉決心以步兵方陣抵擋敵騎，亦不會令張瑞這支鐵錘去追擊那支完全喪失戰力的騎兵，好鋼要使在刀刃上，眼見敵人行將撤退，所有參與攻擊的日軍步兵已是強弩之末，不借機將其擊潰，卻待何時？

張偉的殺手，自然也是騎兵，只是他使用的時機與方式，卻比德川秀忠高明得多，一千多騎兵排成兩排，以整個覆蓋了數里長度的寬大正面向疲敝不堪的敵軍步兵發起了直接的強攻，前排的五百騎使用長達兩米五的重矛，是為槍騎兵，距離五十米時，將馬速提到最高，放下長矛，以平端的方式向前衝刺，前排的日軍原本還打算抵擋，卻無一不被可怕的長矛刺穿挑起，一次衝撞後，槍騎又放下長矛，舉刀劈砍，那些疲累不堪的日軍步兵如何能抵擋得住？當真是刀下無一合之敵，整個日軍陣線在張瑞飛騎的衝擊下迅速崩潰，只不過幾分鐘時間，原本還是進攻態勢的日軍大隊全數後退，不但本身沒有任何的抵抗隊形，還把後續上來掩護撤退的將軍本部衝亂。冷兵器戰爭時，只要一方形成潰敗，在沒有優秀的下層職業軍官及先進的組織體系前，任何人都無法挽救一潰千里的頹勢。

「將軍，請快點撤退吧，把軍隊收攏集結，或是重新徵召，我們還有再戰的機會！」

「是的，快點離開戰場吧，敗兵很快會把我們淹滅，到時候想從容退走是不可能的了！」

「將軍！」

無數的家老大將含淚跪下，力勸神情呆滯的德川秀忠趕快後退，原本還以爲對方沒有騎兵的德川簡直無法接受對面突然衝出一支強大騎兵的現實，眼見幾里外的部下被對方砍瓜切菜般的殺死，眼見自己的部下沒有任何人試圖反抗，各自都撅著屁股拚命逃竄，哪怕是對方的長刀砍來，也只是閉目待死，德川秀忠身爲幕府將軍，是天皇任命的全倭國軍隊的最高指揮官，這一刻此情此景看在眼中，又如何不感到深深的恥辱……

「走吧，將軍！」

勸告的聲音彷彿遠在天邊，卻又是那麼響亮，不容他忽視，只得從內心深處長嘆口氣，向諸人道：「走吧！以全倭國之力，不是那麼容易被征服的。回去之後，便要下令諸藩總動員，我倒要看看，他們這幾萬人，如何征服全倭國！」

說罷，連忙縱騎向後方搶先而去，他若再逃得慢些，先別提全倭國，只怕眼前連同這位將軍在內，幕府所有的精英便要先喪身於此了。

張瑞帶頭飛騎來回衝殺了數十次，縱深三四十里的路程，到處都是被飛騎斬殺的日軍殘屍，自相擠踏而死的，奔逃向前又被飛騎攆回，被追擊而至的槍兵擊斃的，一路上死屍與降兵不絕於途，直至第二天天明，張偉下令各軍回營休整，一萬餘降兵無法安置，盡數被張偉下令槍殺，那遍野的屍體自然也無人去管，好在已是暮秋時分，天氣轉涼，倒不必擔心屍體腐爛引發瘟疫。

長崎決戰十五日後，幕府終於低頭，面對張偉虛張聲勢的對中國地區的試探攻擊，所有的倭國大名甚至天皇亦派人知會幕府，一定要儘快結束這場丟臉的戰爭。

十二月的倭國已是冷風襲人，受命與幕府談判的一行台北使者的隊伍，正匆匆趕往倭國幕府所在地，江戶。

受命與倭國幕府談判的正是台北衛指揮使參軍官江文瑨，他原本拒不接受這個實際上只是去敲詐敵手的使者任命，還是張偉拉著他的手，誠懇說道：

「長峰兄，我知你素來愛讀書，講究仁智禮義信，這個，遠人不服，則以德義感化，感化不成，乃用刀兵。人家都承認戰敗，現下讓你去讓他們割地賠款的，是有些不合聖人教化之道。」

他娓娓道來，江文瑨聽了大喜，他極是不贊同這種扼住人脖子敲詐勒索的行徑，覺得太丟中華上國的臉面，現下聽了張偉如此說話，直以為他要改弦更張，放棄那些無理的要求。誰料張偉還不待他點頭贊同，將他手重重一握，話鋒一轉，又道：

「長鋒兄，財政困難啊！此番動兵，連同初期準備，後期彈藥、給養、犒賞軍餉、損毀武器……等等等等，沒有三四百萬銀子是彌補不了損失的！戰事是倭人挑起，禁絕我的貿易，侮辱我的使者，這軍費他們不出，難道讓我當褲子咬牙承擔了麼？長峰兄，這天底下沒有這般的道理吧。以前

人動刀兵不要軍費賠償，是因爲要麼勢均力敵，要麼就是滅人國。現下我又不打算滅了倭國，他們又吃了敗仗，這軍費自然該當他們出！我現下只要五百萬的現銀，三百萬石的糧食，這條件很是優惠了！」

江文瑨目瞪口呆，看著唾沫橫飛，滿嘴銀米的張偉，渾然不知眼前這位到底是統兵的大帥，還是一個商行米鋪的老闆，當下只是連連苦笑而已。

張偉正自講得興起，哪管江文瑨的臉是長是扁，仍是興致勃勃道：「至於通商是題中應有之意，我打這場仗就是爲了倭國的獨家通商權，這一條無論如何也不能讓步！割讓長崎、九州爲不設防區，也是爲了中日雙方不再有戰爭，和平共榮嘛！你將我的德意好生宣講給那些倭國蠻子聽，告訴他們，現在我是不能滅了全倭國，不過，三年內我要把軍隊規模擴大到十萬！到時候，看他們拿什麼和我打！」

他也不顧自己噴了江文瑨一臉的唾沫，轉身將蓋上了印信的使者文書交與他，又道：「此番是倭國強烈要求和談，你不必與他們客氣！只需將我的條件開將過去，成或不成，都是你的功勞。好了，去吧！」

說罷將文書塞到江文瑨手中，又將迷迷糊糊的他推將出去，於是趕鴨子上架，這位博古通今，甚至有些讀書人迂氣的江參軍，就這麼頂風冒寒的騎馬往江戶而去。

張偉因見江文瑨一臉迷糊出門，待他走得稍遠，便忍不住叉腰大笑起來，內堂何斌早便忍耐不住，見他大笑，亦是放聲大笑起來。兩人爆笑良久，方才停住。

何斌耐不住問張偉道：「志華，你怎麼派了這位只通軍務不理人情，又一臉書生迂闊氣的參軍？難道軍中無人了？」又疑道：「他這模樣，能帶兵打仗麼？」

「嘿，廷斌兄，這你有所不知了。此人雖迂闊不通人情，卻是肯醉心於軍事，舉凡我給他的各種西洋戰例、兵書，還有三衛打的這些仗，他都寫了節略心得，彙聚成冊，呈上來給我閱覽。對我及他，都是甚有好處的。不過，此人只能做參謀人員，不能帶兵打仗，為將者，不但要知兵，亦要知民，他不成的。」

嘿嘿一笑，瞅著何斌道：「是以急著請廷斌兄你來，以你舌辯熊文燦的大才，和幾個倭人小丑談判，當真是大才小用啊！江長峰不過是先期開價，就地還錢的事，就交給老兄你了。」

何斌擺手道：「志華，你又來誆我。用得著我就狠勁地拍馬屁，也沒見你把從遼東帶回來的好酒多送我幾罈——人情冷暖哪！」

「嘿，廷斌兄，這樣說話可是不對吧。酒雖然讓三衛諸將中的酒鬼一掃而空，可那上好的高麗參茶你沒少喝吧？」

「那你屢次借我私人的銀兩以充公用，把利息拿來！」

兩人說笑一番，何斌卻突然向張偉正容道：「志華，你此番將倭人俘虜盡數坑殺，只怕倭人將軍深恨於你，談和殊非易事，濫殺不祥，你何苦如此？」

「我有苦衷……」

「再大的苦衷亦不能輕忽人命啊！這樣殺戮，有損我中華上國之令名啊。」

他語氣咄咄逼人，張偉只得將原本半臥在行軍榻上的身形坐直，正色答道：「廷斌兄，可知當年倭寇入侵東南沿海，燒殺淫掠一事？」

「我自然是知道，不過，以德報怨，寬恕待人，遠人不服以德育之，這才是正道。以殺能止殺乎？」

「那我問你，倭人將來有了力量，難道不會報今日之仇麼？咱們就是把俘虜盡數放回，可以讓幕府將軍痛哭流涕，前來認罪麼？」

「不能……」

「當日倭寇入侵，縱橫南方十餘省，無人能制，那時候中華上國很有威名麼？我再問你，當年戚將軍俘獲倭人，盡數放回的好，還是斬殺以警來者的好？」

見何斌嘿然無言，張偉知道他已意動，又冷笑道：「上次殺鄭氏降人，已有人暗中非議，道我是屠夫，現下又殺倭國降人，傳將回去，只怕我就成毒夫了。殘民以逞謂之毒夫嘛。不過，縱然是我手染鮮血，也總好過讓他們將來去欺負中國之人，我交個底給你，廷斌兄，將來倭國全國要麼臣服於我，寫漢字，說漢語，全數改爲中國之人，要麼，這島上數千萬人，一個不留！倭國離中國太近，是肘腋之患，也是心腹大患，一定要在我手中，將它解決！」

他這番話殺氣騰騰，蠻橫無禮之極，只是何斌已然被他說服，臨來時滿心想勸張偉以仁德待人的心思也只得打消，無奈之下，只得盤算如何幫著張偉與德川秀忠談判，獲取最大的利益。

張偉自然知道他一直以來在台灣的高壓統治導致很多人的不滿，不光是受到約束的各級民眾，便是台北各衙門的辦事官吏，也多有不滿者。自秦而降，中國歷來是以儒家的寬仁之道治國，禮大於法，宗族大過官府，天地君親師，皇帝尚且排在儒家的「天地」之下，更別提什麼「法」了。

自漢唐以降，官府除「八議」公然破壞法制以外，又有「令」，「判」、「格」等等正律以外的補充，唐朝的三省、兩級地方政府、法律、官學、官制、軍制，原本就是封建社會發展到高峰極致時的產物，可是不過百年就破壞殆盡，正是由於中國總是權大於法，人情大於律令之故。對於張偉目前高壓加嚴刑苛法的統治，表面上自然無人敢於質疑，暗地裏的不滿卻是從未停歇，這些人不敢當面指斥張偉的治政方略，自然就借著所謂天理人情之類，向張偉的鐵腕手段反彈。

對於這種指東打西的手段，張偉自然心知肚明，也不好向何斌等元老發作，只得待將來有了大義名分後，建立完善的新制度及律令，加以宣傳，方可扭轉一二，千年積弊，卻也真不是一朝便可消弭的。

兩人又談了一陣何斌走後台灣的政局安排，張偉留張傑鎮守台北，自然是心中安慰，很是放心，軍機處等人辦事勤謹，何斌卻也著實說了幾句好話。原本張偉離台，諸事都由他主持，每次都累得不輕，此番有了軍機處這樣的最高施政機關，何斌當真是卸下了千斤重擔，對張偉的安排不但不

怒，反而大是敬佩。

卻不料張偉聽他連聲讚頌之後，只淡淡一笑，不置可否。

何斌大奇，知張偉這副神情必有下文，於是連聲逼問，張偉只得答道：「軍機處之設不過是一時爲你我息勞，軍政不分，名位不正，表面上大權在握，實則是我的秘書郎。那吳遂仲才幹不凡，野心也是不小，對權位表面淡泊，實則熱衷，我此番有意冷落他些，讓他知道我雖信任於他，卻並非缺了他就不行。至於軍機處這個機構……將來再說！」

他不肯盡數說出心中所思，不過這心中陰謀詭詐之事對何斌也是全無隱瞞，何斌大是感念，心知張偉不忘當年一同創業情分，只要自己不在暗中對他扯後腿，張偉掌權一日，定可保自己富貴一日。當即向張偉一笑，不再逼問。

他們這邊輕鬆寫意，在那房中升起了大火爐，一群人說話烤火，閒談古今，當真是舒適之極。便是那三衛的軍士，亦是居住在那牛皮大帳之中，十人一帳，又有徵集來的棉被禦寒，倒也不曾受凍。

只可憐那江文瑨，雖張偉明知他此去必是無功而返，竟也令他即刻上路，此時十二月天氣，正是寒冬初至，一路上雖不是冰天雪地，只是那冷風一直往袖口領口中灌，把這文弱參軍凍得縮手縮腳，叫苦不迭。好不容易到了江戶，卻又被有意怠慢的德川秀忠晾了數日，方才召見於他。

倭人此時議事的規矩卻與中國漢制同，入閣議者者皆需除鞋而進，跪坐議事，江文瑨雖是曉得倭人習慣，只是將膝蓋跪在那冰冷的地板上時，仍是心中默默將盤踞軟墊之上的幕府各人罵了個遍。

因見江文瑨端坐不語，德川秀忠身為上位之人，自然也不會先行開口，那本多忠政只得先開口敷衍道：「將軍此來辛苦，你家大人可好？」

江文瑨不軟不硬答道：「貴國九州倒也不算寒冷，大人此時身居長崎城主的府邸之內，想來是安好的很。」

本多忠政被他嗆得難受，本欲發火，又想起人家畢竟是勝軍之將，只得將火按下，又問道：「將軍此來不易，還是請將貴方的條件開出，兵凶戰危，貴國數萬將士居我國九州，還是借著我國天皇以仁德之心，下詔和談之際，拿出誠意來解決貴我雙方的爭端，否則，我國大兵雲集，恐怕貴軍將如那蒙元之際的數十萬大軍，盡數喪身於倭國！」

江文瑨聽他虛言訛詐，大言不慚，用什麼大軍雲集之類的話來虛言恐嚇，微微一笑，答道：「貴方還有大軍？將軍閣下的精銳武士已盡喪於長崎一戰，還連累了九州諸藩徵集的大軍，屍體至今仍然連綿於長崎野外，請問將軍又去何處重新徵集大兵呢？」

「我家將軍已然退位，傳位於長子德種家光，現在將軍大人是大御所，請不必以將軍之名相稱了。」

江文瑨大奇，注目望去，見德川秀忠神色頗是尷尬，諸家臣大老皆是面無表情，當下明白過來，想來是長崎戰敗，秀忠受到家中大老的逼迫，被逼退位。雖然身為大御所，想來實權已是被剝奪

了不少，否則以秀忠的性格，主動求和也不大可能。

心中明白，卻也不好刺激過甚，只是接著笑道：「來時聽說貴國的後水尾天皇不久之前退位，傳位於明正天皇，七歲的天皇下詔，恐怕別有內情吧。」

本多忠政以生硬的態度答道：「這是我國的內政，不需閣下費心。」

那後水尾天皇春秋正盛，卻是因秀忠之子家光的乳母逕自前去朝參天皇，因她身分卑微，天皇雖封她爲「春日局」，內心卻甚覺羞辱，天皇身邊諸公卿大臣亦是極爲憤怒，覺得幕府太不將天皇放在眼裏，故而後水尾天皇憤而退位，以示抗議後，德川幕府與京都的關係委實十分緊張，此番張偉帶兵來襲，幕府慘敗，正好給了這些心懷不滿的公卿藉口，天皇下詔令幕府迅速平息戰事，想來也是前番後水尾天皇退位引發不滿的發洩。

江文瑨固然沒有點明話中含意，幕府諸人卻是心知肚明，不外乎是說長崎敗後，倭國政局不穩，不但是天皇公卿不滿幕府，便是那一向刺頭的諸藩大名，亦有不少蠢蠢欲動的。長崎一戰幕府損失慘重，精銳武士死傷了不少，若果真有幾家大名以尊王名義起兵，只怕也不易彈壓。好不容易的一統局面，行將崩潰。

他們很怕分裂，卻不知道張偉也很怕倭國再度進入到戰國狀態，戰爭是科技和政治發展的最好催化劑，若是倭國拚了老命再內戰幾十年，只怕有什麼先進的武器和科技政治理念都可以順利進入倭國，倭國人學習和改革的勁頭張偉心知肚明，絕不會讓這種情況發生在他的眼皮底下，是故，他比幕府本身還要迫切的希望幕府繼續存在，壓制諸藩，維持表面上的和平，這樣才能把全倭國湧動的暗流借幕府之手壓制下去。

德川秀忠心裏當真是五內欲焚，他從父親手中接下了這麼大的基業，誰料沒有多少年便遇到了這麼大的挫折，原本就不高的威望更是直線下降，現下眼前敵方使者貌不驚人，且又是一小小參軍，原本就覺得受到對方侮辱的他更覺憤怒。只是諸大老都被辯得啞口無言，他現下被逼退位，卻又有何話說？

諸人都是啞口不言，閣內頓時是死一般的寂靜，直過了半晌，德川秀忠無奈開口道：「尊使，請把貴方的條件開出來吧！」

江文瑨向他躬身一禮，默默將準備好的和談草約從懷中掏將出來，遞與閣內的侍者，那侍者自去轉呈給德川秀忠。

秀忠接過草案，因當時有身分的倭國貴族皆學習漢字，這草約他也不必翻譯，自己直接拿過來便看。

只看了片刻不到，立時兩眼噴火，對方條件之苛遠出他想像之外，在幕府會議猜測時，料想對方必將趁大勝之威，要求獨家貿易，甚至開放港口之類，誰料對方不但要求了這些，還老實不客氣的提出割地賠款，強忍住怒氣，雙手顫抖著將草約遞給本多忠政。

那本多忠政倒沒有他這般憤怒，淡淡掃了幾眼，便又將草約遞於旁人，閣中十數人看完，只是

無人說話，諸人誰也不是傻子，這樣的條約明顯是對方獅子大開口，如何還價，自然是該當秀忠先開口。

秀忠臉上一陣紅一陣白，知各人等著看他表態，臉面上一陣陣地發燙，又見江文瑨仍是若無其事端坐對面，一時按捺不住，縱身而起，將身後刀架上的菊一文字拿起，抽出刀來疾衝過去，將刀架在江文瑨脖子上怒道：「貴使挾長崎之勝餘威，上門欺我，難道不知道武士一怒，血流五步嗎？」

江文瑨將眼一掃，微微一笑，用嘲諷的語氣答道：「怪不得大御所統兵十幾萬，數倍我師，仍是慘敗收場。統兵大將自詡爲武士，揮舞佩刀威脅敵人使者，這麼有失身分的事，我家的指揮使大人是決計做不出來的。大御所，你可知將軍一怒，血流千里麼？」

「你！」

一縷鮮血從江文瑨的脖子上緩緩流將下來，德川秀忠一時激怒，手上多使了一些勁道，刀刃切入肉中，雖是他及時收手，亦在江文瑨脖子上留下一道深深的刀痕，見他如此，江文瑨反倒不再出聲，只是將雙眼閉起，身體坐直，一副閉目待死的模樣。

德川秀忠長嘆一聲，將刀收起，正容道：「江使者膽色辯才俱是驚人，令人折服。也罷，這條約雖是過分，但也不是不能商量……」

江文瑨睜開雙目，笑道：「我家大人在我臨行前向我交代，條約一字不可易。」

德川秀忠聞言差點吐出血來，他肯就這一過分這極的條約來商討，原本就是極大的讓步，誰料人家的主將早就有言在先，條約一字不可易，兩相對比，他當真是丟臉之極。

因見諸家臣大老霍然而起，顯是也對張偉的這一交代甚爲不滿，只是卻無人上前說話，一時間心灰意冷，將佩刀扔在地上，吩咐道：「你們與使者商談，若使者仍不肯改易一字，便將使者好生送出城外，派人送回九州。」

說罷向外間蹣跚而去，臨出門之際，突然轉頭向江文瑨問道：「使者，你當真只是一小小參軍麼？」

「正是，有勞大御所動問，文瑨確實只是指揮使大人身邊參軍，參贊軍務是也。」

微微一點頭，秀忠向他慘笑道：「參軍都是如許的人才，怪道那張偉幾年之間勢力強大到這個地步，我曾經聽說過他幾次，一直只道是一個尋常海盜罷了，早知今日……」

話沒說完，突然臉色一變，嘴角溢出一股鮮血來，用衣袖拭去，逕自去了。

見他如此，江文瑨心中暗嘆：「此人命不久矣。長崎一戰敗得太慘，又因得罪天皇被公卿羞辱，加之被逼退位的鬱悶，今日又被刺激到吐血，來日再被逼簽定和約，這些事累積在一起，想不死亦難。」

德川秀忠走後，諸幕府大老一齊上前，欲以言辭與江文瑨一較高下，誰料不管他們如何解說，如何恐嚇，如何利誘，如何威逼，江文瑨一概微笑答曰：「大人有言，條約一字不可易！」

他書呆子脾氣，來做此事當真是恰當之極，不慍不火，不卑不亢，一直僵待了半日，幕府諸大

老無法，只得命人將他送出，稟報德川秀忠和談破裂。

秀忠倒是欣喜過望，和談原本不是他本意，依他本意自是要齊集兵馬，與張偉再戰，現下和談破裂，秀忠雖是適才吐血而出，神情萎頓，一聽使者被諸大老送回，立時便縱身而起，重回議事室，向諸大老要求頒佈徵兵動員令，在全倭國動員大軍，最少要動員五十萬步兵，三萬騎兵，不信以這麼強大的實力，打不敗張偉那區區的三萬多人。

他雖是慷慨激昂，向諸人陳說厲害，諸大老卻是無人理會，他說得漂亮好聽，什麼五十萬大兵，數萬騎兵，必能將敵人攆下海去。豈不知兵馬未動糧草先行，數十萬農民徵集起來是多大的動靜？諸藩原本就不穩，這般大動靜的徵調，必將引發大規模的動盪不滿。再加上農夫從軍未經訓練，只怕對方幾炮一轟便各自星散而逃，連帶原本可以一戰的職業武士亦同時被衝垮，諸家老大臣已然明白，以對方火器之犀利，並不是僅憑人多便可以戰勝的。敵方肯談判是因爲人力不夠，若是三萬多大軍翻上一番，只怕人家憑著軍隊自己至江戶來取銀，又何必派遣人來談判呢。

秀忠因見己方大老如此卑躬屈膝，怯懦懼戰，又是一口鮮血噴出，當下由侍者扶著而出，自此之後再不理事，一任事務由家臣大老會議決定。

諸人卻是不理秀忠，眾人合議仍是要和談，派遣了使者前往長崎，請求張偉再派使者，重新擬定條約。張偉又有意透露何斌已至倭國，幕府諸人已探知何斌爲人，當下喜不自勝，極力要求何斌親來江戶談判。

半月之後，張偉終於應日使之請，重派使者，此番卻換上了能言善辯機詐陰謀的何斌前往。幕府聽聞是與張偉一同開基創業的何斌前來，自然也是喜不自勝，知道此番對方有心令和議成功，於是自德川家光以下，幕府眾人皆自將軍府邸之前而迎接，那何斌早年曾隨同鄭芝龍前來倭國，拜見過德川家康，與現在幕府的不少大老皆有一面之緣，當下各人把臂言歡，語笑歡然，不但不似敵國會議，反像是故契重逢。

諸人將何斌接入閣內，又是一番寒暄過後，便開始切入正題。

那本多忠政先開口道：「何先生，我們幕府各人，都是敬你是家康將軍會晤過的人。又與幕府的朋友鄭芝龍將軍相交甚厚，咱們不必客套，我先將幕府的態度告之閣下，那個草約，幕府絕對不會同意的。」

「那又何苦把我請來！這個，草約一字不易，這是張志華定下的底線，諸位，你們的選擇只在於簽，或是不簽。」

說罷傲然抬頭，目光巡視神情難看之極的幕府諸人，他此番作態之前便與張偉商量好，一定要趁幕府諸人心盼和議而成，以為他何斌是來討價還價，先期給這種心理狠狠一擊，然後再趁機就地還錢。

本多忠政是此時閣內身分最高之人，無奈之下，只得先張口道：「閣下，難道沒有一點商量的餘地嗎？」

說罷自己都覺得甚是羞辱，只是勢不如人，不得不靦顏相問。

何斌冷笑道：「諸位，可是覺得我方兵少，不能橫掃整個倭國？明告訴各位，我家大人已然派人回去調兵，六千火槍兵加上一萬土蠻騎射手，再募集三萬健丁搬運糧草彈藥，沿海軍艦不停轟擊，掃清諸藩，諸位捨不得的銀子，咱們自己取了當軍費——各位，只怕到時候想割地求和亦不可得也。」

他雖是虛言恐嚇，倒也不是盡數誇張，張偉現在居九州而不攻，除了威脅之外，再無動靜，幕府諸人皆以爲是敵方兵力不足，無力保障後勤所致。若果真如何斌所說，對方此時沒有動靜，卻是爲了積聚力量，爲下一步大的舉措而做準備，那當真是危險之極。幕府固然可以全民動員，又怎能與六萬裝備精良，戰力強悍的職業軍人相抗？

各人皆是面如死灰，良久之後，本多忠政方勉強笑道：「如此咄咄逼人，又豈是中華上國的風範！」

「正是，倭國自漢朝時便曾受漢家皇帝封賜，唐宋兩朝亦是來往不絕，怎麼到了明季，中國待倭國如此殘苛。」

「算了，咱們拚死一戰，未必一定會輸！」

因見何斌不露聲色，本多忠政只得又回頭打圓場道：「何先生宅心仁厚，有仁人君子之風，必定會爲幕府想想辦法，大家體體面面簽了和約，過了這關。何先生，你以爲如何？」

他這般卑躬屈膝，軟語相求，何斌便也笑道：「我與老將軍曾有一面之雅，又怎忍相逼過甚，何況中華上國一向以仁德服人，只要諸位拿出誠意來。張偉將軍那裏，由我何斌擔待就是。」

他讓人家「拿出誠意」來，這些百練成精的家老們又如何不知道他話中之意，各人急忙將幕府準備的條件捧將出來，送與何斌觀閱。

何斌一看，肚裏大笑，面上卻仍是神色凝重，只見那條約上寫著：「倭國賠付張將軍戰爭損失，賠付白銀兩百五十萬，糧一百萬石。給予張將軍獨家貿易權，長崎爲不設防區，倭國與張將軍從此友好，不相征伐，如有違約，則天罰之。」

第九章　長崎和約

為難之事已經解決，九州不駐兵不過是此許小事，日方自然連忙答應不迭，雙方又商討了支付交割的細節，兩日之後，於江戶將軍府內，中日雙方正式締結了《長崎和約》，結束了因日方驅逐張偉使者引發的這場貿易戰爭。

當時倭國所儲藏的白銀數量約爲世界的三分之一，是以肯一下子拿出兩百五十萬兩的賠償，當時又大力發展農業，一百萬石的糧食對他們也不過是九牛一毛。

何斌見了甚是滿意，有此賠償，已足夠此番興軍的軍費，還有一半的盈餘。只是想到張偉此番不依不饒的模樣，心知這還是對方的初步方案，便將臉一板，怒道：

「貴方全無誠意！所賠付的白銀及糧食數字與我方要求的相差甚遠，如此，何必和談？我方掃平幾個大名的城池，只怕就遠遠超過這個數字了！」

起身拂袖，便要離去，至門口又冷笑道：「各位，割讓長崎不容商量！」

他這般作態，閣內諸人均是慌神，此番忤逆德川秀忠之意，眾人一力主和，現下又怎能這樣就放何斌走了？當下忙不迭衝到門口，好說歹說又將何斌拉回。

何斌不悅道：「貴方既然沒有誠意，又何苦糾纏。讓我回去，大家齊集兵馬，在戰場上分個高低，那時候想必不管是我方還是貴方，對談判都會有一個清醒的認識了。」

見本多忠政神色難看，卻又轉顏笑道：「兩邊起了誤會，打了這麼一場，難不成以後還要再起刀兵不成？張將軍為人認真，認為此番戰事是貴方引起，需賠付全額軍費，這也並不過分，不知道貴方為什麼不肯答應？」

他又是威逼，又是利誘，逼得這些倭國貴人無法，那本多忠政只得答道：「貴方軍費哪有那麼許多！我方的賠償已足夠彌補張將軍的損失，如若多要，便是敲詐！」

何斌斜他一眼，卻不答話。本多忠政臉色一紅，情知自己說話幼稚，人家擺明了就是要借戰爭大勝敲上一筆，自己卻與對方探討軍費多少，當真是可笑之極。

「幕府絕非張將軍想像的那樣富庶，兩百五十萬兩的白銀已掏空了我們的國庫，若是何先生仍不滿足，那我們只好將這筆錢用來募集大軍，購買武器軍馬，與張將軍會獵於江戶。」

何斌知他說的是實話，倭國白銀雖多，但畢竟政體與中國不同，民間財富不可以盡集於中央政權，當下伸出五隻手指，笑道：「再給這個數，就成了。」

「五十萬嗎？」

「那是當然，五百萬的話，閣下想來會跳起來與我拚命了。」

見本多忠政面露難色，其餘幕府家老亦都沉默不語，知道對方實不欲再拿銀子出來，便又伸出一根手指，笑道：「要不然，多給一百萬石糧食，也成。」

閣內諸人頓時如釋重負，連忙點頭答應。這一百萬石糧食在產糧大國的倭國來說，當真是算不上什麼。可是在流民造反，赤地千里的中國，可要比銀子難弄得多了。台灣有上好的樟腦等防蟲之物，張偉大建糧倉，儲備了大量的糧食，對糧食，他向來是多多益善的。

見各人都點頭答應，何斌又笑道：「張將軍亦是知道，讓貴方割讓領土，委實有些爲難……」

各人都忙不迭點頭，均道：「倭國立國千多年來，從未割讓半寸領土，請閣下見諒。」

「是以大人在我臨來前亦曾說到，倭國朋友若是顧及面子，啊，這個名義上可以不需要割讓長崎，改爲租借好了。」

見各人面面相覷，顯是不知道這「租借」的含義，何斌哂然一笑，以溫馨的語氣向幕府諸人解釋道：「這個租借，就是說長崎仍是倭國的領土，我方不過是請倭國朋友暫借一時，這租期麼，就定爲五十年。每年付象徵性的租金若干，五十年期約一滿，若是兩邊都同意續租，則繼續租用，若是有一方不願意，則由倭國政府收回長崎，各位看如何？」

這樣的理論自然是來自西方，當時的倭國人自是聞所未聞，雖覺荒唐，卻亦是解決爭端的辦法，不然的話，因長崎之事爭執不下，再打起來卻也是雙方都不願意的事。

本多忠政疑道：「貴方如何能保證五十年後長崎一定歸還？」

何斌大笑道：「一則有租約在，二來，貴方五十年後以全國之力奈何不了小小台灣，那麼要不要長崎，也不打緊。」

他雖說得難聽，卻也切中要害。倭國今日受辱，又怎會不想辦法報復？看著立時神態輕鬆的幕府眾臣，何斌心裏暗暗冷笑：「果不出張志華所料！不過，你們港口被封，不得與外相通，任你以土法重新集結訓練二十萬大軍，只怕數年之後，仍是一個慘敗之局。」

又向諸人說道：「鑒於長崎要租借多方，我們必然是要少量駐兵，以防海盜、亂民。貴方為顯示誠意，切不要在九州地區駐紮幕府的正規軍隊，至於藩主自己的軍隊，我們還沒有放在眼裏。」

為難之事已經解決，九州不駐兵不過是此許小事，日方自然連忙答應不迭，雙方又商討了支付交割的細節，兩日之後，於江戶將軍府內，中日雙方正式締結了《長崎和約》，結束了因日方驅逐張偉使者引發的這場貿易戰爭。

張偉待和約簽訂，留下左良玉校尉領兩千神策軍將士鎮守長崎，又在臨行時大募倭國民伕，將原本的長崎城翻建改擴了三倍有餘，留下四十門火炮放於新築的長崎城頭，待左良玉送張偉至碼頭之際，張偉交代道：

「若倭人反覆，不必出擊，倚堅城利炮而守，控制住長崎，我便能及時來援，也方便登陸。切不可貪功而出，切記切記。」

見左良玉唯唯諾諾連聲答應，又道：「我此番回去，會派行政官員過來接管此地。駐軍要配合他們，不可以槍桿子在手便輕忽文官，我若知道你有違令或是縱容屬下敗壞軍紀，定斬你不饒！」

說罷飄然而去，自乘船回台北去也。

此番征日所獲良多，數萬大軍經過這場大戰，不但是新兵經歷戰火洗禮而迅速成長起來，便是那打過台南的老兵，亦是受益良多。

張偉又命隨行參軍記下戰役中的種種得失，彙編成教材，所有的伍長果尉，以及台北講武堂的學員每人一本。

這種實戰中記錄的戰術教材，可比一百次演習都有用，張偉自然不會放過這個提高部隊戰鬥力的機會。除此之外，又下令戰鬥中表現良好的伍長、果尉徵入講武堂，一面學習更高深的戰役理論，一面以戰術教官的身分向學生講解戰術。

再過兩年，這些首批入講武堂的學子畢業，便可直接以果尉職充實軍隊，這些經歷過系統的文化知識教育、軍紀軍規教育、火器科學教育，以及系統戰役戰術訓練過的學子一旦加入軍隊，整個台灣三衛軍的實力，必將大步跨越幾個台階。

回台後半月不到，水師便護送著百餘艘運輸船自長崎而回，只是此番不是運送兵員，而是滿載了整船的白銀及糧食而回，船隊一回，便象徵著整個伐日之戰的徹底終結。

接下來是犒賞三軍，除了豬牛羊雞上好美酒外，每人二十兩銀的犒賞足足令大半的三衛士兵笑得肥幫子疼。

張偉這番大手大腳的犒賞，足足費了台灣政務署七十餘萬白銀，若非是倭國賠款送來，還當真是支付不起。何斌少不得要埋怨幾句，張偉也只笑笑便罷了。

那清朝時八旗綠營出征，比如征小金川一戰，幾年時間花了白銀三千萬兩，動員軍隊也不超過十萬人，銀子怎麼用的，不過是買糧雇工，以及打了勝仗的賞銀。是以清朝外戰不行，內戰卻是近兩百六十年甚少打敗，何也？清朝統治者捨得花錢在軍費上，不像崇禎皇帝，連軍餉都要士兵自己想法子，兩相對比，張偉自然知道錢要花在何處方是合算。

除去應有花費，自倭國得銀仍有半數被封存在台北政務署的庫房，這筆錢張偉有言在先，任何使費皆不得動用，全數撥給台北船廠造艦。

征服倭國後，下一步自然是要劍指南洋，而南洋之戰，海軍的作用卻又比陸軍重要的多，沒有一支強大到與列強周旋的海軍，稱霸南洋自然也無從談起。何斌調集了工商財務署下所有積年的算帳好手，將造船的成本、火炮、每船所需水手費用都算入其中，算來如同鎮遠級大艦可造八艘，每船配十二磅炮四門，八磅炮十二門的小型炮船十五艘，加之原本就購買建造的遠字級大艘八艘，小型炮船二十二艘，計有大型戰艦十六艘，小型炮船三十七艘，海軍軍官水手以及岸上輔助人員，一共一萬兩

千人。這樣的海軍實力，已經遠遠超過當時除荷蘭外的任何一個歐洲國家在亞洲的駐防艦隊。

待預算做好，便立時撥銀至船廠，買木料、雇傭人手，擴大船廠規模，原本就一直沒有停止過造船的台北船廠越發地繁忙起來。

「廷斌，尊侯，咱們的船廠規模，總該大過當年南京的寶船廠了吧？」

「這誰能知道……寶船廠早被焚毀，當年夏原吉大學士上疏宣宗，言道南洋取寶船勞民傷財，應行取締。皇帝准了他的奏章，從此南京的造船便停止了下來。」

施琅答完，又長嘆道：「原本泉州的造船業亦是極爲發達，宋朝泉州實爲天下第一繁盛之地。造的船隻又何止成千上萬，來往的客商比之今日，當真是多到不可勝數啊。現下一來是港口擁塞，船隻漸漸向廣州而去，而來朝廷厲行海禁，畢竟不如宋朝時對海外貿易那麼看重和支持，船業和商業慢慢凋敝，若不是這十數年來朝廷控制力日漸削弱，只怕連現今的規模也是沒有呢。」

三人兀立在台北碼頭不遠處的高崗之上，那台北船廠便建築在三人腳下，看著熙熙攘攘忙著造船的數千名匠人及民伕，由不得三人不發出興亡之嘆。

張偉因又問道：「尊侯，你軍中英人教官已然盡數離去了麼？」

「沒有，尙有十餘人留下。言道咱們的軍餉待遇比英國高的多，他們原本是下層小官，不知道何年何月才能升得上去，倒不如給咱們賣命，直接就能做中上層的軍官。」

張偉點頭道：「這些人在海上多年，考察其仁勇智信，方可任命爲一艦之長。不要太過迷信英國人，他們也有孬種。」

見施琅點頭，張偉便不再多說，水師一向歸施琅統率，如何用人管理，自當有施琅做主。他一來甚是相信施琅為人品性，二來所有的水師官兵家屬財產皆在台北，便是有人想反，也得考慮後果。是以統領之權，他便放心交與施琅。

又問施琅道：「尊侯，廷斌兄銀子給的極是痛快……」

回頭看了一眼何斌臉色，又笑著接道：「是以船廠諸般所需，不論是人還是物，都是張口便給，如此，所造諸船，要多久才能投入使用，又有多久那些水手軍官，才能真正掌握戰艦，投入戰鬥？」

施琅低頭算了片刻，方答道：「一年。需以一年之期，一則造船便需半年，最少還要有半年讓我訓練水手，雖說咱們募來的水手都曾經上過船，不過戰艦與商船不同，還需要重新訓練才是。還需帶他們出海遠航，找些小股海盜打打，練練膽色和臨戰反應，最少得一年時間才成。」

此時是陽曆一月中旬，陰曆十一月底，距離年關不足一月，張偉想了一下，距崇禎二年皇太極入關還有五個月左右，這段時間足夠自己準備了。大量的運輸船只到時候可以徵集商船，軍隊還需要擴充，還得加派探子往遼東窺探，否則皇太極改期出關，自己可就後悔不迭了。

何施二人見他低頭沉思，知道他心中又在思考大事，兩人便靜立一邊，等他想完說話。

張偉因向何斌問道：「庫銀還有多少？」

何斌打一冷戰，答道：「遼東貿易獲利頗豐，此番興軍又沒有動用台北的銀子，全由倭人支付了，去掉日常使費留銀，還有七十多萬兩。」

「遼東貿易，女真人不肯賣馬吧？」

「不錯，獸皮人參什麼的，咱們要多少給多少，唯獨馬匹，那是一匹也不賣的。」

張偉沉吟道：「看來，只有去內地買走私的馬匹，所費不少啊。廷斌兄，年前便派人去內地購買一萬匹，全買咱們福建的晉江馬，雖然個兒矮，速度也慢，不過耐力很足，請兄務必要快些買來，我有大用。」

說到此處，嘆道：「可惜沒有辦法弄到阿拉伯馬，這晉江馬雖是耐力十足，不懼炎熱蚊蟲，不過只適合拉車、駝乘，不適合長途奔襲。」

當下何斌皺眉道：「志華，你可是要組建騎兵？這樣代價未免過大，咱們承受不起啊！一萬匹馬，連買帶運，少說也得三十萬的銀子，再加上一年所耗的食料，所費當是不少。況且買的馬又是晉江馬，用來做運輸之用還算不錯，若指望用牠來打仗，那是不成的。飛騎衛騎的都是上好的河曲馬，是那河套地區千年來雜交的優良馬種，你若是組建騎兵，乾脆多花點銀子，咱們還是買河曲馬，如何？」

張偉咂嘴搖頭道：「騎兵自然是到了組建的時候。一點騎兵沒有，那是絕對不成的。此番對日作戰，若不是敵軍疲敝之極，又有步兵緊隨其後，僅憑張瑞的那一千多飛騎，縱然是屁股上綁上馬尾，又能把那麼多的敵軍怎麼樣呢。張瑞手下若是有五千騎，我就可以不必冒險，與敵騎硬捍！不過，那河曲馬不是上好馬種，不必花錢大量購買了。」

說罷連聲長嘆，顯是還爲當日決戰時苦無騎兵可用而嗟嘆，過了半晌，方又向何斌道：「台灣現下雖是地廣人少，土地肥沃，不過終究不夠建立大規模的牧場，廷斌兄，那阿拉伯馬你可知道？」

「知道，當今天下最好的馬種。耐力足，身量大，衝刺速度也快，只是咱們這裏不好買，萬里海途，能買幾匹？」

「咱們也不必派船過去買，來往於那邊的商船多了，托人家帶些種馬回來，咱們這兒再準備些上好的母馬，待將來有了適合養馬的地方，再說吧。」

施琅見他意興蕭索，忍不住說道：「我看那倭國馬就不錯，咱們上次長崎之戰共俘獲了三千多匹呢，個頭可比咱們中國的馬高大多了。」

張偉點頭道：「那倒不是倭國本地的馬，是他們從荷蘭人手中購買改良的西洋馬種，論起來，確實要比咱們的馬種好上一些。」

眼前一亮，在施琅肩頭重重一拍，笑道：「尊侯，不是你提醒我倒忘了，快，派船將那些戰馬運回來，再派人與幕府接洽，向他們再買五千匹馬，這樣我的戰馬也有萬匹，勉強可以成軍了。」

何斌問道：「那還要大量買晉江馬做甚？台北台南的官道馬車早就買了不少馬匹，便是有不足用的，慢慢購買就是，何苦一下子買這麼許多。」

「一來島內需用，二來，山人自有用處，現下卻是不方便說。」

兩人知他素來如此，也不逼問，又觀察了一陣船廠，便各自離碼頭而回。

何斌自去務署佈置買馬之事，施琅仍至船廠，日夜監督，船造好一艘，他便立刻安排水手軍官上船，總之務要追趕時間。南洋戰略，張偉已向他透露一二，是以施琅知道時間緊迫，每日總是忙碌不已。

張偉自回台以來，每日奔忙不已，撫恤傷患，慰問遺屬，頒佈勛章，提拔功勛敢死之士，又是大犒三軍，這些事均需他親力親爲，別人無法代替，雖是疲累不堪，這一日卻約好了要去軍營任命三衛九軍的將軍，無奈之下便命馬車緩慢而行，時正晌午，陽光透過車窗均勻的灑在他的身上，倒也溫暖舒適，一路上馬路平整，車身輕搖之下，他竟是酣然而睡。

待到得軍營，自有人將他喚醒，張偉深知軍隊實乃他安身立命之本，無論何時，絕不可讓手下的兵士輕視，於是略整衣裳，端正儀容，方在身邊皮甲飛騎的護衛下，騎白馬入營。

只見數萬軍士以方陣肅立於點將台四周，咳喘之聲不聞，亦無人敢扭動身軀分毫，各兵均是持槍而立，將火槍直立平端，槍托直至於胸口，隨張偉移動的方向轉動頭部，眼光緊緊相隨，眼見如黑色波浪般的方陣緊隨著張偉的行蹤而擺動，張偉心中喜悅之極，數年辛苦，幾乎沒有睡過幾個好覺，始有今日這般的基業規模，如此下去，離中興大漢的目標越來越近，卻教他如何不喜？

他這幾年威福自擅，性格思想已與初來時大爲不同，若是數年前見了這般陣勢，必將是手足無措，或者是喜難自禁，此時固然心頭喜悅，臉上卻也只是淡然而笑，策馬過方陣時，亦是目不斜視。雖萬千人爲他歡呼雀躍，亦只不過引得他微微頷首而已。

待策馬行至點將台下，自有都尉以上的將軍親自相迎，他們卻不比持槍而立的士兵可以不必向張偉行禮，各人見張偉下馬，忙同聲拱手道：「末將恭迎指揮使大人！」

說罷便齊刷刷單膝而跪，垂首待張偉上將台。便是那周全斌等人，原本按照品階不需向他下跪，只是張偉在台灣地位堪比帝王，又有誰理會那朝廷規矩了？

見各人跪伏腳下，張偉卻沒有初來時的那般驚訝與排斥的心理，單手虛扶，令道：「眾將起來。」

因此番不是大閱，而是封將，故而除張偉與衛隊外，任何人也不得上台，諸將依命起來後，便團團環繞將台而立。

張偉自步行上台，直至將台之頂端，撫著將台上一支支軍旗，張偉沉思片刻，發令道：「即日起，台北衛軍改稱爲漢軍，漢軍，爲大漢之師，自今往後，爲大漢天朝征伐四夷，鎮撫天下！令，周全斌、張鼐、劉國軒爲漢軍三衛將軍，各領一衛，爲我佐輔。」

他此番決意拋卻明朝官制中的一切名稱，規制，以自己認爲最合適的名義建立軍號，又以自己屬意的官制來封賞部下，一來他割據之實早成，朝廷置縣無用各人都是心知肚明，如此情勢下，再拘泥於受撫一事，徒爲人笑耳。是以他以指揮使的官階任命屬下爲將軍，宣示了台灣不但有割據之名，

亦有了割據之實。

他頒令之後，自有身邊的傳令兵持令下台，先是策馬繞營中漢軍一周，大聲宣示他的軍令，待馬行一周，四周已是歡聲雷動，眾軍士蒙受張偉大恩，哪知什麼朝廷皇帝，周全斌等人又深受軍士愛戴，雖說他們的將軍之位原本便是不可動搖，但現下由張偉在將台上正式賜封，眾軍自然是歡欣鼓舞，爲他們敬愛的這幾位將軍正式受封而歡呼不止。

待周全斌等三人下跪謝恩後，張偉又令道：「令，張傑、黃得功、顧振爲金吾左、中、右將軍；林興珠、沈金戎、賀人龍，爲龍驤衛左、中、右將軍；左良玉、曹變蛟、肖天，爲神策衛左、中、右將軍，協助衛將軍佐理軍務，朱鴻儒升爲神威將軍，仍掌炮兵，江文瑨、張載文、王煊，三人爲參軍將軍，張瑞爲飛騎將軍。」

此番除王廷臣外，張偉自遼東帶回的幾人皆是位至將軍，雖然軍將低於衛將，仍需受到周劉等將軍的節制，不過每人領一軍四千人，可比在遼東時威風的多了。

這王廷臣若不是張偉考慮到遼東新人提拔過多，恐遭軍中老人忌恨，有意尋了王廷臣的岔子，訓斥一通，不予提升。不然憑這些歷史上有名的將才，又怎會在功勞上居於人後？雖是只少提他一人，暗中亦是讓不少眼紅的三衛老人出了一口惡氣了。

待封將完畢，又將原本的都尉提升至空缺的校尉之職，其餘依次補缺，只不過是照名單念上一遍罷了，張偉平日裏諸事纏身，哪裡管得到小小都尉的升遷。待讀念完畢，雖說是有人歡喜有人愁，到底是完了一事，張偉輕鬆下來，背著身子在將台上打了個大呵欠，本想就此離去，卻又想起要召集新任諸將訓話一通，虛應故事一番，無奈下便趕至節堂，召集諸將議事。

此番議事只召將軍，於是以周全斌打頭，底下張鼐、劉國軒帶自各衛下屬的將軍魚貫而入，除林興珠鎮台南外，左良玉留鎮長崎，他們的將軍佩飾及印信自會派人送去。

張偉端坐於節堂正中，諸將依序而進後，先去除了頭上頭盔，卸甲，然後方一齊下跪，向張偉見禮。

「罷了，將台上是做給兵士們看，何苦在這裏還費這個事。大家快些起來。」

見諸將依次跪了，張偉將手一抬，令諸人起身。因笑道：「打仗的時候還好，怎麼也不覺得累，現下倒好，回來半個月了，我這骨頭還是痠痛得很。」

因他言語隨意，諸將大半隨他經年，便是遼東諸人，蒙他收留亦有不短的時日，各人知他私下裏性情隨和，於是各自一笑，尋了椅子坐將下來。

劉國軒便笑道：「大人，您是這些日子太忙。想起剛到台北那會兒，您每天都要親到兵營領著咱們跑步，現下沒空了吧？每天起五更熬半夜的，哪有精神再鍛煉身體呢。」

說到此時，低頭皺眉道：「大人一身寄著咱們全台百多萬人，可一定要注意將養身體！」

張偉噗嗤一笑，道：「國軒，你現下越來越會說話了。生受你了，我身子骨結實著呢。」

劉國軒憨笑道：「國軒只知效命大人，故而一時著急語不擇詞，大人春秋正盛，哪就扯到身體

上了，國軒錯了。」

其餘諸人聽他扯了半天，一時插不上嘴，聽到此時，便一齊躬聲道：「大人，還請珍重。」

「好好，諸位不必這麼拘禮了！」說罷走下位置，注視周全斌道：「全斌，你隨我五年了吧？」

不待周全斌回答，便又一一走到諸將身邊，將他們跟隨自己的時間一一報將出來，甚至何時何地投效，亦說的一清二楚，諸將皆是感念不已，一齊離座而跪，向張偉道：「大人深恩厚道，末將無以爲報，唯大人之命是從！」

「好好，你們是職業軍人，我算不上。將來戰場上有什麼疏漏不對的，我對軍務有什麼安排是錯誤的，只管說！提你們做將軍，將軍將軍，一軍之主，可要把擔子擔起來，不能有辱將軍這個稱號。長峰，你來說說，此番長崎之戰，可有什麼疏漏之處？」

「有的。」

「嗯？」

張偉一時高興，隨口慰勉諸將幾句，又問及江文瑨可有疏漏之處，想來那長崎大勝，又有什麼疏漏之處可言？那江文瑨左右不過一躬身，道是沒有，便也罷了。誰料他倒果真是一躬身，只是回答卻是大出張偉的意料之外。

原本在下舒適踱步，一臉歡笑的張偉便即回座，正容問道：「長峰，有什麼疏漏之處，請講無妨。」

江文瑨起身離座，站在堂內正中，侃侃而言道：「此番長崎之戰，幕府出動了半數的精銳武士，又有精銳的赤備騎兵參戰，還有一半是諸藩徵召的農夫。文瑨以爲，咱們此次勝得驚險，他們敗在沒有將才。」

張偉不動聲色，向他問道：「何以見得呢？」

「長崎之戰，我方火槍兵雖是結陣相待，接戰之初又以火炮將對方前陣直接攆跑，後來敵方雖是大股步兵衝鋒，卻一直無法撼動我方陣線，敵方看似沒有還手之力，其實卻是不然。事情壞便壞在那些臨時徵調來的農夫身上，不但擋住了敵軍精銳武士的路，而動輒後撤，衝亂隊形。偶爾有小股武士衝到我方陣前，也迅即被攆走。若是敵方不要這些壞事的農夫，開始便以小旗武士以散亂隊形衝鋒，以精銳的磊刀武士及火繩槍兵及弓箭手在後，與我方迅速接近，衝進我方陣內，那麼我方陣線必然後退，雖然敵方仍是損失慘重，戰未必勝，但我方必然亦是損失較重，不可能有此大勝。」

「爲何呢？」他自設一問，又自答道：「我方的槍兵陣地沒有任何防護，一沒有掩護的木柵壘牆，二沒有壕溝屏障，平原作戰，敵軍若不是被火炮轟擊得暈了頭，怎麼會衝不過來？是以長崎之勝，實在是僥倖！」

江文瑨越說聲音越大，激動道：「大人，行軍打仗，一定要謀定而後動。三萬多將士的性命交托在大人手上，大人雖然打了勝仗，卻要忌志得意滿，文瑨大膽，懇請大人一定要牢記此番的教訓，

將來作戰，方可少一些錯誤。」

說罷長揖至地，就勢跪下，低頭道：「文瑨無狀，面刺大人之過，請大人責罰。」

他是參軍將軍，直屬張偉管轄，故而雖是長篇大論的當面指斥張偉，其餘諸將卻是誰也不便阻攔喝斥，各人都是鐵青了臉，聽他如此貶低長崎一戰。此人心性高傲，又有一股迂氣，除了當初跟隨周全斌時建言參謀頗得器重，周全斌推薦給了張偉之外，與其餘各衛諸系將軍都沒有什麼交情，此時見張偉不露聲色，除了幾個老成的爲他擔心，倒有大半人幸災樂禍，指望張偉能好好教訓一下這個狂妄無禮的書生將軍。

「你說得很好，也很對。」

張偉於座中一躍而起，踱到江文瑨身邊，慨然道：「其實你不說，我也準備得便召集都尉以上，直言當日我指揮之非，現下你說了，就把你適才的話彙編成冊，詳細列明得失，下發各人參閱。爲將者，有錯不怕，我就不信名將都是不打敗仗的！更何況我還是打勝了的，說幾句過錯，怕怎的？江文瑨，你面刺我過，受賞！」

說罷向節堂外叫道：「來人，取我的刀來！」

因節堂內任何人不得帶刀，張偉自幕府得到兩把寶刀，喜愛非常，因命衛士隨身而帶，隨時把玩。那兩名提刀衛士聽得張偉下令，便各自攜刀而進，等候張偉命令。

張偉猶豫片刻，命道：「將那把村雨送給文瑨了！這是倭國北條家的寶刀，鋒利異常，卻是少染鮮血。村正一刀奪了無數人的性命，僅是德川家康的祖父、父、長子都死於此刀之下，人稱凶刀，還是我留了吧。文瑨文氣過重，只怕是降服不住。」

江文瑨卻哪管他送哪把刀，因知張偉甚愛這兩把寶刀，此番他橫下心來當面指斥張偉，原本存了罷職丟官的心，誰料張偉不但不責怪，反倒大加讚賞，又要將心愛寶刀賜於他，心中激動，泣聲道：

「大人，這寶刀是您心愛之物，文瑨一介書生入軍參議，刀劍非我所愛，請大人留著自用。大人如此愛重文瑨，文瑨愧不敢當，唯願大人奮擊而起，文瑨贊襄左右，足慰平生。」

「唉，說的哪裡話來！寶刀再好，也沒有文瑨這般的人才更讓我看重！」

親手將江文瑨扶起，又笑道：「長峰，我賜你寶刀，也是想讓你改改身上的文氣，爲將者不通兵書不曉文事，終究是一勇之夫，文氣太足而武勇不足，也是不成的。還有，你雖然通曉兵事，這官場政治和民間瑣事你瞭解甚少，太過偏狹了！」

他急步踱了幾圈，下定決心道：「長峰，我本欲派遣文官去長崎爲總督，主理官政事務，本已立定軍機處某員，現下想來，還是讓你過去。一來你是參軍將軍，軍隊系統本就熟悉，長崎那邊治政，倚仗軍隊甚多，純粹的文官怕是不成的。你過去，把軍政大權都接過來，軍事之餘管理一下民政，將來若有戰事再起，我再徵召你回來，你意如何？」

江文瑨又跪下一叩首：「文瑨敢不從命！」

張偉大笑道：「甚好，長峰兄，好生去做吧！」本欲退帳，轉念一想，卻想起心懸的一事，便令道：「傳馮錫範、羅汝才進來。」

待兩人昂然而入，張偉向他二人笑道：「你們兩人還任校尉，心中可是怨恨？」

兩人心中果是有些不滿，他兩人資歷固然比不上周全斌等人，也不及肖天等將軍，卻是比左良玉、江文瑨等人資深許多，他們得以封將，自己卻仍是居校尉之職，心裏又怎能高興？

第十章　高山騎兵

張偉對這些桀驁不馴的土著也極是頭疼，派漢人軍官他們不服，全然選用土著軍官，顯然在訓練和指揮上又不能如意，想來想去，只得做出妥協，答應選立高山族人為主支軍隊的最高指揮官，訓練時由漢軍軍官訓練，待訓練完畢，選舉高山族人為下層軍官。

心中如何想是一回事，表面上自然是另一回事，此時張偉動問，兩人雖見他臉帶笑容，語氣平和，那羅汝才爲他監督諸將，一直是陰謀詭詐，見張偉如此，心中只道有什麼虧心之事被他發覺，此時要拿他二人發作，當即嚇得兩腿抽筋，心中轉來轉去，除了又偷偷買了一個小妾，並無違法亂紀之事，於是強忍著不跪，與那馮錫範同時低聲說道：

「末將不敢，選官任將大人心中自有法度，哪容得末將不滿？」

「求官謀將，封妻蔭子，這也是人之常情。兩位不需隱瞞，汝才這些年幫我監督軍中將校，頗

有苦勞。馮校尉雖然此番戰功不顯，但素來法紀嚴明，治軍有方，這我都是知道的。」

兩人原本惴惴不安，聽了他的言語，這才都將心放下，向張偉行了一禮，齊聲道：「謝大人讚譽，末將愧不敢當。」

「當得，當得！此番沒有封你們為將軍，是因為汝才不是帶兵打仗的，又一直監督諸軍，當面封賞，只怕軍士不肯歡呼，沒的失了面子。」

看一眼神情尷尬的羅汝才，又笑道：「至於馮錫範麼，聲名不顯於軍中。雖是勤勉辦事，可是人有長短之才，錫範長處不在於行軍佈陣短兵相接上，這也是沒有辦法的事。我已想好，羅汝才原本的職權保留，封為監軍將軍，掌監軍處，凡內外軍情動向，兵馬調動，軍隊將校尉的監視，還交由汝才負責。馮錫範為軍法將軍，掌管軍法處，凡軍內有人犯紀，一律由錫範依律處罰，不得徇私敗法，如此，可依仗二位之才，又可令兩位職高位顯，兩位，如此可滿意麼？」

兩人得封將軍，得與諸將同列，還有什麼不滿意的？當下大喜過望，叩下頭去，連聲稱謝。

張偉大踏步向外行去，笑道：「漢軍諸事已定，這邊的事我要少操些心了。諸事都仰各位將軍——羅將軍，你前幾日又收了第十三房小妾，身子骨吃得消麼？俸祿夠用麼，要不要我借你一些？」

羅汝才立時汗如雨下，正欲措詞回答時，卻見張偉已去遠了。

張偉登上馬車，心中仍是不住冷笑，這羅汝才與高傑一樣，雖是人才，缺點卻也很大，若不是此時正是用人之際，兩人有許多令他不滿之處，只怕死了十回都不止了。

待回到府中，又發文書封高傑爲巡城將軍，主管台北內外治安，封南京貢生謝玉樹爲台南巡城將軍，原本還欲趁勢將台灣文官衙門系統一併改名，想想現下朝局尚未大亂，動靜弄得太大易惹人注意，反倒不好，於是息下心去，決意暫且忍耐。

在府中數日，盡在處理軍機處無法絕斷的公務，那柳如是傾心服侍，她此時正是女大十八變的時候，成日雲鬟霧鬢地在張偉眼前進進出出，張偉累時也與她說笑解悶，談論些明朝風物，只是她年紀尚小，張偉只拿她當個小妹妹看，故而語不及亂，正襟危坐如臨大賓，反弄得小姑娘好生氣悶。

待年關一至，這台北金吾不禁，滿街的商家鱗次櫛比爭奇鬥豔，不但是內地，就是海外諸般特產亦是擺了滿街，台北經過這幾年的發展，民間之富早已遠超當時的江南水鄉，各人腰包裏都裝滿了銀子，這商家又豈能不賣力吆喝？

待元宵一至，不但官府放起了花燈，就是那各大商號，富庶的民家，亦是燃燈放炮不止，整個台北如同烈火烹油一般，當真是盛極一時。

燈市中人來人往，卻是無人注意到人群中有兩個顯然與眾不同的人物，兩人個頭甚高，身形遠比一般的男子粗壯，身上雖是著了新衣，兩人卻是明顯的不習慣，那個頭稍矮些的，行走時不時的扭動身體，不知道是身上哪裡癢個不停。若是人仔細當面盯了看了，就可明顯看出這兩人面目黝黑，眉

宇間長相與漢人截然不同，應當是這台灣的土著居民。

那矮個青年好奇的東張西望，不時瞟一眼大街上行來奔去的大姑娘小媳婦，露出一臉的饞相，見那高個青年若有所思，便問道：「大哥，這裏這麼熱鬧，咱們又難得下山一次，你不好好瞧瞧，想什麼東西？」

那高個青年回話道：「黑，你記得咱們上次去福州城的事麼？」

「張將軍安排我們去內地商行幫他押運貨物，順便見識一下大山以外的世界。部落裏十幾個人一起去，當時還以爲內地全如台北一樣繁盛呢。我看，那福州府城連台北的一半都不如，差得遠了！」

「一路上見了不少駐防的官兵，比張將軍的兵如何？」

「張將軍的士兵，一個可以打他們一百個！」

那個高個青年，也就是張偉射獵時收服的高山部落中名叫契的青年，點頭道：

「是的。不但是城鎮，軍隊，還是官員，百姓，內地和台北的張大人治下，都差得老遠。弟弟，這張偉張大人，真是了不起！他當初同我說，他治理了一個過百萬人的大部落，我說他不是英雄，瞧不起他，誰知道，治理部落，漢人所謂的國家，果真不是我們這樣簡單的頭腦可以做到的。」

他感嘆道：「我們兄弟下山時，因爲整個部落被人家征服，只好爲人家效力。但是說好不以射術爲他打仗賣命，只爲他做一些普通的工作，現在看來，張大人大規模的從山中吸引部落下山，劃地給咱們高山部落，給豬羊牛雞土地農具，又特准咱們仍然射獵，還貼補糧食給我們釀酒，對我們這些土著，不但沒有歧視，還一視同仁。很多部落裏的青壯男子，已經加入了他的軍隊，編成了整整一萬人的軍隊，聽說張將軍年後就要巡視高山軍隊，命名選將，弟弟，台灣以軍功賞爵，想住大房子，飲美酒，娶美女，咱們這些人的出路就在於軍功，我決意去加入軍隊，為張將軍打仗立功，將來也好快快活活地過下半輩子，你看如何？」

那個叫黑的高山族人靜靜聽他說完，撫摸著下巴道：「我也早已考慮過此事。只是怕哥哥你反對，這才沒有說出來，今天既然哥哥說了，我自然不會反對。咱們明天就投軍去！」

兩人心中一直懸著投軍一事，現下既然已下了決定，心中皆是輕快不已。

他倆人原本就是部落中數一數二的勇士，無論是近身格鬥，還是射獵，都無人敢向其挑戰。眼見從山中部落中出來的勇士們被張偉收編成軍，他兩人血液深處的武勇早已令其無法忍耐，一心只想著加入軍隊博取軍功，只是兩人礙於面子，誰也不肯先開口提及此事，現在做哥哥的提了出來，做弟弟的滿口贊同，兩個俱是歡欣鼓舞，當即也不再觀賞花燈，逕自便向新竹方向的高山兵營而去。

他兩個一心只顧自己說話，卻不曾想到身後一直有兩位漢人偷聽，那兩個身著儒生服飾，雖寒天臘月，仍是各自手執一把摺扇，不緊不慢跟隨在契與黑的身後，將他們的對話聽了個十足。

此二人的身分，若是在內地，只怕一出門便要清街靜道，最少也要跟隨著十人八人，隨時護衛侍候，在這台北，卻是如尋常百姓一般，在那大街上信步而行。若論衣衫的質地，便是連台北的三等

富商也比他們穿的好些。

那年紀稍長些的文士見那兩名土著走遠，皺眉道：「憲之兄，看來，張志華野心勃勃，其志非小！」

「長孺兄，他征伐四方蠻夷，倒是沒有造反攻入內地之心，他的軍隊命名爲漢軍，也是取光耀大漢之意，此人雖從海外歸來，卻是心慕大漢，忠忱之心倒也令人感嘆。只要他不揮兵內地，我看，咱們便是助其一臂之力，卻又如何？」

王忠孝仍是一臉苦相，他年紀稍長，史可法雖是見識不凡，卻是比不上他老成，當下反駁史可法道：

「憲之，以他現下的實力，兵向內地是不可能。你能保他將來打下南洋，霸占倭國，甚至朝鮮之後。他坐擁精兵數十萬，手下良將謀臣車載斗量，到那時，兵向大明，取明室江山，豈不是手到擒來的事？」

又憂心忡忡道：「今上剛繼位時，我以爲他是聖明君主，大明中興有望。誰料他從前年八月繼位，一年多來處政多有失誤，又不信大臣，仍是偏信中官。陝甘大旱，竟然一兩銀子也不肯撥付賑災，弄得饑民斬殺知縣，亂象漸起。再加上建州女真占了大半遼東，那皇太極整軍頓武，頗有心向關內之意，再加上這張志華圖謀不軌，眼下雖是無妨，只怕十年之後，大明天下堪危！」

史可法向他一拱手，由衷道：「長孺兄，你的確看得長遠，我不如也。不過朝廷派了我們來，這張志華縱然是驕縱不法，但沒有公然反跡之前，我們亦只能見步行步，若果真有謀逆之事，能逃則逃，不能逃則以身殉之，也不枉今上信重一場。」

王忠孝默然點頭，自是很贊同史可法的見解。這兩人一直擔心張偉謀反，卻不知張偉豈是那般的蠢人，即便是要進軍內陸，也需找個大義的理由，讓天下的讀書人不至於全跳起來反對他，腐儒之見，又豈能鬥得過從現代而來的張偉。

兩人談談說說，一路向前，不知不覺間走近那台北指揮使衙門附近，此處原是台北最繁華熱鬧之所，一路上行人小販不絕於途，到了這裏，更是如花團錦簇般繁盛。

那王忠孝年上歇了公務，年後左右無事，便乘了官船自台南來台北探望孫元化與史可法。因孫元化一心投入在火器研發上，雖是過年，也不過就年三十回家吃了一頓年酒，王忠孝在他家撲了幾個空，又不欲去炮廠驚動官方，故而這元宵之日，約了史可法一同逛街解悶。

兩人因見街角幾個頑童將煙火點燃，一股股火花沖向天空，史可法笑道：「長孺兄，孫兄一心撲在那火器研製上，我看他啊，在台北反比在北京安逸許多啊。」

王忠孝點頭道：「沒錯，人各有志，不能相強。孫兄其志在此，與我二人不同。」

兩人因慮及張偉在衙門，嗟嘆兩句，便繞道而行，誰料無巧不巧，剛繞路行了十餘步，卻見前面十餘台北巡捕營的巡兵開路，數十飛騎環繞左右，當中有一坐著四人肩輿的貴人，不是張偉是誰。

兩人剛要避讓，張偉坐在高處早已看到，忙喊道：「憲之兄，長孺兄，且請留步。」催促著肩

輿快行，趕到兩人身邊，一躍而下，揖道：「兩位，這可是好久沒見了，怎地一見我便要躲？」

史王兩人對視一眼，都看出對方的無奈，當下兩人只得長揖道：「下官拜見指揮使大人！」

說罷便要行禮，張偉忙扶住兩人，連聲道：「這怎麼敢當！張偉一介武夫，當不起兩位大才的禮。」又忙吩咐道：「來人，趕馬車來，給兩位老爺乘坐，請到我府中敘話！」

史可法忙遜謝道：「大人，下官們只是偶爾出來逛逛，不想驚動了大人，下官們斷然不敢再到府上去打擾。」又長揖至地，道：「多謝大人。」

王忠孝尙未表態，史可法便急著將大門關死，張偉卻也不勉強，心道：「反正你們在台就是爲我效力，我一日不反，你們就得出一日的力。」

向兩人略一拱手，笑道：「今日元宵佳節，廷斌、復甫、尊侯都已齊集何府，邀我去吃酒看燈，我不能多陪兩位，這便要過去，兩位請慢行，如斯美景，好生玩樂一番才是。」又意味深長地向兩人道：「來日或有大變，台灣政局亦當刷新，兩位請拭目以待。」

說罷起身，上了馬車迤邐去了，史王二人立在路邊良久，待張偉一行人去遠了，方才揖讓而去，兩人一路上只是納悶，不知道張偉所說的「大變」是指什麼，卻是怎地也想不明白，也只得罷了。

依中國人的老例，元宵之前盡情玩樂，元宵過後，這年便是過完了，一切人等便要恢復正常的生活起居。只是前前後後二十餘天的春節過來，人人都疲憊不堪，故而張偉又特意在府中歇息了幾日，農曆二十這日，方下令擺駕前往新竹的土著兵營，大閱整編。

這新竹軍營原本是暫時收置從山中下來的高山族武勇之士，待張偉正式整編之後，便開拔入桃園，那邊正式的軍營早已修建完畢，只是這幾月來張偉興兵伐日，回來之後又是年尾，各樣的瑣事處理的他頭疼，雖急著來新竹整編軍務，卻是一直抽不出身來，只得先派了有經驗的飛騎軍官與參軍，先前東伍整編，他今日此來，不過是將部下準備好的東西宣示一下罷了。

待進了用木柵搭成的臨時兵營，卻見數百畝大的軍營內荒草叢生，四處都是挺胸凸肚的土著兵士無所事事地閒逛，因此時這些人尚未正式編入漢軍隊列，軍紀什麼的也還管不到他們。加上土著散漫慣了，張偉有意先放寬管束，免得這些人心生抵觸，影響他的招募大計。

此時見了營內散漫之極，張偉皺一皺眉，令道：「將飛騎盡數調來！」

原本除了輪流隨身護衛之外，所有的飛騎軍都駐紮於台北郊外，除了巡兵，也只有張偉最信重的飛騎方能有此殊榮。是以飛騎軍士除了武勇之外，亦是從三衛軍挑選的最忠心於張偉的軍士。此番征日返回，原本編制千餘的飛騎因衝殺千里，死兩百，傷半數，張偉心痛之餘，借由從倭國帶回的戰馬，精選了千多匹閹馬，配給飛騎，又從軍中精選勇士，補充飛騎，經過兩月集訓，飛騎之精不但不遜於伐日之前，反因經歷過戰陣而更增了一股殺氣。

這些高山土著在射術上高過飛騎，論起行軍佈陣，衝鋒殺敵，這些最多在部落對攻時械鬥過幾

次的土著們，卻如何與飛騎相比？

待張偉入正在高坡上而坐，飛騎接到命令飛速趕來，三千身著皮甲，頭束黑巾，腰佩斬馬刀，臂執精鋼圓盾的飛騎靜靜侍立在他左右。原本還不在意張偉到來的高山族人在飛騎立陣後，立時感受到了這三千精騎散發出來的無邊殺氣，打過大仗的軍人自然知道如何向這些他們眼中的百姓施加壓力，三千飛騎以結陣而立，四騎一排，以半圓形的陣式將張偉牢牢護在中心，除了兩千執刀持盾的飛騎外，最前一排的正是當日衝陷日軍步陣的持矛飛騎。

原本這種護衛隊形長矛只需朝天而豎立，此時這一千持矛飛騎卻有意將矛放平，冰冷的矛尖正對著操場中的萬名土著，令場中原本漫不在意的土著頓時感到了絕大的壓力。所有的土著立時停止了隨意散漫的活動，各人均大睜著雙方，注視著對面那冷冷壓迫著自己的軍隊，有些過分小心的，甚至悄然取下自己背上的弓箭，準備隨時迎敵。

「擂鼓，列隊！」

見場中安靜，張偉下令身邊派駐新竹軍營的三衛軍官，一萬名土著派駐了二十名都尉與二百名果尉，饒是如此，仍是彈壓不住。

土著們均道：「我們高山族人，只聽從高山族人的指揮，訓練我們可以，將來想用漢人軍官來指揮我們，我們不服！」

張偉對這些桀驁不馴的土著也極是頭疼，派漢人軍官他們不服，全然選用土著軍官，顯然在訓練和指揮上又不能如意，想來想去，只得做出妥協，答應選立高山族人為主支軍隊的最高指揮官，訓練時由漢軍軍官訓練，待訓練完畢，選舉高山族人為下層軍官。

一通鼓擂過之後，張偉向身邊傳令兵道：「傳上高山族人比武射箭選出來的第一勇士來。」

那傳兵聽他命令，立時奔下土坡，向土著人陣中一通喊話，張偉瞇眼去看，卻見一高大漢子從土著人陣前搖搖晃晃向土坡行來。因隔得尙遠，臉面模糊不清，隱約間只覺得見過此人，一時卻是想不起來在何處見過。

待那人行得近了，雖是隆冬，仍然是上身赤裸，下裹獸皮，張偉皺眉之餘，猛然想起，原來此人便是當日射獵時要與自己比試勇力的那個高山族人，只是名字一時卻是想不起來，待他走近，生硬地下跪行禮，張偉起身將他扶起，向他笑道：「勇士，你還要與我比試力量嗎？」

「不敢了！大人的勇力在於頭腦，大人一個頭腦，抵我全部族的頭腦，契很佩服！」

張偉這才想起此人名契，又笑道：「你還有一個叫黑的兄弟呢？」

契喜道：「難得大人把我們兄弟記得的如此清楚，黑在陣裏呢。我們兄弟元宵節那天前來投軍，幾日間打敗了無數高山勇士，全軍武勇，以我為第一，我的弟弟排在第四，既然大人叫他，我便叫他過來。」說罷回身咧嘴大喊，如驢吼般叫了半天，卻見那個頭比他稍矮的黑樂顛顛從陣中跑了過來，向張偉行禮道：「大人，您居然還記得我，黑真是榮幸之至！」

張偉笑道：「勇士嘛！好比海中的魚，人們最容易記得的，自然最勇猛也最殘忍的鯊魚，那些

營營苟苟食蟲的魚群，就是成千上萬，又怎麼能和鯊魚比呢！兩位，你們就是我用來吃人的鯊魚了，好生做吧！」

兩人聽了張偉讚譽，欣喜如狂，當即跪下道：「願意爲大人效命，成爲大人的惡鷹，猛鯊！」

「很好，你們起來。勇士不需要動輒下跪，有心就可以了。」又笑道：「你們叫契和黑，這樣叫起來不順口，也不好聽。我來給你們賜名！」

歪頭想了一陣，突然笑道：「成了，契改名爲契必何力，黑改名爲黑齒常之，就這麼著！」

這兩人哪知道張偉所說的姓名正是唐朝突厥與高句麗的名將，只是覺得原本一個字的名字叫起來更響亮方便，不過張偉賜名也是榮耀，兩人喜孜孜應了，站在一邊。

張偉思忖一下，決定取唐太宗命名西域歸順部落爲百騎，後玄宗改名爲萬騎之例，將眼前這些高山族人組成的軍隊命名爲「萬騎」，由契必何力及另三名勇士統令，四人俱稱萬騎將軍，只是分前後左右，前者爲尊。

依漢軍例，兩千人爲一營，設營校尉，五百人設一都尉，五十人一果尉，五人爲伍，軍令軍紀軍功記賞俱與漢軍同。

自唐以降，少數民族要麼如北方游牧民族一般，欺凌掠奪漢人，要麼就如苗壯民族，不堪忍受欺壓憤起反抗，卻免不了被屠殺的命運。明初雖立朶顏三衛，到底不能信任外族，後來三衛果叛。張偉眼見得眼前這過萬的射獵民族勇士，心中慨然想道：

「放眼當今天下，也就我敢召集這麼多的外族士兵，與漢族士兵同等待遇，同列軍伍，亦只有我敢任命土人爲將軍，貼身護衛。一下子得了這萬名精銳射手，還可以隨時補充，這樣可比欺壓他們，凌虐他們合算的多啦。」

想到此處，心中喜悅，向契必何力令道：「萬騎前將軍，請拔營起寨，這便往桃園營，接受我漢軍的訓練。」

契必何力躬身答道：「謹遵大人將令。」

說罷當先起步，帶領著身後穿戴著奇奇怪怪服飾，便是語言也駁雜不齊的萬騎士兵，向那桃園兵營方向而去。

張偉與張瑞並肩而騎，看著眼前的萬騎隊伍亂紛紛走過，張瑞皺眉道：「大人，咱們對這些土人未免太過放心，哪有這般放縱的，萬騎將軍都由他們的部落勇士擔任，這也罷了，下級軍官也是全數由土著任職，這樣將來若是有哪一個將軍圖謀不軌，只要隨意找幾個同部落的軍官，縱臂一呼，瞬間便生大亂！大人，不可不慎啊！」

張偉見他一臉憂慮，忍住笑問道：「我給他們土地，糧食，美酒，又發給軍餉，這麼好生待他們，是人就知道感恩，哪有人肯作亂呢。就算偶有一兩個不知好歹的，只怕也未必有多少人肯跟隨吧。」

「不然，人心不足蛇吞象。大人主政台灣，亦常言人心難足。人性本惡，有了美食想美酒，有了美酒就渴盼美人，美人之後便是寬大的房子，出則駟車駿馬，入則豪宅美妾，欲望永遠止境。大人若是不對萬騎加以控制，只怕會有肘腋之變。」

張偉點頭道：「張瑞，你跟在我身邊幾年，確是長進了！不再相信那些儒生說的那些鬼話，什麼人之初，性本善，全是胡扯。什麼環境出什麼人，這些高山人以前住在山裏，生性純良，沒有什麼花花腸子。嘿嘿，出來的時間久了，難免會染上漢人勾心鬥角欲壑難填的毛病，是以一定要嚴加控制，不可放任，這一點，你儘管放心就是。」

「那如何控制呢?各層軍官都是他們自己人，除非，仍以家屬爲質？不過駐防台灣時，家屬爲質效力不強，他們若有人反叛，第一件事必定是控制族人的居處。」

張偉嘿然一笑，答道：「天下熙熙，皆爲利來。既然你擔心有人爲利反叛，那麼你有沒有想到，也可以以利誘之，入吾掌中麼。分化，拉攏，再加上教導他們的都是漢軍將佐，留下資料，該拉則拉，該打則打。對高級將領，認準了以誠待之，以金銀養之，解衣衣之，推食食之，此之謂御下之道。況且，土人部隊的規模我不打算擴大，高山族也沒有這麼多箭法精準的青壯男子，幹強枝弱，無足慮也。」

見張瑞仍有擔心之意，乃又笑道：「唐人以突厥人爲邊將，未嘗聞反。後來安祿山反，天下人皆以爲是胡人爲將之過，其實大錯。明皇信重安祿山，一人掌四節度，掌雄兵十數萬，不論胡將漢將，看準了唐朝腐敗的事實，沒有不反的道理。重要的不是下面的將領是不是忠誠，還是在於上位者是不是懂得因勢而制，再輔以良好的制度加以約束，有了這些，我又有何慮呢！」

將馬鞭一揮，騎馬向台北而回，張瑞將馬腹一夾，緊緊跟上，卻聽得張偉向他吩咐道：「張瑞，你的飛騎盡皆是精銳之士，今日用飛騎挫了萬騎銳氣，日後凡戰陣演練，騎術衝刺之術，皆調飛騎與那萬騎演練，只怕他們還忌憚些，聽話些。哼，三月之內，要讓那萬騎洗去匪氣，成為我的無敵雄師！」

張瑞諾了一聲，自是聽命不提，心裏卻只是叫苦不迭，那些萬騎原是土著，語言駁雜，不懂規矩，又是從未騎過馬，更別提在軍馬上縱橫騎射，原本訓練之事不該他管，現下張偉吩咐，也只得捏著鼻子應了，心裏卻對訓練萬騎一事殊無信心。

不但是他，漢軍諸將皆持懷疑態度，不單是騎射之術，便是行軍佈陣，戰術操練，眾人也是不信能將這些蠻子訓練好。千年來漢人與異族的隔閡，又豈是一時半會兒能消弭的？再加上建州女真攻占遼東，漢人對異族的仇視與防範之心甚重，張偉亦慮及於此，是以不設漢軍將佐於飛騎，亦是無奈之舉。若只為節制防範，便失去了設立萬騎的本意，這支射術極佳的軍隊，只需再輔以數月的軍陣訓練，馬術訓練，便足以體現出驚人的戰力。

馬術雖不是一夕之間可以練就，但以張偉之意，原本也不指望以南方之地建立大規模的重騎兵，一則沒有上好的戰馬，二則也無法得到上好的牧場，是以只需這飛騎學會簡單的騎術，輔以射

術，爲他掠陣，絕糧道，射亂敵陣，遊騎襲敵，只要不是正面騎兵對衝，其戰力當不在遼東女真八旗之下。有了這個底線，張偉自是不顧眾將反對，一力栽培這支純異族的軍隊，無論營地、甲仗、糧草軍餉，皆與漢軍相同，自契必何力以下，眾高山族人都對張偉感激泣零，忠心不二。

安頓了萬騎一事，張偉便心繫遼東，又慮及從此往後戰事不斷，雖然漢軍餉足，無論死傷亦是重金撫恤，家屬亦由政府體恤包養，再加上分一二三等戶，凡有兵役之家，皆論等減稅，縱是如此，唯恐大規模的戰爭引得兵疲將乏，唯有建立一套封功賞爵的體系，餉銀之外，再以勛爵位次加賞，提高收入的同時，又提升了政治和民間威望，在整體上將士兵地位再加提升。

於是決定設立軍爵，以登城、斬首、陷陣、勤謹、忠忱等表現賞爵，分公士、上造、公乘、元戎士、官首、千夫、執戎、軍衛、中尉、柱國十級，最低級的公士，只需在戰場上斬首一級，便可獲得，得公士級，便可見縣官不拜，原有的賦稅減半，穿戎服，佩劍。上造在享受公士待遇的同時，還可以設立家族族徽，傳之後世。以上類推，到了柱國一級，便可與將軍分庭抗禮，在收益與聲望上相等。爵位與職位不同，任何人只要奮勇殺敵，便可依次升爵，若是斬首千級，哪怕你是尋常小兵、伍長之類，亦可以在禮節與收入上，不遜於統兵數萬的大將。

這樣的軍功賞爵，原本是以耕戰立國秦朝的發明，秦之前，所有的爵位都是貴族的禁臠，周天子以公侯伯子男令貴族世襲，地方諸侯又以大夫之位令臣子世襲，百姓無論如何也得不到任何爵位。自秦朝以軍功賞爵後，閒時耕作，戰時出征，因賞罰分明，得到爵位後無論是身分地位收入都節節攀升，秦朝又以首級計功，於是史有明載，秦軍作戰時勇猛無比，經常在懷裏、腰間，甚至一手持劍，一手提首敵人的首級，呼嘯而前，猛不可擋，是以秦能以一國之力抗六國，又終能一統天下，這民爵制度，功在首位。

至於秦朝之後，漢武帝亦曾定下十五級的軍功爵位，後來無錢，索性將爵位出售，於是世家大族紛紛買爵給子弟，整個爵位系統崩壞而不可救藥，終中國封建史而終，再也沒有針對平民的公平的賞爵制度。至後世明清之際，民爵制度更是荒唐之極，比如清朝，凡活到百歲之人皆可賞七品頂戴，活得夠長便可以賞爵，而且虛無縹渺之極，殊無實際好處，是以國家有事，百姓皆漠然視之，此亦是一因。

張偉自是要吸取歷史教訓，一開始封爵便鄭重無比，一切皆以參軍處所記錄的軍功爲依據，封公士一百餘人，元戎士以下共四十餘人，元戎士以上暫缺，決不肯將爵位拿來做交易，又因封爵事大，諭令凡日後封爵，需政務署、參軍處，軍法處會同商議，一致無異議，方可通過人選，授予爵位文書。

這一日正襟危坐在指揮使衙大堂，最終簽署完了一百多張封爵文書，張偉扔下毛筆，長伸一個懶腰，步出大堂之外，在正門門廊下眯著眼看向北方的天空，心中暗念：「我可是什麼都準備好了，皇太極，你是動，還是不動？」

他在這邊含情脈脈，卻不知道皇太極卻正在鳳凰樓上大發雷霆，狠聲咒罵道：

「這個該死的南方漢人，我就說他巴巴的幾千里數跑來，定然是不安好心！這一年多來倒是賣了不少皮貨人參，看似賺了他不少銀子，可是他一船船的精緻貨物送來，咱們還得賠上更多的銀子，若是賣戰馬給他，只怕他一轉手又賣給了明國來打我們，當真是應了明國的那句話，無商不奸！」

范文程侍立在旁，聽他罵完，默然半晌，方道：「此人的奸險，還不止於此。據奴才所知，此人的商船已最少從南方送來一百多個戲班子，全數被咱們的王公貝勒們買去，現下盛京之內，南方倡優戲班子到處都是，王公貝勒八旗猛將們，無事便在家裏聽曲唱戲，甚至有臉塗朱粉，親自下場充做票友的，這樣下去，可怎麼得了。」

皇太極聽他說完，冷笑道：「前幾天我在堂子裏告天祭拜，命八旗王公貝勒盡數到場，多鐸告假，說是老婆病了，我後來派人打聽了，才知道他是怕冷，縮在被子裏聽戲！還有去年，我派多爾袞帶兵去黑龍江征伐叛亂部落，他告病不去，也是躲在家裏聽戲喝酒，不願意去那苦寒之地受苦，聽說，他還學會了抽菸！除了岳樂幾個老成的貝勒，大多數貝勒上朝時穿箭衣，下了朝在家，甚至拜客訪友，都穿了張偉賣來的精緻絲綢，穿著明國衣衫，大袖飄飄以爲神氣！啓心郎索尼還勸我下旨，令全國都改穿明朝衣飾，我不聽，他還不高興！」

范文程憂心忡忡說道：「這樣下去可不得了！我朝立國之本，就在於八旗上下一心，大汗如臂使指，無不應命。凡有戰事，亦都是拚死向前，沒有畏懼怯戰的，現在連朝會都有人推脫不來，還敢指望他們拚死效力嗎？」

見皇太極點頭，又道：「還有服飾，明國服飾固然好看，可是大袖飄飄的，如何方便打仗，長此以往，人心皆思安逸，誰又願意重持刀劍呢？」

「你說的都對！昨天我已經召集了所有的貝勒，飲酒時，我對他們說：咱們現在無憂無慮的喝酒吃肉，如果突然衝進敵人來，該當如何？他們都說，抽出身上佩帶的小刀來迎敵。我說，我們身強力壯，衣甲在身，又有佩刀，便是來了敵人也不怕；可若是大家換了明朝的衣袍，寬衣大袖，怎麼佩刀，就是佩了刀，好用嗎？若是那樣，有敵人突然進來，大家只能等死了！見他們不說話，我又下了命令，以後，決不允許後金國中有人改換明朝衣飾，或者是蓄髮的，一有發現，立時處死！還有戲班子，倡優，菸草，一律禁絕，王公貝勒有敢犯者，一律奪爵！」

跪地一碰首，范文程高呼道：「大汗英明！」

「哼，張偉那蠻子雖然給我添了些麻煩，想要扯住我的手腳，卻差得老遠，八旗十五萬勁旅又豈是一個小小商人能夠阻擋的！文程，我意已決，現今是三月，再過兩個月，從科爾沁草原饒道，從遵化、昌平，懷來一線，進攻明國！」

「難怪大汗最近一直調集糧草，又屢次召見科爾沁貝勒，台吉，原來是打算從草原繞道入關。」

「是的！」皇太極重重一點首，目光深沉，步至這鳳凰樓窗前，向下望去，向范文程道：「袁崇煥此人，太過厲害，這兩年鎮守寧錦，數次擊退我的大軍，損兵折將不可勝數，若還是放眼關寧，

只怕終我一生也無法踏足明國半步了。是以我思來想去，將眼光放向別處，繞過關寧，直逼那北京城下！」

「大汗，北京城牆高大，城內有京營十幾萬，再加上京師被圍，必定會調集天下兵馬勤王，我軍孤軍深入，後方隨時被斷，就是打下了北京，也斷然守不住，只怕大汗此舉，多半是徒勞。」

「我此番攻打北京，一來是練兵，熟悉一下自草原入關的路徑，爲經常襲擾明國做準備，二來，調袁崇煥入關救駕，趁他離開寧遠之際，想辦法除了他！此人不除，我永無寧日！」

第十一章 農民起義

既然已下了決心造反，這一夥適才還唯唯諾諾，被艾同知的氣勢壓得抬不起頭的老實農民，立時就變成了一夥嗜血怪獸。從東漢末年的黃巾起義，到唐朝黃巢，至明末李自成、張獻忠，農民起義在有正義一面的同時，其破壞力亦是大得驚人。

皇太極躊躇滿志，一心要入關內窺探明朝虛實，他先期早與蒙古的科爾沁部落聯絡好，科爾沁部落出一萬蒙古騎兵爲先導，皇太極自率十萬八旗勁旅跟隨其後，由內蒙草原突破長城防線，直攻北京。

就在關外的女真鐵騎已是磨尖了牙齒，咆哮著準備進關撕咬明朝這塊肥肉之際，明末困擾了崇禎整整十五年的農民大起義亦是在這一年拉開了序幕。

天啓六年陝西大旱，澄城知縣張斗耀不顧百姓死活，仍然高居於縣衙大堂，催科不止，凡百姓

交不出賦稅的，一律枷號杖責，打出來的鮮血一直流到了大堂門外，如此暴虐不仁，再加上大旱無雨，百姓原本就以觀音土樹皮爲食，歷朝的農民起義都好比一個U形，到了谷底便開始反彈，鄉民王二嘯聚了數百饑民，皆以黑水塗面，衝進縣衙將知縣擒斬，扯起了大旗造反。後王二雖被官兵斬殺，他的部下中卻有一人帶著未死的義兵逃脫了性命，繼續在陝西輾轉周旋，尋求機會。

此人，便是後來焚鳳陽皇陵，被屬下十三家義軍首領公推爲闖王的高迎祥。

崇禎二年，陝西大災不但沒有緩解的跡象，反倒是變本加厲，原本還可勉強度日，但自崇禎元年五月開始，一直到第二年四月，已是接近一年滴雨未下，大量百姓衣食無著，原本小規模的旱災已漫延至陝西全境。

陝西原本不比南方，是一個純然靠天吃飯的地方，天無雨，民無食，一石糧已賣到了七八兩銀子，在不少地方仍是有價無市。餓死的，逃荒的越來越多，整個民間猶如一個大火藥桶，稍稍一點火星，便足以引起驚天動地的大爆炸。

但就是在這種情形下，朝廷的賦稅卻是越來越重。官員貪污無人過問，但是賦稅若收不上來，則一降數級，或是無法升遷，上有好下必從，既然皇帝不顧百姓死活，官員們自然也是一心爲自己打算。於是不管災情多麼嚴重，崇禎二年在正賦收完之外，居然還多收了三四十萬兩的遼餉加派，再加上地主租稅，官府雜派，整個陝西已到了崩潰邊緣。

這一年，兵部主事李繼貞上書皇帝，請求給陝西十萬兩白銀的賑災款，請求朝廷暫且免賦，聽聞到這個消息，全陝上下都翹首以盼，等著皇帝下撥這麼一點點活命的銀子。誰知道到了四月，全陝上下收到一下消息：「帝不許！」崇禎捨不得拿出皇宮三個月的生活費用，於是，歷史上逼迫他最終吊死在煤山的農民起義，終將爆發！

陝西米脂縣雙泉堡鎮上，有一艾姓的大姓鄉紳人家，縱然是整個米脂縣早已饑民遍野，這艾姓鄉紳卻仍是過著鐘鳴鼎食，奢侈之極的日子。他家有十幾個大糧倉，又心狠手毒，凡是他的佃戶，哪怕是一粒麥子沒收，也需將他的田租交將上來。稍有遲慢，便派遣家養的家丁將人擒了來，以私刑逼收，是以這一年雖然大災，他仍是頗有進項，至於佃戶們的死活，那自然輪不到艾鄉紳來操心。

這一日他端坐家中書房，查看田簿帳冊，眼見因大旱之年眾多原本有地的農民賣地求生，他的田產已是擴充了十倍有餘，心頭喜悅之極，心道：「泥腿子不曉得厲害，哪有輕易就賣田的。賣田也罷了，居然還有半賣半送的，這可真是生生便宜了我，待旱情緩解，這可都是銀子啊。」

想到此節，忍不住笑出聲來，他留得一嘴漂亮長鬚，黑白相間，一直垂到胸前，再加上國字臉，臥蠶眉，端的是威嚴了得，又做過一任知縣，曉得養移體，居移氣的道理，家中上下人等，對他都是敬畏非常，此時他這麼一笑，因房門大開，內外有十幾名待立的丫鬟僕從之類盡皆看到，眾人都覺滑稽異常，雖不敢笑出聲來，卻都是面容古怪，似笑非笑。

艾同知自知失態，忙端正身體，板起臉來，向門外喝道：「管家何在？這麼半天不來伺候，做死麼！」

他這麼一喝，門外忙進來一個三十餘歲的家人，向他行了一禮，稟報道：「老爺，昨兒晚上您吩咐管家下鄉催帳，管家一大早便出門去了，估計著也快回來了。若是老爺尋他有事，小的這便去找！」

「唔，我說他去哪裡鑽沙去了！既然是催帳，就不管他！」

威嚴一咳，將丫鬟送上的燕窩喝完，背著手慢慢踱出屋來，便待回後花園閒逛，隱約間卻聽到大門處有人吵鬧，皺眉道：「來人，快去看看怎麼回事，是何人在我府外喧嘩。」

說罷，擰著臉在原地踱步，滿心不樂。

他原本是做過知縣的人，見了現任的米脂知縣，亦不過是一拱手，叫聲老父母罷了，今日居然有人敢在他府門前喧嘩，豈不是不將他放在眼裏，這如何了得！

踱了半天步後，終究是耐不住，不待那家人回來，便狠狠一跺腳，向大門處而去，行到半路，卻見有門上看門的小廝飛奔而來，見了他便停住腳步，垂手低頭，等他吩咐。

「什麼事，誰敢在我門前吵鬧？」

那小廝聽他語氣不善，越發站得恭謹，低聲回話道：「回老爺，是管家從鄉下催帳回來。因一個叫李自成的漢子還不起帳，便枷號了帶回來，綁在府前石獅子上，等他家人拿錢來贖。不想這人雖窮，卻是好交朋友，聽說他被咱們綁了枷號，鎮上和鄉下來了不少人，在府門前呼號不止，說是請老爺先放人，他們一定還錢。」

「哼，我去看看！」

他滿心不悅，惱怒這些鄉民膽敢觸犯他的門禁，心中只道：「第一次敢在我門前喧嘩，再一次便敢打我的家人，再來便可以衝進府來，掠奪財物，殺我的頭了。是以一定要嚴懲，讓那些泥腿子知道害怕！」

他一路急行到正門之前，這正門雖設，卻是接待權貴時方開，平日裏進出，卻是正門旁邊的角門，猶豫一下，喝令道：「來人，開正門！」

待那朱紅大門吱呀一聲打開，艾同知氣勢洶洶向前，站在大門石階上，冷眼看向那群吵鬧的鄉民。

「艾老爺來了，你們給我肅靜！」

他身邊跟隨的眾家丁見他不說話，只是叉腰而立，眾人忙不迭齊聲喊了，令那群泥腿子住嘴。

原本拉著艾府管家吵鬧不休的眾人聽到呼喊，便各自散開噤聲，等著艾鄉紳發話。鄉民最懼的就是這些田主鄉紳，他們不是官府，卻有著與官府相等的權力，又沒有官府的顧忌，整治起人來，比官府更加狠毒，眾人怎能不懼？

見眾人不敢再吵，艾同知冷冷一笑，向前行了幾步，放眼打量。卻見府門石獅上拴了一個健壯青年，濃眉大眼，紅臉長身，一雙手佈滿青筋，此時正束在十斤木枷裏，動彈不得。

因問道：「自成，你怎麼弄到這個田地，我當初借銀子給你度荒，原本也沒有借銀生利的打

算，你也是個驛夫，官府養的人，怎地連十兩銀子也還不起？拖了這麼許久，十兩銀翻成了五十兩，你仍是賴著不還，怎地，自成你也學那些泥腿子，滿心想著賴帳？」

李自成因喉嚨被木枷卡住，雖氣得兩眼噴火，卻只得小聲答道：

「艾老爺，當時和你借錢，也是一家大小快活不下去，本想著拿了朝廷的俸銀，再辛苦一些，多個了幾畝田，一年下來總得把帳還上。誰知道皇帝說驛站沒用，將我們盡數裁了，沒有了俸銀，我拿什麼還你！總之請老爺再寬限一些時日，我一定想辦法還你就是。」

艾同知哼上一聲，冷笑道：「你說的輕鬆，你現下家裏只有幾畝佃田，糧食雖貴，你能收下幾斗？再加上朝廷正賦要繳納，田主的佃糧你也得給，你能剩下幾何？想辦法還我，不過是推脫！我卻不管，若是人人都學你，我還放什麼帳，收什麼租！還不起錢，你便在此枷號示眾，讓那些能還得起的，學個榜樣！」

說完轉身便走，剛行了兩步，卻被一雙鐵鉗一般的大手拉住，耳邊聽到雷鳴似的吼聲：「艾老爺，就算是枷號，也得讓他躲躲陰涼，喝兩口水吧？他的錢，我們會幫他想辦法，別把人當成畜生一般待！」

他痛得一咧嘴，忙用力一甩，將手抽出，那人卻也沒有用力，聽憑他將手抽出，艾同知回頭一看，卻原是一個高個漢子，臉如墨炭，凶橫異常，倒抽一口冷氣，問道：「你是誰，爲他說話？」

「小人劉宗敏，是李自成的朋友，只是爲他說句公道話！」

「公道話？欠債還錢，還不起錢便枷號，這是老規矩，你的話不公道！」

說罷也不理會，逕自進府歇息去了，他不發話，他的家丁們自然不肯解繩，於是時近五月，天氣漸熱，那李自成原本便被枷得難受，再加上又餓又渴，被太陽曬得一頭油汗，身邊家人朋友又被攆開，無人相扶，眼見得他時搖時晃，便要暈倒。

那劉宗敏見他如此慘狀，心頭大恨，悶哼一聲，缽大的拳頭向身邊大樹一擊，將那樹打得直顫，未掉光的枯葉漫天將灑將下來。

「宗敏，打樹做甚，打那樹能救得了自成麼？」

他正憤恨不已，卻猛然間聽得身邊有人低語，一回頭，卻是李自成的遠房親戚，已殺官造反的高迎祥！

大驚之下，慌忙四顧，見左右除了區府家人外，都是些鄉黨熟人，忙將身體一橫，遮住了高迎祥的身子，低語問道：「老娘舅，你不在山上躲著，跑到這裏做什麼。讓人見了，你性命不保！」

那高迎祥也低語道：「我此番來，就是尋你和自成，還有田見秀，郝搖旗，咱們一起造反去！」

劉宗敏吃了一驚，將高迎祥手一拉，道：「造反，這可是滅族的罪啊！」

高迎祥嗤道：「滅族？娘的，咱們就是不造反，家族的人還能過了今年？不餓死，也得被逼死！自成就是個例子，你就眼睜睜看他被人折磨死？」

「也對，反他娘的吧！這日子過不下去，橫豎是死，與其餓死，不如造反，過幾天舒心日子，死在刀下，也值了！」

「就是這個理！你過去，把他們幾個叫來，我在街角處還埋伏了十幾個人，還有刀子，咱們會合了，現下就殺過去，救了自成後，扯旗造反。這鎮裏鎮外饑民無數，只要咱們扛了大旗，一定有不少人願意跟隨。」

「嗯！」

劉宗敏重重一點首，應了之後，大踏步去尋了圍在李自成身邊的親朋，悄悄將他們引到街角，把高迎祥的話轉述一遍，都是些青壯漢子，正是血氣方剛之際，一面是饑不果腹，眼見要餓死。一面是豪門大族催逼不止，凌虐親友，這些人哪裡需要多勸，未等劉宗敏說完，便跑到高迎祥身邊，見禮之後，拿了刀子火棍，發一聲喊，一齊向艾府門前衝去。

那些艾府家丁正有一句沒一句的拿李自成調笑，各人正在開心，卻見幾十個大漢執刀持棒的殺來，各人皆是嚇得屁滾尿流，皆往府內跑去，那跑得慢的，卻被打頭的劉宗敏一刀劈成兩段，鮮血內臟流了滿地。

高迎祥衝到李自成身邊，一刀劈開了他身上重枷，道：「自成老侄，同我反了吧！」

李自成先是默然不語，喝了同伴送上的涼水，又掬了幾把在臉上，將頭甩了一甩，清醒了一下，方答道：「反了！咱們現在就衝進艾府，殺他個乾乾淨淨！」

既然已下了決心造反，這一夥適才還唯唯諾諾，被艾同知的氣勢壓得抬不起頭的老實農民，立時就變成了一夥嗜血怪獸。從東漢末年的黃巾起義，到唐朝黃巢，至明末李自成、張獻忠，農民起義在有正義一面的同時，其破壞力亦是大得驚人。

解開李自成後，高迎祥站在大門外掠陣，由李自成帶著劉宗敏等人殺入府內，見人就殺，便是那丫鬟小廝，也是手起刀落，一刀劈死。待衝到後院，找到了艾同知，李自成大聲痛罵，罵一句，砍一刀，待出了心頭惡氣，那艾同知已被斬成肉泥。

一夥人又四處搜尋，將府中大小人等搜出，盡數殺了。那郝搖旗生性殘暴，李自成等人去搜尋艾府金銀，他便在各府巡視，揪出幾個藏得嚴實的，當著心口便是一刀，又找到那些沒有斷氣的，一個個皆補上一刀，待李自成等人背負著艾府財物出來，闔府上下，已然沒有一個活口。

李自成見他舔唇咂嘴的站在院中，顯是殺得心滿意足，便喝道：「搖旗，咱們殺人是不得已，不要弄了這副怪樣來！」

郝搖旗雖是桀驁不馴，對李自成卻一向十分敬重，聽他訴斥，便憨笑道：「是了李哥，我也是一口惡氣憋了老久，這下子，總算鬆快了。」

李自成也是一笑，道：「這說得是，這日子可是憋死人！」又向後喊道：「咱們快走，殺了這麼半天了，一會兒縣上來了官兵就麻煩了！宗敏，到後院廚房尋些取火之物，放火，將這裏燒了。」

待他們衝出艾府門外，劉宗敏帶著幾人四處點了火，亦是衝將出來，一群人站在艾府大門外，

默然注視著艾府內火光慢慢升起，自那房頂冒將出來，各人適才殺得性起，卻是沒有想到後果，此時站在門外，想著適才血淋淋的一幕，都想：「怎地我如何殘酷？」又想到日後難免被官府追殺，若是失手被擒，必定是被砍頭無疑，一時間茫然四顧，不知如何是好。

好在這夥人還有高迎祥這個主心骨在，就這麼一點時間，高迎祥已在門外又號召鼓動了數百人，見李自成等人出來，高迎祥笑道：「自成，第一次殺人，心頭有些難受吧？無妨，這些狗賊你殺的還少！殺盡天下不平，這世道才會公平，咱們窮人，除了這一百多斤，又有什麼可怕的？」

李自成應道：「我聽老娘舅的！從今往後，和朱家幹到底了！」

高迎祥點頭道：「很好。我已經聯絡了不少人，咱們這便帶著鎮上願意相隨的兄弟，一路上再收攏人馬，現在就攻打米脂縣城！城內不過百餘兵丁和衙役，不夠咱們塞牙縫的，攻下米脂咱們張榜收人，然後彙集其他各路的兄弟，再做打算！」

他已造反近兩年時間，經驗老到，這些新入夥自然沒有意見，李自成見一時不得行，便匆忙回家，安頓了老父，帶了侄兒李過，又重回鎮上，此時天色近晚，鎮上已嘯聚了數千人，那縣城雖聽了消息，卻是連自保也難，卻哪裡敢來鎮壓？待李自成趕到，高迎祥令人制了大旗，上書一個「高」字，令人扛了向前，身後數千人在火把的帶領下，向那米脂縣城奔去。

雖然縣城四門緊閉，不過一個小小縣城的城牆又能擋得住什麼？不消一會兒工夫，城門便被扛著大木的義軍衝開，劉宗敏發一聲喊，持刀帶頭衝了進去，身後的義軍大半沒有武器，各人持著耙、叉、棍，甚至菜刀鐵鏟，也隨著他衝了進去。是夜米脂縣城火光四起，縣令以下被屠戮乾淨，農民軍得了官兵武器，又搜了城中糧倉的存糧，隊伍已擴充至萬人以上，便在高迎祥的帶領上，與陝西其餘的各路義兵會合。

這種大規模起事的火種一旦點燃，憑藉陝西一省之力自是無法撲滅，地方官員急報朝廷，崇禎立命延綏巡撫洪承疇警備地方，詔命三邊總督楊鶴出兵剿滅。

楊鶴爲官清廉幹練，接到聖旨後立刻回奏，建議崇禎以撫爲主，剿滅爲撫，崇禎當即允准，楊鶴以優勢官兵圍剿不肯降的義軍，以聲望招撫意志不堅者，因爲諸般舉措都極是老到，十幾萬義軍在他的剿撫並用的手段下，竟然沒有鬧出大亂子來，大半義軍或降或是被滅，只有高迎祥帶著老回回、革左六營等死硬的義軍，找了官兵的空子，出陝入山西而去。轟轟烈烈的陝西起義，便這麼被輕鬆鎮壓下去，崇禎自是鬆了口氣，他自然不知道，這不過是個開始罷了。

山陝亂局剛令崇禎稍稍放心，卻又從遼東傳來消息，督師袁崇煥巡視皮島，令衛兵擒了毛文龍，一通斥責之後，請了尚方寶劍當場斬殺。崇禎大驚之餘，自此對袁崇煥有了戒備之心。後來處死袁崇煥，其因就是因此。

後世很多人說崇禎小心眼，其實倒也怪不得他，終明一季，沒有邊將或是權相敢這麼擅殺大臣的，就是奸相嚴嵩也沒有這麼大的權力，袁崇煥誅殺總兵一級的大將，沒有旨意允許便專擅至此，此例一開，明廷的中央權威必受挑戰，是以不論是哪個皇帝在位，必定都容不得袁崇煥。

而袁崇煥此人因其才而傲上，亦是他致死之因頭，雖然對朝廷忠心不二，政治細節上卻甚是幼稚，崇禎元年，皇帝於平臺召見，他爲了不受掣肘，許帝五年復遼，後來又坦然告訴別人，此慰帝心耳。這麼大膽蠻幹，不顧成規，便是張偉認準了他不是那種只知效死的腐儒的原因。

這一日台北接到急報，因張偉命密切注意遼東動向，此番袁崇煥斬殺皮島主將，茲事體大，負責拆閱軍報的參軍不敢怠慢，即刻命人送與張偉，張偉覽後，心知皮島不穩，雖然歷史上尚可喜與耿精忠的叛變還需等上數年，他又一直以大量糧草兵器支援皮島，不過近三十萬遼民在那皮島之上，若是尙耿二人一怒而降，之前的努力便全然白費力氣，於是修書一封，向袁崇煥陳說利害，建議以台北水師巡視皮島，以防範皮島官兵不穩。又暗中與尙可喜耿精忠聯絡。

他這兩年來在皮島諸將身上撒下無數金錢，早便將不少中下層軍官掌握在手心，尙耿二人位高權重，張偉自然不肯放過，除了毛文龍桀驁難馴，又是一島之主，便是官階也比他高，故而一直沒有交通拉攏，現下毛文龍既然被殺，張偉自忖機會來了，哪有放過的道理，於是不待袁崇煥回書到來，便派了四艘遠字級戰艦，連同小炮船及運輸補給船隻，二十餘艘船隻組成了遼東先遣艦隊，由施琅領著先期向渤海駛去。

船出十五日後，估計著已到皮島，方接到袁崇煥回信，答曰：「不可。」張偉暗笑，心知袁崇煥必然會防範又出一個毛文龍似的人物，張偉在台灣已是半割據的局面，袁崇煥又怎會允准他插手遼東。張偉覽信一笑，當即回了袁崇煥一信，書上倒也簡單，不過是當年三國時陳琳覆曹操的八個大字：「箭在弦上，不得不發。」

袁崇煥接信氣極，只是一年多來頗受張偉恩惠，一時半會兒卻打不了官腔，又聽聞台北水師已到皮島駐防，皮島水師雖有戰船數十，不過是些在鴨綠江上縱橫的小船，又如何與張偉水師相抗？再加上島上明軍將領大半與台北交好，又知袁督師與那張偉交情頗深，左右都是明朝水師，又哪有不納的道理，於是在施琅帶領下的台北水師，堂而皇之地駐進了皮島港內。

張偉此番舉動甚是大膽，以他台北衛指揮使加上海防將軍的職位，斷然不能派兵到這遼東之地，無論他編出什麼理由，都不足以令朝廷及袁崇煥釋疑，有慮於此，張偉也只是對袁崇煥的質問不予回答，反正他已決心在遼東戰後重新自立，除了不明著造反外，一定要造成讓崇禎接受的台北割據，與各宣慰司相同待遇的事實。

袁崇煥第二封質問的信過來，還不待張偉答覆，皇太極卻已誓師出兵，十萬八旗勁族精騎，繞過了寧錦防線，向科爾沁部落方向而去。袁崇煥接報大驚，立時便派人緊盯著後金兵的去向，此時林丹汗已被皇太極殺敗，八旗兵入草原顯然不是攻打喀爾喀部落，攻擊的方向則必定是大明的京師。於是在關內明廷尚在懵懂之際，袁崇煥卻已開始調動關寧騎兵，準備隨時入關勤王。

待皇太極攻破大安口、龍井關、洪山口等長城防線，入逼遵化，兵鋒直抵京師之際，袁崇煥接到京師警訊，立時便帶了滿桂、祖大壽、吳襄等遼東悍將，以六萬騎兵飛馳入關，一路上又於撫寧、永平、丘安、豐潤、玉田、薊州派遼東步卒駐防，騎兵則人不下馬，身不解甲，除了讓戰馬歇息外，

竟然毫不停歇，在八旗攻克遵化後，兵臨通州，關寧鐵騎竟早於八旗先入城，後金懼不敢戰，乃放棄攻通州，由北京西側入寇。

袁崇煥大急，又引兵自通州向京師急趕，終於在廣渠門外與八旗兵交戰，雖是士卒疲勞之極，但仗著一股忠義之氣，居然與那八旗兵打得旗鼓相當，此番八旗入關卻是初次，明軍雲集之下，八旗兵雖然驍勇，卻也是心裏打鼓，那關寧鐵騎又是明軍最精銳的騎兵，此消彼長之下，有此戰果倒也並不足怪。

當夜袁崇煥便在那廣渠門外數里紮營，對面燈火星星點點，卻是那八旗營帳，袁崇煥帶著滿桂、祖大壽等人騎馬出營哨探，因見後金兵白天雖然經歷苦戰，營帳佈陣卻是私毫不見混亂，袁崇煥帶著部下剛一接近，遠遠便見到後金騎兵上來邀戰，那滿桂是蒙人，悍勇之極，當下便要帶一隊騎兵上前接戰，被袁崇煥喝止，兩邊騎兵隔的老遠叫罵一番，便各自收兵回營。

關寧鐵騎在關外與八旗兵對抗多年，現下又是在畿輔與敵接戰，背倚北京堅城，各地的勤王兵馬源源不斷而來，是以自袁崇煥以下，各人都對未來戰事充滿信心。各人都道，即便不能全殲八旗於城下，最少也能將他們從原路打回去，令皇太極勞民傷財，損兵折將，再也不敢輕犯京師。

「滿將軍，巡哨查營一事，就交與你了。」

那滿桂領命去了，袁崇煥又處理一陣軍務，便待入內帳休息。

卻見祖大壽在帳外徘徊不去，便笑道：「復宇兄，怎地滿臉心事？有什麼爲難的事，說給我聽。」

「大帥，末將有事要稟報。」

「誒！復宇兄，你我相識多年，何必如何生分，有什麼話儘管說便是了。」

見祖大壽仍是拘謹模樣，袁崇煥省悟過來，忙揮手命大帳內外的衛士幕僚退下，又問道：「復宇，到底是何事？」

「元素兄，我怕你來日會有大難！」

「哦？此話怎講？」

「咱們馳援到通州時，便有謠言說咱們與八旗勾結，謀反圖謀京師。後來皇上下旨，令你去昌平、遵化一線佈防，相機恢復長城一線的防禦，你沒有聽從，又率兵前來京師，昨日未與後金兵接戰時，廣渠門內外百姓紛紛傳言，道是袁崇煥通敵！今日戰後，咱們要求入城歇息，誰料守城門的竟然拒不開門，後來傳來皇上旨意，命咱們只在城外紮營，元素兄，皇帝對你起了疑心，我怕你是朝不保夕了！」

他是個有心人，又是世居遼東的軍人世家出身，原本看不起袁崇煥這個文人領兵，寧遠一戰之後，從此對袁崇煥死心塌地，忠心不二。這一番話若不是他心中將袁崇煥位列皇帝之上，那是打死也不會說的。

「復宇，你的心意我明白了。只是大丈夫求仁得仁，但憑本心做事，又何必想那麼多呢。」

「元素兄，這是不成的。難道就任由小人作祟，害了你的性命？」

袁崇煥輕輕搖頭，站起身來，沉聲道：「皇上對我信任有加，一即位便立刻將我起復，委我經略遼東，不設巡撫掣肘，賜我尚方劍以事權一統，又命各部支應糧草兵仗，兩年來我以遼人守遼土，雖無法收復失地，到底後金亦無法前進一步，有功無過，縱是有謠言，皇上也必不會相信。至於不讓我們進城，這也是朝廷防嫌之舉，不必過多疑慮。」

見祖大壽還要陳說，忙向他微微一揖，道：「復宇兄好意，我多謝了。只是在此國家危急之時，說這些有害無益，咱們還是一心想著怎麼擊退後金的好。」

他固執己見，又以大義相勸，祖大壽知道無法，只道：「來日皇上如果召見，還是小心些好。」說罷嘆氣而去。

他一個武將總兵，尚且覺察此番事情不對，袁崇煥以文人督師，卻又怎地不會想到。只是他一慣堅毅自信，對皇帝又忠心不二，料想就是有些小小誤會，只要見了皇帝便可陳說清楚，又有何妨？

他卻不知，白天大戰之後，皇太極已將前日俘獲兩名監軍太監故意放回，讓他們聽到袁崇煥與後金勾結，共謀天下的話語，又故意一時疏忽，放鬆看守，兩名太監知道什麼，因見敵人有了漏洞，屁滾尿流逃出，由廣渠門外繞過袁崇煥的兵營而入，入城後便進了皇宮，向崇禎稟報了在後金營中聽到的消息。

崇禎原本便對袁崇煥擅殺大將起了疑心，再加上關寧兵神速而來，又不聽命令，一意要來京師，他已聽到了東廠番子打聽來的消息，滿城百姓都道袁崇煥謀反，縱然現在城外尚有十萬八旗圖謀京師，但考慮到各地勤王兵馬已匯聚了數十萬，北京堅城內尚有三大營近二十萬兵，八旗兵攻城殊非易事，按捺不住心中憤怒的崇禎皇帝，下定決心，就在此時解決袁崇煥這個心腹大患。

「來人！」

皇帝此時尚且不到二十，不好女色，不喜美食，每日召對臣工，批閱奏摺，即位兩年多，身上已有了一般人難以接近的帝王威嚴。當他下詔：「非盛暑祁寒，日御文華殿與輔臣議政」時，天下士人在經歷過萬曆及天啓兩位荒唐帝王後，彷彿都見到了中興大明的希望。

逼退黃立極等閹黨內閣後，他親選了錢龍錫、溫體仁、錢謙益等大臣入閣，並推心置腹言道：「朕御極之初，嘉與士大夫臻平康之理。」再輔以其召還各地中官，專任士大夫的行動，更使人相信他是一位英明之主。

可惜這些好的勢頭卻沒有能夠持續下去，一來皇帝確實年輕，雖然一意勵精圖治，於政治上卻只是一個新丁，大學士劉鴻訓公然宣稱：「皇帝畢竟是沖主。」又擅改他的聖旨，再有溫體仁與錢謙益之爭，朝中文官分做兩派，爭鬥不止。二來明朝後期，士大夫之腐敗無能亦到了令統治者不能容忍的地步，是以崇禎初年罷中官後，迷惘的皇帝很快又對文官集官失去了信任，他的性格又急躁好殺，剛愎自用，一旦有了決定便很少改變主意，後世謚爲毅宗，他的性格便是其因。

他一聲召喚，乾清宮大太監王承恩應聲而到，恭聲問道：「皇上有何吩咐？」

「傳旨，召薊遼督師袁崇煥入宮奏對！」

王承恩嚇了一跳，回道：「皇上，此時已是二更，宮中早就下了錢糧，若是要外出傳旨，多有不便。」

下錢糧是宮中隱語，意思就是宮門已然上鎖，明清之際，凡到了一定時刻，各宮的宮門皆然上鎖，由衛士把守，除非有特旨開門，任何人不得進出。

崇禎聽他說已下錢糧，方才想起此時已然是深夜，卻是自己忘記了時間。只是心中憤恨難平，忍不住走向殿門前，緩步而行，踱了幾步，方重重一點頭，向王承恩道：「明日一早宮門一開，便立刻去廣渠門外傳旨，令袁崇煥立時入城來見朕！」

「是，皇上。」

王承恩恭聲答了，又一時口快，問道：「皇上打算在哪裡召見，奴才好早做準備。」

崇禎暴躁道：「哪裡見？朕哪裡都不見！他一進城，便命錦衣衛將他逮了，下詔獄，著三法司會審！」

王承恩嚇了一跳，忙躬身應了，背對著殿外，正面向著崇禎，彎著身子退下不提，他未掌廠衛，平日居於深宮，是以不知道外面傳言，在心裏只是納悶，不知道皇帝犯了什麼毛病，要拿問袁崇煥這個拚命來保駕的邊帥。

且不提崇禎這邊下了決心，要不問而誅袁崇煥，廣渠門外督師帳外，卻正有人夤夜求見督師大人。

守帳的衛士不知這人是怎麼打通了關節，竟然能從大營外直入督師帳前，心中雖是詫異，卻是不論如何也不肯再爲此人通傳，那人卻也不吵不鬧，只微笑站於帳外，靜靜等候。

不過是片刻工夫，祖大壽等遼東諸將皆已到齊，各將都是衣冠不整，神情慌張，因見那求見督師的人還站在帳外，祖大壽沉聲喝道：「快請督師大人起來！」

他是袁崇煥的親信大將，那守帳衛士自然不敢輕慢，連忙入帳內喊醒了袁崇煥，又令人點起燭火，一時間帳內各人忙得人仰馬翻，待袁崇煥從內帳穿衣出來，大帳之外已是燭火通明，由祖大壽領頭，遼東各將除滿桂一系將領外，皆已到齊。

第十二章　反間之計

袁崇煥在內帳看到此景，心頭暗嘆，心知此番若不是有張偉派人前來，自己必然不知道如何是好。當夜輾轉反側，不能安睡，待第二天天晚，皇帝詔使果然早早來到，袁崇煥心裏清楚，面上卻是一絲不苟，恭恭敬敬跪迎了聖旨後，立時傳召諸將入中軍大帳，將皇帝召見一事說了。

袁崇煥這十幾天來未嘗好睡，這一日因紮營於北京城外，又擊退了後金進攻，心裏輕鬆，一挨枕頭便酣睡過去，此時被人從黑甜鄉中喚醒，滿心不快，卻又知祖大壽等人深夜來訪必有要事，於是忍住不快，問道：「復宇，這早晚爲何擺出這麼大陣仗，難道後金軍要來劫營麼？」

又笑道：「白天剛激戰一場，他們轉戰數千里，早就乏了吧。只怕沒有精神來攻打咱們，何況咱們背倚堅城，嚴加戒備，皇太極有那麼蠢麼，我看定然不是。說吧，到底是何事？」

祖大壽將身一躬，答道：「督師大人，福建海防將軍，台北衛指揮使張偉大人，有使者來求見。」

「哦？張志華此時派人來，是何用意？哼，他私自派水師去皮島，我還沒有理會，他又有什麼新花招出來？」

他話未說完，便聽到有人答道：「下官呂唯風奉張將軍命，在北京郊外等候督師大人多時了。」

「唔，你叫呂唯風，在台北任何職務，張志華為何叫你在此等我？」

那呂維風卻不答話，只從懷中掏出兩封書信，命帳內衛士呈給袁崇煥。

袁崇煥看了書信落款日期，自打開日期靠前的觀看。第一封信倒也尋常，張偉只在信中向袁崇煥解釋了水師兵發皮島用意，陳說自己憂心遼東局勢，對袁崇煥殺毛文龍表示了反對意見，又解釋皮島諸將與自己交厚，此番派水師去，也是為了安撫皮島將帥，為袁崇煥轉圜云云。

袁崇煥板著臉看完，說道：「你家將軍私派南師至北，我不能為他隱瞞，此事如何處置，交由朝廷處置。」又放緩了語氣道：「我與志華交厚，你回去好生勸勸他，速撤水師回南，我定當在皇上面前為他解釋。」

那呂唯風一笑，答道：「請督師大人看下面那一封信。」

袁崇煥這才將書信打開，卻是越看越驚。原本張偉在信中告之袁崇煥，自己早已料定八旗兵必將放棄攻打寧錦的打算，由內蒙繞路入關，他早就派了暗探在遼東打探消息，八旗兵一動，張偉已經

動員大兵，決定由海路入遼東，皇太極留了五萬的漢軍和步兵留守，八旗精銳騎兵留下不到一萬，兵力又大多部署在與明軍寧錦防線相接的地段，張偉由海路抄他的後路，決定直下赫圖阿拉等女真後方，襲擾之後，再撤走皮島的遼東難民，只留軍隊駐守，以減輕糧食供給的壓力。

袁崇煥算算時間，張偉此時已經由台北出發，接近朝鮮海域。他雖對張偉不打招呼便擅自行動仍是不滿，卻明白以張偉的水師實力定然可以輕鬆擊破後金在鴨綠江上的防禦，大軍不由旅順、葫蘆島等海上港口直入遼東，卻是先至皮島，後由鴨綠江方向抄後金的老窩，這個打法必能打得後金駐防兵措手不及，不論仗打的如何，這個戰略已是成功了一半。

微微點頭，心裏對張偉的安排佩服不已，原以爲他只是個重利商人，割據軍閥，卻不想他時刻惦記著遼東危局，想方設法來攻打後金，這可比其他聽到勤王調令仍止步不前的各省總兵官強得多了。

讚嘆一番，卻又繼續下看，信中提的卻是與自己有關。張偉告訴袁崇煥，他已在後金買通若干貪財的漢官，雖然漢官無法干預大政，不過也是隱約聽到了風聲。

皇太極此番入關，一來是窺探明朝虛實，二來也是想辦法調袁崇煥入關，想辦法除掉這個心腹大患。八旗兵在北京附近盤桓不去，就是等著引袁崇煥還京，若是能野戰打敗他，自然是再好不過。若是野戰無效，便想法使反間計除之。張偉又在信中指出崇禎的性格弱點，以及此番袁崇煥入關的諸般舉措，鄭重警告他千萬不要入城，入城則必死。

將書信往桌上一扔，淡然一笑：「志華未免太過危言聳聽！」

祖大壽急道：「督師大人，張將軍謀定而後動，一切都在他算計之內，怎麼能說危言聳聽呢！大人，在沒有派使者求見你之前，張將軍早就與我聯絡過，將皇太極的陰謀盡數告之，此時京城內人心不穩，皇上有猜忌之意，大人還是聽從他的勸告，擁兵城外，與後金交戰，若不能勝，則駐守之，若後金兵退，咱們也勒兵追擊，皇上若是召你入城，大人便說軍情緊急，拒不奉詔，這樣，又能保自身性命，又能保家國安危，請大人慎思！」

他一說完，身後諸將亦一齊抱拳，齊聲道：「請大人慎思！」

「請大人小心為上。」

「大人，將在外，君命有所不受，軍情緊急，大人居外掌控，也是該當的事，皇上若是詔命大人入城，大人千萬不可聽從！」

袁崇煥面如沉水，心中卻是翻騰不已。京城內傳言他自然知道，皇帝猜忌於他，他也自然曉得，以他的性格，自然不想束手待擒，可是從小束髮受教，接受的都是忠君愛國之說，君父君父，君亦是父。想到此節，心中長嘆，對祖大壽道：

「復宇，你是武將，我卻是文臣掌軍。國家有事征伐，為什麼派遣文官掌軍呢？」

他自設一問，又自答道：「武將知戰事而薄大義，君臣之說卻並不儘然接受。文人自幼束髮受教，講究的是君君臣臣，父父子子。君就算要臣死，臣亦只能坦然受之，如此，方能保國家無事，不

會如唐朝藩鎮那般，目無君上，皇帝竟然受控於臣子。是以就是明天皇帝真要殺我，我亦只能入城受死，沒有擁兵而逃的道理。若是我開了這個頭，大明十餘行省，那麼多的總兵將軍，巡撫總督，大家都擁兵對抗朝廷，那如何得了。」

見各人還要相勸，他斷然說道：「不必勸了!呂先生，我謝謝志華的好意，若是我有不測，望他仍然秉持忠義之心，將來皇上有命，令他赴遼鎮守，可千萬不要生了別樣心思。」

微微一笑，向諸將說道：「好生去做，有你們在，我心則安。」

說罷轉身進內帳，又去歇息去了。留下帳內諸將，面面相覷，不知道如何是好。

呂唯風卻聽出他話中之意，心道：「袁崇煥雖是忠義，到底也不是把性命不當回事的傻蛋。」

祖大壽等人卻是直心腸的漢子，戰場上用計鬥謀也罷了，政治陰謀詭詐的事卻是一點不通，眼見得袁崇煥甩手進了內帳，又令衛兵把守帳門，有敢衝入者立斬。祖大壽悍勇之夫，又哪裡知道其中的關竅，愣了半晌，原待強衝入內，再行勸說，卻被那呂唯風拉住臂膀，在他耳邊輕語片刻，但見那祖大壽面露笑容，連連點頭，不知不覺間，卻已被呂唯風拉出帳外去遠了。

袁崇煥在內帳看到此景，心頭暗嘆，心知此番若不是有張偉派人前來，自己必然不知道如何是好。當夜輾轉反側，不能安睡，待第二天天晚，皇帝詔使果然早早來到，袁崇煥心裏清楚，面上卻是一絲不苟，恭恭敬敬跪迎了聖旨後，立時傳召諸將入中軍大帳，將皇帝召見一事說了。

也不知道那呂唯風和祖大壽等人說了些什麼，雖然諸將臉上仍是神情激切，卻是無一個出列勸他不去，遼東諸將如此，那滿桂代表的歸化蒙將，自然更是沒有意見。袁崇煥見無人有異議，便安排道：「滿將軍，此番面聖，需你同去。」

「督師大人吩咐，滿桂自然是要相陪的，只是不知道爲何要我同去？」

「唔，你是蒙人，比我們說話更方便些。去兵部戶部鬧上一鬧，也讓他們發餉撥糧的時候痛快一點！還有，聽說聖上很是看重於你，你進城協防，也讓他更爲放心。」

滿桂聽他說得有理，又見督師當面誇獎，連皇帝也甚是看重於他，心裏得意，臉上頓時露出笑容來，將身一躬，揖道：「謹遵大人將令！」

「唔，將你的五千蒙古騎兵也一併帶入城內，以安民心！」

「是！」

呂唯風在帳外聽他如此安排，心中暗笑，這滿桂一向不服袁崇煥指揮，袁對他甚是頭疼，但因他是蒙古族人，偏生對明朝忠心不二，作戰又是勇猛異常，手下幾千蒙古騎射手的戰力絲毫不遜於八旗精兵，是以一直對他容忍。只是此番入城，若當真是什麼好事，只怕也輪不到滿桂，定當是攜自己的心腹愛將趙率教、祖大壽，哪裡輪到這桀驁不馴的滿桂了。

待一應事情安排完畢，袁崇煥請了那傳旨的太監，上馬並騎，一同向廣渠門方向而去，至了城關，此番卻是順利叫開了城門，只是滿桂與他的騎兵卻被拒之門外，一直到稟報了守城督太監，方才被允許入內。

滿桂自有守城的總兵官接待，安排他的部下住宿佈防，亂紛紛忙到晌午，滿桂方突然想起，問那副總兵道：「王將軍，我家督師大人何在？」

見那副總兵搖頭不答，滿桂急道：「怎地？他說要帶我去面聖，自己偷偷去了？」呸了一口，怒道：「漢人就是這樣，說話不算話！」

「滿將軍息怒。實話與你說，你家督師大人一進城門，便被早已等候的錦衣衛緹騎拿捕，現下已入了詔獄候審！原本你也脫不了干係，不過朝廷知道你素來與袁督師不和，故而讓你佈防於此，將功贖罪吧！」

見滿桂大張了口，仍是似信非信，那副總兵冷笑道：「聽說袁蠻子被捕之時，大呼要面聖辯冤，真活見了鬼。皇上能見這不忠不義之人？聽說最遲明日三法司便要會審，然後立時處死，決不待時！」

「我不信！袁督師雖然是個南蠻書生，說話辦事我都不喜歡，不過他爲人忠義，對大明忠心耿耿，這一條我滿桂是敢保的！」

「你保？你拿什麼保？滿將軍，你是蒙人，我見你爲人實在，點醒你兩句，此事你還是聽從朝廷安排，不要胡言亂語，當此敏感時刻，一句話就可能要了你的腦袋！」

滿桂雖是仍不服氣，不過想想到底還是自己性命重要，與那袁崇煥又無交情，何苦爲他連累了自己和部下。當下唯唯諾諾，自領著部下到安排的防區去了。此人在祖大壽等遼東兵退後，後金兵犯城之際，領弱勢騎兵出戰，被後金兵殺得大敗，當場陣亡，以蒙人效忠盡節於明朝，倒也是條好漢。

他這邊老實聽命，城外的遼東軍營中卻已是吵翻了天，前來傳旨撫慰的錦衣緹騎早被攆到一邊，各營軍士聽說袁督師被逮，均是驚怒不已，且不說袁督師辛勞爲國，千里奔波勤王，又是明朝在關外的鎮守大將，幸賴有他，方令得後金不能越雷池半步，再加上他爲人忠耿，愛兵如子，這些關外漢子都是直心腸的人，又如何能容忍這樣的主將受到冤枉？當下各營鼓噪不已，急性子的便要攻打京師，救督師出來，亦有心灰意冷的，打點行裝，準備自顧溜回遼東，更多的兵士按捺不住憤恨，圍住了傳旨的太監，喝罵不已，有那暴躁的，便要衝上去廝打。

古人將不專兵，兵不識將，原本也是有些道理，明末以前，戰時兵歸派遣的總兵官率領，平時歸衛所管制，兵部與都督府互相鉗制，可保無人能夠領兵造反。至明末時法紀敗壞，又因四處狼煙，只得派了文官專制武將，饒是如此，到明末時，各路總兵皆是尾大不掉，不聽指揮。皇帝能殺督師的文官，卻再也奈何不了掌兵的武將。袁崇煥經略遼東之前，這些將士在寧遠就跟隨於他，幾年下來，大兵的眼裏哪還有皇帝？自然是唯督師之命是從，現下督師被抓，將士們六神無主，那些有心的下級將佐，想到督師手下兩名愛將，趙率教此時正守遵化，離得太遠，祖大壽卻正在營中，自然要去尋他拿個主意。

祖大壽心裏早便有了打算，卻只是低頭不語，待眼前彙集了大部軍官，一個個急得跳腳，他方大聲道：

「你們來尋我要主意？我有什麼主意！咱們千里奔回，爲的是誰？還不是那皇帝小兒，我是個老粗，不懂得說話。各位弟兄都知道，袁督師爲了抵禦後金，吃了多少苦，受了多少累？一聽說敵兵入關，是怎樣帶著咱們回援的？說他造反，說他與後金勾結，你們信麼？」

眾將大聲喊道：「不信！督師大人若是與後金勾結，那咱們與他朝夕相伴，又怎會不知道？若真是勾結了，能這麼拚命來救駕？皇帝莫不成是瘋了吧！」

「我看，皇帝就是忌恨咱們遼東人，生怕袁督師兵精將廣，奪他的江山。」

「呸，當真是無恥。」

「沒錯，什麼狗屁皇帝，反了他娘的！」

祖大壽靜靜聽眾將吼了半天，見這夥人越說越難聽，忙喝止道：「都住嘴！當今皇帝是聖明天子，只不過一時受了蒙蔽，不可辱及今上！」

見各人都是一臉的不以爲然，他也不繼續糾纏，清咳一聲，道：「既然大家都說督師大人冤枉，那麼，咱們約束好弟兄，除了留下些人觀察後金兵動靜，全營開拔，到廣渠門外爲督師大人鳴冤！」

眾將聽他說了，立時齊聲暴諾，急性子的立時便起步回營，去整束部下，準備出發，但有那穩重保守的，一想起督師厚恩，又見大夥盡皆願意，想一想法不責眾，還有甚麼好怕的？再說還有祖大壽頂在前面，各人自然均是忠字當頭，奮勇之極。

待各將散去，祖大壽卻向身後呂唯風問道：「呂先生，張大人令我安排兵士鬧事，我可是照做，這可是等同於造反的罪名，我敬重袁督師如師長，依我的見識，他定然會寫信責罵，令我迅即帶兵回營聽命。這下一步，該當如何走法？」

歷史上袁崇煥被捕之後，祖大壽也曾勒兵犯門，為袁崇煥辯冤，朝廷驚惶之下，只得到獄中請了袁崇煥出面，寫書信斥責，祖大壽接到書信後，便大哭而止。

沒過幾日，袁崇煥被淩遲於市，祖大壽驚懼，引本部兵狂奔回遼東，袁部近兩萬屬下，無人部勒，一時哭嚎星散。

張偉料準讓祖大壽為袁崇煥鬧事不難，故而早便命呂唯風知會於他，再加上袁崇煥有意無意的引領滿桂入城而去，北京城外整個關寧鐵騎，當唯祖大壽之命是從。

「我來時大人曾交代過，祖將軍帶兵於京城外為督師鳴冤，朝廷必然會令督師大人寫信相勸，為了防止書信擾亂軍心，祖將軍到時不可拆信，原信退回！」

「這是為何？」

「將軍可對來使言道，人已被執，安能書信？便是有，也是偽作，拒不受書！」

祖大壽擊掌道：「這說法妙極！督師大人都被關在獄中，還寫什麼鬼書信，便是真，也是假！」輕輕一點頭，笑道：「將軍說的好，就是這個意思。拒書之後，朝廷必然頭疼之極，將軍可向皇帝上奏，力陳督師之冤，奏章裏一提要暗示皇帝，若是處死督師，必定當場領兵回遼，率全遼將

士，投降後金。」

「這樣，大明遼東之土不保，山海關不保，就是畿輔也很危險，後金不攻城，是因爲關寧絕了它的糧道，若是祖將軍以整個關寧獻納後金，北京還能保嗎？」

他語氣輕鬆，只是說來陰森之極，祖大壽打了一下寒戰，斷然道：「即便督師冤死，祖某也絕不投降後金！華夷大防，可比個人恩怨重要的多。況且，爲督師辯冤，將士們盡皆同意，若是因一己之私降敵，就算祖某願意，手下的兒郎們也絕不會同意！」

「嘿嘿，我家大人料祖將軍也是如此說法，放心，這樣只不過是威脅皇帝，令他有所顧忌，不會因爲沒有掣肘而下狠心壞了袁督師的性命。第一步圍城鼓噪，第二步上表陳情，第三步約束部眾，全軍據薊州、丘安，一則抗後金，二則靜待消息，待皇帝保證不殺袁督師後，引軍北還，靜待時局變化。」

見祖大壽還在沉吟，呂唯風鄭重道：「我家大人說了，皇帝想殺袁督師是一時糊塗，只要你們勒兵威脅，而不是四散奔逃，再上奏辯冤，督師大人一時不會被處死。而將軍你必須在京師附近纏鬥八旗兵，不能讓他們迅速回援遼東，我家大人這會兒想必已在海上，攻擊遼東之事，是他謀劃了很久的事。這些年來，都是女真人打咱們，也該咱們漢人去他們的後方，狠狠給他們一擊了！」

「若是皇帝指斥我們反叛呢？」

「放心，現下他拉攏你們還來不及，說你們反叛，不是把你們往後金那邊推麼。他就是再蠢，也不會蠢成這樣！」

祖大壽終於下定決心，向呂唯風道：「先生請放心，保得我家大人無事後，自當奮力與八旗交戰，我關寧鐵騎這麼些年來對抗後金，總算是互有勝負，請先生放心，咱們絕不做孬種，也願張將軍旗開得勝，給皇太極的背後，狠狠捅上一刀！」

祖大壽惡狠狠地一點頭，命親兵將呂唯風保護好，縱身上馬，齊集眾將，點齊部眾，又將心一橫，將那幾個傳旨的緹騎盡數殺了，揮兵向身後的廣渠門方向奔去。

待行到城外，命幾萬士兵鼓噪起來，城頭守衛的京營將軍與士兵原本都是些市井無賴，紈袴子弟，後金兵雖然逼兵京師，卻始終未曾近城攻擊，是以這些遼東悍將帶領的虎狼之師兵臨城下，各人均是殺氣騰騰，一副不交人便要攻城的模樣，所有的京營兵將均嚇得腿肚子抽筋，不知道該當如何是好。還是路過的巡城御史聽到動靜，慌忙一級級稟報上去，半個時辰之後，崇禎皇帝便在御門聽政中聽到了這個可怕的消息。

他又急又怒，一時間不知道如何是好，適才他還是忍不住在平臺召見了袁崇煥，看著跪在眼前的這位重臣，心裏卻怎麼也不肯相信此人的辯解，不待他說完，便令下錦衣衛獄，又因後金入寇，還附帶將兵部尚書王洽拿下，下刑部獄；一時間恍惚出神，又想起了適才質問袁崇煥的情形。

「你入關馳援，爲何行軍如此迅速，竟然比直隸兵馬到得還快？」

「臣在關外與後金接戰多年，早便發覺敵方有異動，一直注意著對方的動向。一發現關內有

警，便率領精銳騎兵回援，一路上不曾停歇，憂心聖上安危，全軍將士拚死趕路，故而早早趕到。」

「胡說，定是你與後金有了勾結！還有，你前幾天一力要求兵馬入城，是何用意？」

「臣與後金的來往，聖上皆已知曉，兵馬入城，是因將士疲敝，入城休整勞軍，以便恢復體力。」

他提起崇禎知道他與後金議和的事，雖未明言，卻嚴重傷害了這位年輕皇帝的自尊，後來的兵部尚書陳新甲主持議和事，也是因爲口風不嚴，被崇禎當替罪羊殺害，此時當著眾臣被袁崇煥說出來，崇禎當真是氣得咬牙。

「大漢將軍何在？」

皇帝身邊披甲佩劍的武士站了出來，等候皇帝的吩咐。

崇禎威嚴喝道：「起去，下錦衣衛獄！」

聽了皇帝吩咐，武士便站到袁崇煥身邊，袁崇煥心知皇帝心中已有定論，辯解亦是無益，默默站起，隨那幾個武士向詔獄而去。

崇禎見他起身去了，心裏一陣痛快，又見兵部尚書王洽侍立在旁，想起此番被後金逼迫京師，此人當是首惡，此時竟然還侍立在自己身側，當真是可惡之極。便又喝道：「王洽何在？」

王洽聽皇帝語氣不善，忙出列答道：「臣在。」

「你身爲本兵，竟使敵兵兵鋒直薄京師，你有何話說？」

「臣已下令四方鎮撫官勤王，擊破敵兵指日可待。」

「胡說，甲兵不修，致使夷兵入境，罪在不赦！來人，將王洽拿去，午門外撻杖一百，投刑部獄！」

他一聲令下，身邊諸太監便齊喝道：「拿去！」因爲要廷杖，便由慎刑司的人衝上將王洽拿住，提小雞般往午門而去。其餘諸臣因怕觸及皇帝怒火，哪敢出來做仗馬之鳴？一時間各人都是面無死灰，眼睜睜看著皇帝處置了兩名重臣，竟無一人敢言者。

他正在盤算如何處置這兩人，誰知還不到中午，已然傳來了遼東兵嘩變的消息。此時袁崇煥被逮，亂兵無人安撫，惶急間，崇禎只得命道：「著人去撫慰城門處亂兵！」

他只顧下旨，卻沒有明說派誰過去，眾臣面面相覷，誰也不願意去碰這個硬頭釘子，遲疑了半晌，方有大學士錢龍錫上前奏道：

「遼東兵嘩變鼓噪，不過是因爲突然逮了他們的主帥，便請袁崇煥修書一封，投到城外，道明皇上拿他是罪有應得，令士兵不得吵鬧，即刻回營等候朝廷處斷，皇上，這樣可好？」

崇禎面無表情，深覺帝王尊嚴受到了挑戰，可是京營戰力不足，上次派御史清軍，居然說近二十萬京營士兵無一能戰者，此時後金兵離京師不遠，雖然昨日關寧鐵騎將他們擊開，但後金實力未損，又怎可安心。若是此時激怒了遼東士卒，果真與後金勾結，只怕京師危急，那些勤王兵馬，又怎是十幾萬精銳騎兵的對手。

無奈之下，只得微微點首，以示同意。

那錢龍錫得了旨意，忙命人前往錦衣衛獄，尋了袁崇煥寫信，得了書信後，考慮到城內無人可與城外眾將對話，只得尋了滿桂，令他帶信出城，交與祖大壽。又吩咐滿桂道：「滿將軍，你在遼東多年，與城外諸將相熟，一定要曉諭他們知道，皇上聖德，不以軍嘩爲意，只要他們安心回營，皇上必然不會誅連，待打退了女真騎兵，皇上必然會論功行賞。」

見滿桂頻頻點首，錢龍錫將他雙手拉住，連聲讚好：「好將軍，好勇士！大明得滿將軍，如劉備得趙子龍也！好生去做，將來青史留名，不枉此生啊。」

他是進士出身，原本也用不到劉備趙子龍的比喻，只道滿桂是蒙人，肚裏沒有幾兩墨水，想來聽過評書，知道三國人物，於是順口扯了出來。

那滿桂果然知道，聽到錢閣老如此讚譽，當下興奮得臉都紅了，一連聲向錢龍錫遜謝，拜辭後又興沖沖到得廣渠門城樓之上，用箭將袁崇煥書信射下，又高聲將錢龍錫交代的話喊將出去，只等下面答話。

卻聽得有一粗豪漢子叫道：「滿桂，我一向敬你是個直性子的好漢，你便是諸多無禮，我也忍了。現下你竟然甘作走狗，倒跑來勸我們？我問你，你跟隨督師大人多年，你相信督師大人會勾結女真人謀反嗎？」

滿桂老臉微紅，亢聲答道：「袁督師是不是冤枉，我不管，那是朝廷的事。至於你們，擁兵挾持朝廷，形同謀反，皇上說不追究，我看你們趁早回營，等候處置，還來得及！」

「呸！咱們既然來了，自然就把這一百多斤交代了，今日不給說法，休想我們退後！」

「走狗！」

「看那樣子，輕飄飄的吃了屁一樣，定是朝廷許了他好處！」

因底下罵成一片，滿桂聽了越來越不成話，怒從心頭起，便待提兵殺將出去，卻被守城將官攔了，只在城內聽著生悶氣。

城外罵了一陣，卻是將早上呂唯風所說的言辭寫成書信，射進城來，守城將軍不敢怠慢，立時派人送與皇帝御覽。崇禎見了無奈，只得又派人去撫慰，城外卻只是不聽，一直鬧到晚間，城外兵士鬧得乏了，便在祖大壽等人的帶領下，縱馬離城，向那薊州方向而去。

原本的遵化守將趙率教早已被祖大壽僞託袁崇煥的名義撤到薊州，遵化此時已陷入後金之手，待祖大壽等人到了薊州，趙率教方知事情原委，他與祖大壽一樣，同是袁崇煥心腹愛將，主官被冤，自然也是氣悶不已。當即便與祖大壽聯名上奏，陳說冤情，又極力請罪，只推說是兵士胡來，與主將無干，若是京師有警，關寧鐵騎瞬息便到，可保京師無事。

他們打定了主意要救袁崇煥出來，皇太極卻是一心想陷袁崇煥於死地。因關寧兵退，便又故意派遣精兵繞城騷擾，引出那滿桂出城邀戰，一番激戰之後，滿桂戰死，便是屬下兵士亦死傷殆盡，崇禎聞報，更是堅定了袁崇煥通敵的想法。待收到祖大壽與趙率教的奏章，雖然言辭懇切，將袁崇煥不可能通敵的道理說得通透，無奈崇禎此時已斷定了袁某實不可靠，帶出來的兵將亦是額有反骨，他們的話又豈能相信？因趙祖二人手握大兵，雖沒有下旨切責，卻是將二人奏章留中不發，置之不理。

他裝糊塗，趙祖二人卻是連番奏章送上，言辭越來越犀利直白，到最後，竟然直接指責起崇禎聽信妄言，濫用刑罰，並暗示若是皇帝不放人，他們必率兵投降後金，將整個關寧送與敵人，到時候關寧不保，京師必會陷落云云。

崇禎被逼無奈，只得又召集群臣會議，眾臣都道當此國難關頭，不宜寒了武將的心，還是將袁崇煥放出，令他去宣慰，則兵變自然消弭於無形之中。

崇禎明知大臣所言甚是有理，卻只是放不下帝王尊嚴，又擔心放了袁崇煥後更是火上添油，袁對他忠心耿耿，他對袁卻是怎麼也信不過，若是放了人之後，袁崇煥立時擁兵造反，那豈不更是笑話？思來想去，只得將袁崇煥從獄中放出，軟禁起來，又派了新任兵部尚書孫承宗前往宣慰。

那孫承宗已是年近七十，曾任過天啓皇帝的老師，又曾經略遼東，收攏流民，建築堅城，訓練士卒，在他治下，八旗不敢犯境，後來因魏忠賢忌恨，逼得他回家閒住，此番崇禎逮問王洽，便又將他召回，任兵部尚書。以他的威望，再加上崇禎暗示暫不會殺袁崇煥，前去撫慰，自然是水到渠成。

左輔、趙率教、祖大壽等人叉手而立，靜聽孫承宗訓斥，以這位老臣的思想見識，自然無法容忍他們犯上悖逆的行爲，好在他於天啓年間也頗受閹黨迫害，知道其中苦處，痛罵一番後，不免要問這幾人下一步的打算。

「回本兵大人，虜兵還在境內，遼東士卒自然不能坐視，咱們據薊州、通州一線監視八旗，待他們撤兵回關內時，尾隨追擊，恢復失地，總之不能讓他們輕鬆而來，滿載而回。」

「唔，左將軍深明大義，吾心甚慰。」斜視一眼趙祖二人，道：「好教你二人放心，適才是官話，現下是私底下掏心窩子的話！皇上必不殺元素了。」

見三人面露喜色，又沉吟道：「只是放歸遼東，卻也甚難。雖然遼西是心腹重地，不過皇上對元素甚是不放心，放他回去，只怕你們這些驕兵悍將擁他造反，那時候誰人能制？是以為了撫慰你們，必不殺他。不過想讓他回遼，難矣！」

祖大壽上前一步，憤道：「督師一日不回遼，關寧鐵騎一日不回遼！」

「混帳！你以為朝廷一定怕了你們？朝廷打不過八旗，難道調集的大兵奈何不了你們？況且每年幾百萬的銀子扔在了遼西，憑你們中左屯和左屯的屯田，能養活十幾萬軍隊嗎？」

見三人默然不語，孫承宗起身嘆道：「我需即刻回京，京師尚且不穩，你們卻鬧個不休，當真胡鬧。驅走虜兵後，你三人便帶兵回遼，元素的事，我也會奏表為他辯冤，放心吧。」

又突然問道：「那個張偉是何人？據台灣也罷了，怎麼手還伸到遼東來了？皮島是女真人身後的釘子，怎地就讓他輕鬆拿去了？」

祖大壽答道：「張將軍一心為國，水師北上，也是為了襲擾女真後方。前幾天得了消息，只怕他也快要動手了。咱們在這邊多纏八旗軍幾日，他那邊打得便輕鬆一些。」

孫承宗默然點頭，向外行去，到了宮廳外方向送行的三人道：「武人專兵，終非國家之福，唐朝藩鎮之禍不遠，諸君慎之。」說罷揚長而去，自回北京去了。

祖大壽三人雖遺憾不能救出袁崇煥，不過總算得了皇帝不殺他的承諾，以帝王之尊，食言而肥的事倒還做不出來，三人心中一定，便派遣偵騎四出，尋找戰機。

那女真大貝勒阿敏驕狂已久，竟然單獨帶著本旗幾千擺牙喇兵攻打昌平，焚毀了建造中的德陵，又縱兵四處搶掠，被遼東諸將逮到這個空子，立時出兵圍住了他，三萬關寧鐵騎緊緊圍住這幾千女真騎兵，從早至晚打了一天，四千女真人大半戰死，只有阿敏帶著幾十親兵侍衛乘夜逃出。

在明朝諸路兵馬畏懼不前時突然有此大勝消息，正漲了遼東兵馬的氣焰，崇禎雖是不樂意，仍是下旨褒獎，各將都有進階賞賜。

皇太極震怒之餘，剝了阿敏貝勒一職，自勒兵來尋遼東兵決戰，誰知待他大兵一到，祖大壽等人卻拒不出戰，背倚堅城，匯聚大股明兵協同守城。後金兵稍有疏忽，便用優勢騎兵出戰絞殺，如此這般來回數次，皇太極竟然拿他們無法。又因出兵已久，不知道後方情形，心中終究不大放心，便生了退兵回遼的想法。

他一路打一路退，祖大壽等人卻如附骨之蛆一般纏鬥不休，八旗大隊一衝，關寧騎兵便後撤不戰，若是想安心走路，他們卻騷擾不休，原本十幾天便可撤入內蒙草原，卻打打停停整整一月，直到深入草原百餘里，方不見了明軍蹤影。

皇太極長舒口氣，大聲令道：「全軍馬不停蹄，回盛京！」

「志華，此番去遼東可比倭國凶險許多，務必小心珍重！」

「放心吧，此去不過是襲擾後金的後方，能不打硬仗便不打，先前施琅帶去四千人，我此番親率了三萬人，再加上後期的糧草和一萬飛騎，加上水師，過五萬的精兵，還有皮島的近三萬明軍助陣，整個後金留守的軍隊不超過五萬人，還要顧及寧錦的明軍，以十打一，總該沒有問題了。皇太極出征不久，要在直隸附近耽擱最少兩月，我們由海上過去，十天之內準到遼東，二十天內由鴨綠江渡江，直攻赫圖阿拉，分師掠開原、鐵嶺，威逼瀋陽，一個月內打完收兵，在皇太極回師瀋陽前，撤到皮島。」

何斌點頭道：「軍事我不懂。不過聽你這麼一說，倒覺得十分穩妥，這樣我就放心了。」

「嘿嘿，那是自然了。台灣現在還經不起消耗戰、惡戰，我凡事都小心著呢。若不是一定要打一仗削弱後金……成了，我上船了。」

看著身後黑壓壓登船的士兵，一張張年輕的臉孔掩飾不住對征戰的渴望，張偉滿意一笑，向何斌等人揮手致意，灑然上船。

北京那邊，安排了能言善辯的呂唯風，張偉十分放心，袁崇煥不死，但也回不了遼東，遼東諸將不能反叛，可是崇禎又因救袁一事不再信任，除了保有遼東，警備畿輔外，估計也很難調動關外軍

隊平定內亂。後金一方又必將因張偉伐遼而嚴重削弱，此消彼長，實力平衡，大陸局勢正在張偉的介入下，產生著微妙的變化。

確立軍功受爵後，原本便是每戰必受重賞的漢軍軍隊，開始由好戰轉向爲一支嗜血的職業軍隊，留守台灣的漢軍極是羨慕駐守倭國的神策左軍的士兵，除了有豐厚的海外駐防津貼，還可以享受在當地高人一等社會地位，那些倭國男人恭敬的眼神，一鞠到底的禮節，倭國女人的柔情，都令返回台北，枯守兵營的士兵們大流口水。不但是士兵，便是各級將領，也盼著張偉能開疆拓土，可以讓他們如左良玉、江文瑨一般，成爲一方之主，那可比在台灣朝夕聽令強多了。

壟斷了對日貿易後，因爲倭國與中國的金銀比價不同，張偉用台灣金礦出產的黃金到倭國套來了大量白銀，再加上源源不斷輸入倭國的絹、絲綢、棉、文具，每船過去，便是大量的白銀湧入台灣，又周轉販賣貨物至南洋諸島，遠洋貿易做的是風生水起，對日一戰之後，整個台灣的各個階層，都在這場戰事裏撈到了大小不一的好處。於是什麼「兵者乃凶器，聖人不得已而用之。」、「好戰之國，其國必亡」的論調，在台灣絕無市場。

張偉此番以援遼名義攻打後金，有不少在台灣紮根經營的大小商人們，敏銳地嗅出了其中的商機，戰事一開，短期內必然有大量的遼東土產源源不斷而來，戰事一停，與遼東後金的貿易必然中斷，皮貨人參等俏貨必然價格飛漲，面臨著未來幾倍甚至幾十倍的利潤，好利的商人們不顧遼東的戰事危險，紛紛掏錢購買軍資物品，隨著台灣水師奔向遼東，卸下物資後，便可在當地低價購買軍隊掠奪來的戰利品，於是在正規的運輸船隊之後，數百艘大小不一的商船尾隨其後，張偉於戰艦上看著密密麻麻的船隊感嘆：「老馬說三倍的利潤便能讓資本家冒著絞刑的危險，哲人當真是哲人也。」

第十三章　偷襲遼東

火槍加上刺刀的長度，與遼兵所持的白臘木桿長槍長度大略相等，只是論起心理上的壓力，光晃晃的刺刀卻比短小的鐵刺槍頭要大上許多，只是火槍兵以射擊為主，肉搏上卻是比遼兵相差較遠，一時間過萬人廝殺在一起，形成混戰之勢，後排的橫隊槍兵雖然亦是上起了刺刀，開始向前參加肉搏，但一時之間，竟然形成了膠著之勢。

此時正是春季，船隊一路上風平浪靜，波瀾不驚，待到了皮島，張偉逕自率人來到原毛文龍的總兵府，施琅已在此等候多時，此番突襲作戰，片刻時光也耽擱不得。直入堂中坐定，立刻召見原皮島諸將，見孔有德、尚可喜、耿精忠等人魚貫而入，在堂上兩邊站了，便以主官的口吻大刺刺吩咐道：

「孔將軍、尚將軍、耿將軍，你三人現下便領著皮島駐兵，乘小船去鴨綠江邊襲擾，不需深入敵境，仍如你們平常那般，待後金援兵到來之前，便退回江上，三位將軍，可明白了？」

見三人不情不願的領命而下，張偉也不理會，自吩咐漢軍諸將劃定營地休整，十餘天海上奔波，將士皆是疲乏之極，早些立營休整要緊。

因見諸將皆接令出外，安整營地，張瑞現下雖已受命爲飛騎將軍，已不再是當年張偉的小小親衛頭目，只是多年積習難改，仍是侍立在張偉身邊，因見張偉踞坐堂上，面露沉思之色，忍不住問道：「大人，怎地你對孔尙耿三將如此的不客氣？他三人雖然心向大人，到底在毛文龍死後主理皮島，大人前來，還是先行撫慰，然後再言其他，怎地毫不客氣，指揮三人如台灣諸將？」

張偉一笑起身，道：「我顛得骨頭都快散架了，你不去安排食宿，卻在這裏多嘴。孔尙耿三將，名義上不是我的人，不過咱們做大事的人，還管什麼名分？我便是要這般直接了當的讓他三人知道，從今日起，我張偉便是他們的主官，心裏不要有什麼別樣心思的好。遼東戰事完結，棄守皮島，他們還想在此做土霸王，那是想也別想了。」

張瑞嚇了一跳，道：「皮島乃是後金背後的毒刺，怎地大人要棄守？後金沒有水師，咱們只需少留些水師助守，皮島便固若金湯。況且，尙耿三人是遼將，手底下的士兵也都是遼人，故土難離，且名分上他們到底還是遼東經略治下，大人這麼做，只怕他們是不依的。」

「不依？他們的三萬大軍，我一個時辰便可屠戮乾淨！道是皮島是要地，毛文龍領著他們倒也還打過幾仗，也不過只是襲擾人家的後方，趁著敵人兵力空虛，鴨綠江燒些村鎮罷了。崇禎元年仍給

他們幾百萬餉銀，得到的回報未免太低。毛文龍死後，諸將只是爭權奪利，又一心想給毛文龍報仇，哪有心思打後金？再加上糧食接濟不易，朝廷以後對遼東必定是多方限制，以前朝鮮還能接濟一些，現下已是後金藩屬，又哪裡還有糧給？難不成所有的糧食軍餉，都由我給？此番襲遼之後，後金在南衛後方必定多派兵力，留著皮島也沒用，倒不如盡數撤回，一則省錢，二則改編！」

看一眼張瑞，有些話卻是不好與他說，只得打個呵欠，道聲乏了，自入內歇息去也。

此後數日無事，只是讓遠來士兵恢復體力，張偉每日引著一群將軍查看地圖，尋來當地遼人談話，熟悉當地各種風土人情，待孔尚耿三人傳來消息，三人在江邊襲擾，引來原撫順的駐防將軍，原來的漢人副總兵李永芳帶兵來戰，兩人記得張偉吩咐，引軍後退，現下李永芳部防江邊，兵力大概在萬人左右，除了有限的幾個女真人，大半是歸附後金的遼東漢兵。

「好！」

張偉聽到軍報，猛然擊掌，笑道：「女真人和蒙古人駐防前線，後方便交給了李永芳的漢兵來守，皮島襲擾多了，李永芳也不當回事。我料他也只是虛應故事，趕走了尚耿二人便以爲萬事大吉，他的兵可比皮島駐軍精銳許多，此人倒也爲後金立下過汗馬功勞。現在他的守禦必然鬆懈之極，那麼，襲遼第一戰，便先拿李永芳這個叛將開刀！」

說罷發令道：「全軍渡江，合擊李永芳！漢軍半夜渡江，紮營立陣，李永芳必定以爲又是皮島明軍襲擾，不會放在心上。待第二天天明，一鼓而擊破之！」

皮島原本就有大中小型各式戰船一千餘艘，雖是小船為主，不過正適合這種短途的兵力運送，毛文龍屢襲後金後方，斬獲頗多，便是以數十人一船的小型戰船，來去自如，後金沒有船隻，徒呼奈何罷了。

張偉既然下令出島作戰，原本就準備好的各式戰船立時在碼頭排開，大型戰船連同自台北而來的運輸船運送戰馬、輜重、火炮，中小型戰船運送漢軍士卒，待張偉帶同諸將來到江邊時，萬騎、三衛、飛騎，皆已上船，他接到消息是正午時分，登船便用了整整兩個時辰，算算時間，子時之前可到江心，面對長甸堡方向上岸。

張偉此次襲遼的進攻路線，倒是與薩爾滸之戰時，明軍劉綎的進軍路線相同，只是他心中堅信，無論如何，該當打得比劉綎強的多吧。

兀立在戰艦船頭，見所有兵士皆已登船，張偉將手一揮，令道：「開船！」

此時正是黃昏時分，夕陽西下，近兩千艘戰船在金黃色的陽光下啓錨升帆，順著鴨綠江的入海口方向而去。自遼東失後，遼西不過是苦撐待後金進攻，毛文龍屢次犯境，都是小規模的騷擾，如同人身上的跳蚤罷了。如同這般規模的進攻，十餘年來還是首次，十餘萬皮島遼民默然站立於岸邊，皆是默祝此番戰事順利，能夠稍雪遼東漢人之恥。

船隊一路逆行，除了大型戰艦停泊外海，隨時戒備之外，先由停靠此江內的皮島明軍上岸警戒，然後是火炮輜重等物，一直待天色微明，亂紛紛鬧騰了一夜，全軍方才登陸完結，那李永芳駐防

長甸，一心只以爲此番又是皮島明軍前來襲擾，江邊派了幾個暗哨，早被初期上岸的明軍結果了性命，待李永芳一覺醒來，卻只聽得屬下報告，長甸堡外已來了大批軍隊，服飾怪異，人數眾多，卻不知道是從哪裡過來。

此時皇太極尚未正式組建漢軍八旗，遼東的明軍大規模投降的還少，除了廣寧之戰拔了幾百個小土堡，有不少守堡和備禦、參將、副將帶著手下幾百或是幾十的兵丁投降外，也只有這位原撫順的副總兵，一次便帶了近萬的屬下歸降，是以李永芳在後金地位頗高，娶了奴爾哈赤的女兒，金錢女子土地部曲眾多，比那尋常的貝勒還要風光許多。他不敢與八旗交戰，與明軍交起戰來卻是如魚得水，一來後金武力強大，遼東明軍心理上便吃虧甚多，他的部下都剃了辮子，明軍又如何分得清是女真還是漢兵？再加上後金利用他的身分勸降明將，倒也是成功者多，失敗者少，數此幾番下來，他的信心比任撫順副總兵時強得多了，當下聽報，鼻子裏哼了一聲，道：

「別是那朝鮮國不甘臣服，聯同皮島明軍，趁著咱們後方空虛一起來搗亂吧？派個使者過去問問，他們是何用意！」

這長甸只是個小型土堡，明朝在關外修建了大量這種駐紮少量軍隊的土堡，只是屯田時備禦少數民族的侵擾而用，待後金實務膨脹，這種小土堡完全無法抵禦一回合的攻擊，是以在明末早已停建土堡，純以堅城待敵。後金以野戰制敵，自然也無心修築什麼土堡，是以雖然占了十餘年，這土堡不但沒有加固，反倒因時間推移而破敗不堪，李永芳自然不指望這小小土堡制敵，因又不知敵軍人數多少，他已是打慣了勝仗，心裏極度藐視關外任何一方勢力的軍隊，當下也不管那使者是否回來，懶洋洋點齊起部將，因軍隊大半駐守堡外，便先傳令萬餘部下先於堡外列陣，待他帶著眾將，出堡迎戰。

待他出堡細看，卻見對面軍隊皆是黑衣軍服，隱約間彷彿都持火槍，心中奇怪，向身邊親將道：「明軍怎地換了袍服？黑不流丟的，好醜樣子。」

又輕蔑一笑，道：「又是持鳥槍的關內火器營的明軍，想來定是因爲大汗出關作戰，他們聯同了皮島駐軍一起，撿便宜來了。估計應是從旅順口過來，倒也真是辛苦。欺負我騎兵不多麼，我倒要給他們一場好殺，讓敵將知道，這遼東不是那麼好來的！」

「佈陣！兩千神射手入堡，倚堡而射，其餘兵士一字排開，對方人多，咱們等他們來攻！」

萬餘身著青色箭衣，頭戴圓笠帽的辮子兵迅速聽命結陣，黑油油的辮子在奔跑時甩來甩去，兩百多年後，這辮子是愚昧落後的豬尾巴，而在此時，卻是殺戮和力量的象徵，明朝降將李成棟只派了幾十個兵丁攻入廣州城，城內幾萬明軍一聽人喊：「辮子兵來啦！」頓時星散而逃，無有敢抗者，其實李成棟手下，亦不過是投降的明兵罷了。

「額附，咱們用騎兵衝上一陣，殺殺他們的銳氣？」

李永芳瞇眼向遠方敵陣瞧去，卻見這股黑衣敵軍竟然沒有用鐵箱車結陣，心中一喜，便待答應，卻又見敵陣後方塵土飛揚，似乎也有騎兵在後，便搖頭道：

「索倫，咱們騎兵中滿人不多，漢兵雖然騎術尚可，射術卻是不行，敵人人數眾多，兩千多騎

兵衝將過去，損失太大，若是敵軍的騎兵追殺過來，只怕損傷更大。還是等他們大隊攻來，騎兵直接衝入火槍兵陣爲好。」

索倫哼了一聲，頗是爲這位漢人額附的膽小不滿，遼東之地，常以一兩千八旗騎兵衝入數萬人的明軍陣勢，皇太極便在瀋陽一戰時，親率三千騎兵，衝入兩萬人的明朝援兵陣中，幾番衝殺，明軍大潰，哪像眼前這位額附爺，膽小如鼠。

他們這邊靜待對面軍隊向前攻擊，料想敵軍人數是己方數倍以上，又是主動上岸攻擊，定然是要主攻，誰料從早晨枯等了一個多時辰，對方卻是一點動靜也沒有，李永芳不知道台北漢軍正在卸下裝備火炮，只道是敵軍膽怯，不敢進攻，心中得意，卻還是打定了敵不動，我不動的想法，他的家底便是這麼多，戰死的多了，包衣奴才少了，家產可也就少的多了。

他這般想法，手底下的士兵亦是相同的看法，全軍跟著滿人八旗打多了仗，哪裡將這些明軍看在眼裏，也只道是敵軍膽怯，不敢進攻，人心均都懈怠了，雖然仍是排成戰陣，隊形卻是十分鬆散，低語聊天的，說笑取樂的，打嗝放屁，磨牙呵欠，甚至有那腳氣病犯，扭股糖似的在陣中亂扭的，各人均是懶洋洋的，只是納悶李永芳爲甚不主動進攻，一股作氣將這些黑衣軍攆下江去。

待看到對面黑衣軍陣前有兵士將手中小旗猛揮，一隊隊的兵士結成密集縱隊，露出隊列中的空隙，李永芳及各兵這才發現，對方陣中排列了大大小小整整數百門火炮，黑乎乎的炮管瞄準了自己這邊，那些炮手已是手持火把，準備點燃火炮引信。

李永芳神色大變，委實想不通對方如何有這麼許多的大型火炮，遼東明軍火器裝備全國之最，當年薩爾滸之戰，明軍便使用了不少火炮，只是大半是虎蹲炮、大銃等小型火炮，威力不過是鳥銃的加強罷了，而眼前的這些火炮，卻是只比寧遠錦州城頭的紅衣大炮小上一些，幾百門火炮的粗大炮口對準了己方陣營，想到這些火炮齊射的可怕威力，李永芳額頭上頓時被細汗沁濕，心頭一陣茫然，卻不知道如何是好，此時便是下令撤退，也是絕無可能躲過炮擊了。

想到火炮之犀利，心中頓時泛起一陣絕望之感，無奈之下，只得大喊道：「全軍突擊，衝入敵人陣中者生，遲疑不前者，必死！」

一聲令下，上萬辮子兵發出一陣陣衝殺聲，當下也不顧陣形，直接撒開腳步向對面漢軍衝將過來。

張偉一聲冷笑，道：「原本可以不露炮陣，直接轟擊，露出來，便是逼你衝，命令，開炮！」

「轟轟轟……」

一顆顆炮彈準確的落在衝鋒而來的辮子軍陣中，在密集炮火的打擊下，李永芳部頓時人仰馬翻，原本便散亂的隊形頓時被轟擊得更加混亂，唯有騎兵速度較快，雖然吃了不少炮彈，仍有大部飛速向前。

冷笑一聲，張偉令道：「每五百人爲一橫陣，每三橫陣後設一方陣，分十列縱隊向前突擊！」

整整兩萬人的漢軍開始向前移動，沒有吶喊，亦沒有加快腳步，只有每個橫陣隊尾設五名鼓

手，敲著整齊的鼓點，規範著士兵前進的腳步。

歷經數次戰事，整個三衛漢軍早已不再是只經過訓練的菜鳥，瀰漫的殺氣和如山一樣沉重靜默的壓力向對面衝來的敵軍壓將過去，面對如此大的壓力，再加上頭頂的炮火，自詡爲無敵精銳的辮子兵們，開始覺得此番戰事，只怕是敗多勝少了。

隨著兩軍的接近，開始有稀稀落落的弓箭手向漢軍射箭，只是距離太遠，輕飄飄的箭矢根本造不成太大的傷害。而漢軍大隊一直待兩軍接近到三百步時，方由各層軍官下達了射擊的命令。一團團白色的硝煙開始蔓延開來，整個戰場一時間充斥著火藥硫磺那嗆人的氣味，整排的辮子兵如木樁般倒下，身上遍佈彈孔，與記憶中明軍戰法完全不同的炮火打擊，火器兵的主動衝擊，都令原本的明軍士兵不知所措，若不是遼東兵素來悍勇，只怕各人早就轉身而逃了。

「方陣快步向前，以刺刀突刺！」

在前線指揮的周全斌等人，眼見兩軍便要肉搏，雖然身處陣中，也是透過硝煙依稀看到敵人越來越近的臉孔，便下達了方陣以刺刀向前肉搏的命令。

火槍加上刺刀的長度，與遼兵所持的白臘木桿長槍長度大略相等，只是論起心理上的壓力，光晃晃的刺刀卻比短小的鐵刺槍頭要大上許多，只是火槍兵以射擊爲主，肉搏上卻是比遼兵相差較遠，一時間過萬人廝殺在一起，形成混戰之勢，後排的橫隊槍兵雖然亦是上起了刺刀，開始向前參加肉搏，但一時之間，竟然形成了膠著之勢。

「嘿，遼東兵果然悍勇，剩下七千人不到，居然同我兩萬士兵戰成一團，不落下風。」

聽得張偉讚嘆敵手，身後諸將都有不憤之色，張瑞急道：「大人，如此肉搏，對槍兵損害甚大，還是讓飛騎出擊，衝垮敵人吧？」

張偉搖頭道：「不急，你看他們的騎兵雖然也在陣後，只是大隊不亂，並沒有真正陷到我軍陣中。想來是那李永芳想保證騎兵的實力，用來衝擊我軍後陣。不知死活的東西。令萬騎射術向前，他們不是自詡弓馬嫻熟，射術精良麼？讓他們見識一下，我萬騎兵的射術如何！」

「即便如此，這樣肉搏只怕有損火槍兵的銳氣。」

「哼，數量是敵軍的數倍，若還是不成，那將來遇到數量相等，甚或是八旗騎兵怎辦，繳槍投降麼？這樣打上一場，多死幾個人，也是值得的。」

他這般一說，各人自然不好再勸，好在漢軍人數遠過對方，且又都是老兵，倒不怕被人打得落荒而逃，反倒衝亂了本陣。

眼見漢軍肉搏之術越打越精，每個遼兵稍不小心，便會被三四支刺刀一齊戳中身體，挑向半空，鮮血灑將下來，落在黑衣漢軍頭臉之上，將這些原本就堅韌悍勇的士兵弄得越發如凶魔一般，遼東兵儘管凶悍，卻也只是在與滿人對陣時見過如此強悍的敵手，尋常明軍哪有如此的殺氣？兩軍雖接觸時間不多，在漢軍的打擊之下，遼兵的陣線開始不穩，已是在逐步被逼著後退。

李永芳眼見不是事，又因漢軍本陣被炮火硝煙擋住，卻是看不清後陣有多少人馬，只得將心一

橫，叫過索倫來，吩咐道：「索倫，你帶著兩千騎兵，衝擊敵方本陣，若是能將敵軍本陣衝亂，甚至斬殺大將，此戰還有些希望，如若不然，咱們只怕得趕快逃命去了。」

索倫滿臉的血跡汗痕，向他橫了一眼，道：「額附，只有戰死的滿人，沒有逃命的滿人，要麼等著我爲你取來敵將首級，要麼，我必定戰死當場。」

說罷，打馬帶著騎兵，繞過身前的戰場，狂喊一聲，向著漢軍本陣狂衝而去。

這支騎兵隊伍中雖然只有不到兩百的滿人，卻都是個個衝在最前，待逼近漢軍大陣，便各自將身後的弓箭取將下來，橫在胸前，只待接近射程之內，便張弓掩射，以射亂敵軍陣腳，便可直衝而入。

索倫騎在狂奔不止的馬上，心中卻平靜如常，在他眼裏，又豈有抵擋住滿人騎射之威的軍隊，因兩軍纏鬥，漢軍炮火已停了許久，待索倫帶著騎兵奔近，硝煙已漸漸散去，看著黑壓壓的漢軍大陣，索倫咬一咬牙，大喝一聲，兩腿借助腰力夾住馬腹，兩手一橫，張弓拉箭，便向漢軍陣中射去。

待弓弦拉滿，他兩指一顫，手一鬆，便將拉得滿滿的箭矢向遠方射了出去，眼見那箭矢如流星般射向前方的敵人，身後的兄弟們顯然亦是在拉弓，索倫獰笑一聲，心道，幾百名滿人射出的箭矢，威力可比你們的火槍大得多了，將你們一個個射出個透心窟窿，便知道厲害了。

他正想的得意，耳邊卻傳來嗖地一聲，只覺耳邊一陣熱辣辣的刺痛，伸手一摸，卻是一手的鮮血，吐口唾沫，罵道：「蠻子又用火槍！」

卻聽得身後一陣陣的慘叫，正在搭弓拉箭的騎手們一個個翻身落馬，索倫大驚，回頭一看，卻見身後的親兵身上插滿了弓箭，身體斜倒，慢慢栽倒在地上。

這親兵跟他多年，雖然近不滿二十，卻是打了很多硬仗的好手，此番莫名其妙死在弓箭之下，索倫心中又急又怒，又是詫異莫名，不知道怎地漢人的射術也突然如此厲害，隔著這麼遠的距離也能射到，而且精準之極，一陣陣箭雨飛來，大半都落在身邊的騎手身上，鮮有落空的，不過一會兒工夫，他身邊大半的部下均是中箭落馬，心膽俱寒之下，忍不住發一聲喊，叫道：「有鬼，大夥兒快撤！」撥馬向後，便待落荒而逃，卻突然覺得背心一涼，低頭一看，卻見箭頭自胸後而入，直入胸前，他抖著手便待將箭桿折斷，卻又覺得背後傳來一陣陣的麻痛，顯是又有幾支箭矢射中了他，眼前一黑，便向馬下栽去，只是在失去意識前，卻怎地也想不通敵方哪來這麼多射術精妙的射手。

眼見敵方只有稀稀落落不到一千的騎兵逃回，肉搏的步兵已是不住的後退，士氣已低到不足以抵擋漢軍前行，張偉扭頭向張瑞笑道：「讓飛騎出擊，斬殺敵人，記得，除了騎兵，敵人的步兵別漏走了一個人！」

「是！大人只管放心，倭國一戰敵人是我幾十倍，尚且吃不住我飛騎衝殺，這麼幾千敵兵，跑了一個，也不算我的功勞！」

說罷振臂一呼，道：「兒郎們，立功得爵的機會來了，都給我衝啊！」

馬蹄聲得得響起，踏出一陣陣煙塵，三千飛騎一齊向前狂奔，向不遠處的戰場衝去。

那遼兵原本便是吃不住勁，眼見得己方騎兵慘敗而回，根本不回戰場，直接落荒而逃，那主官李永芳早看出情形不對，早帶著百餘親兵家丁逃之夭夭，將軍們都溜之大吉，兵士們卻如何肯戰，眼見敵人騎兵飛奔而來，各人均是心膽欲裂，也不顧眼前敵人刺刀晃動，扔下手中武器，掉轉身體向後跑去，那跑得慢的，不待騎兵殺到，便被追擊的槍兵一刀戳死，待騎兵殺到，卻是不急著追殺眼前的敵人，只是繞了一大圈，又跑到逃敵身前，擋住去路，方才開始舉刀斬殺。

那些敗兵前逃無路，後退無門，各人臉如死灰，有舉槍相抗的，又哪是生力騎兵的對手，幾刀下來，便成了刀下之鬼，那見機快的，立時跪倒在地，懇請受降。

張瑞衝殺一陣，只殺了不到一千的敵兵，卻有三千餘敵跪成一團，口中連稱饒命不提，心中不悅，怒道：「不是說遼東將勇猛敢戰，怎地如此膿包！」

見那些兵士一個個面目可憎，儘自嚇得發抖，那辮子垂到腦後，看起來當真是醜陋之極，心中一陣厭惡，也不待張偉下令，將手中斬馬刀一揮，令道：「飛騎聽令，將這些辱沒祖宗，喪盡天良的傢伙，都給我砍了！」

他一聲令下，眾飛騎便揮刀衝上前去，掄起斬馬刀砍將過去，那些遼東原本便已惴惴不安，生恐敵軍殺俘，眼見馬刀砍來，立時慌了手腳，便待站起反抗，只是此時皆已是空手，那伸手去擋的，一刀過來，整隻胳膊都被馬刀砍下，鮮血四濺，慘叫連連，待張偉帶著大隊趕到，三千餘降兵已被全數斬殺。

張偉見了倒也不氣，他原本也極不喜歡這些降兵，張瑞盡數殺了，也正合他意，只是笑罵張瑞道：「你現今膽子越來越大，這種事敢不請示我便做了？下次若是再犯，脫了褲子打你軍棍！」

張瑞知道犯了忌諱，也不敢吭聲，將頭一低，跟著張偉上了長甸土堡牆頭，極目遠眺，卻見遠方有淡淡煙塵升起，顯是適才逃走的李永芳，因轉頭向張瑞笑道：

「宜將剩勇追窮寇，你帶著飛騎去追，追到兩百里外的寬甸乃至，無論是否追上，帶著飛騎於寬甸紮營，等我帶著大隊趕上。派出偵騎四處查看，以防寧陽與廣寧一帶駐軍來襲。」

「那瀋陽方向呢？」

「那是敵人的京師所在，駐有一萬多八旗兵，不會輕易出城遠襲的，放心吧。」

張瑞自領命去了，眼見三千飛騎沿著敵兵逃走方向追擊而去，張偉自領著周全斌等人打掃戰場，點檢本方士卒死傷，再安營紮寨，補充火藥、鐵丸，安排糧草食宿，一直忙到夜間，方才喘一口氣，躺倒安歇。

到了第二日天明，張瑞已追到寬甸，派人回來報信，那李永芳溜得比兔子還快，早已不見蹤影。只是寬甸不比長甸，長甸因靠近江邊，經常有駐紮在各島的明軍前來襲擾，是以堡內外都沒有遼民居住，待到了寬甸附近，卻有近萬的遼人圍著土堡居住，張瑞派人問道：

「既然是來襲擾，那麼這些百姓該當如何，請大人示下。」

張偉沉吟片刻，答道：「這些遼人原本都是大明赤子，皇帝不能撫育保全，他們方投向後金，

多受欺淩，現今咱們既然打來了，又有大量的船隻，問他們，願不願意被撤往內地，若是願意的，派人將他們送往長甸，我自會安排船隻，送他們回台灣。若有那不願的，也不勉強，燒了房屋，毀其農具和耕牛，由他們去。」

見那飛騎傳令騎馬去了，張偉令道：「傳諸將來我居處議事！」

他便住在原守堡軍官的府邸之內，正巧有一大廳以備議事，待三衛將軍與皮島諸將盡皆趕到，張偉擺手令各人坐了，笑道：「昨日一戰打得不錯，咱們死傷不過千餘，滅了整整上萬的敵軍。」

又問幾個三衛司馬道：「傷兵可都運上船去了？」

「回大人，已將傷兵盡數運回皮島，交由醫生醫治。死者也已收斂，裝入棺木，由船隻運回台北去了。」

「甚好，兄弟們爲了咱們出生入死的，無論死活，都不能虧待了。」

那孔有德聽到張偉如此體恤下屬，感動道：「大人宅心仁厚，愛士兵如赤子，屬下等當真慚愧。」

張偉淡然一笑，道：「各人有各人的帳，也勉強不得。」又向尚精忠、耿仲明道：「三位將軍，自毛鎮死後，三位無人統領，張偉不才，一向與三位交厚，既然三位都願奉我爲主……」

他不顧三人的神情，一副誰要奉你爲主的模樣，仍是侃侃而談，說道：

「既然奉我爲主，那自然是要聽我的號令。三位若仍是擁兵自重，以爲小小皮島可以爲基業，那麼我在此先奉勸三位，皮島不成，便是加上周圍所有的小島，仍是不成。不但糧食不能自給自足，還有軍械、餉銀、盔甲、軍馬，樣樣都不能滿足要求，朝廷給諸位的越來越少，而且朝廷對邊將越來越不放心，三位若是聽從號令，則必然朝廷會將三位調離，剝權奪兵，那也自然是不在話下。若是不聽，則三位與海匪何異？台灣的財力物力，諸位想來已是清楚，我此番攻伐遼東，必定會受皇帝重賞，到時候保舉一下諸位，也是題中應有之意。是跟隨我，還是自謀出路，三位現在可以慎選之。我不勉強人，不過一旦要跟了我，那自然是要唯我的命令是從，若有異心，那我也是不饒的，如此，請三位將軍現下便做個決斷，給我一個明確的答覆，如何？」

他皺眉長談，看起來是苦口婆心，好言好語的奉勸皮島三將，只是話語中將三人的退路堵得嚴嚴實實，這帳內帳外又都是他的親兵，三人只怕是稍有不從的意思，立時便會被拖將出去，斬於帳外，如此情形下，三人原本的那點小心思立時如夏日冰水般消融，對視一眼，由最年長的孔有德帶頭，一齊跪下，齊聲道：

「末將等願奉大人爲主，從今往後，聽從調遣。無論水裏火裏，決不敢皺一下眉！」

「哈！我要你們水裏火裏做甚？既然跟了我，我自然是要讓諸位錦衣玉食，享受榮華富貴，全斌他們跟隨我較早，這幾年來我一步步走到今日，其中艱辛又豈是一般人能知道的？饒是如此，我也從未虧待過屬下的兄弟，三位願意跟隨我，從今往後，咱們就是一家人啦！」

說罷又是連聲大笑，將三將扶起，一個個拍上幾下。

那孔有德年近四十，原本心中對張偉原是不服，只是人在矮簷下不得不低頭罷了，當下見張偉笑咪咪拍將過來，心裏原本頗是抗拒，又不敢不從，他身高比張偉高出一頭有餘，也只得將身子略欠，低下胸來，任張偉在肩頭拍了幾下，方才作罷。

張偉肚裏暗笑，知道這三將心中並不盡服，他三人貪圖張偉賄賂，又只道張偉前來遼東襲擾後金，只不過是借道皮島，仗打完了自然便要回台灣，那時候皮島諸將又可以賣好張偉，又可以自朝廷那邊討要封賞，豈不是大發利市？誰料張偉一來，便輕輕鬆鬆將整個皮島接防過去，皮島駐軍雖然人數不少，不過無論戰力裝備，與張偉的漢軍都相差甚遠，諸將又如何敢與張偉相抗？眼見對方步步緊逼，卻是一點半法也無，三人正自喪氣之際，又親見張偉屬下輕鬆擊敗了過萬的辮子軍，心驚膽寒之餘，也只得正式歸順，低眉順眼之餘，心裏究竟如何，那可就不得而知了。

周全斌等人都是人精也似人物，眼見張偉輕鬆收了這三將，自然湊過來拱手相賀，嘻嘻哈哈一陣恭喜，各人均道：「台灣人傑地靈，山清水美的，可比遼東苦寒之地強多了，三位又得大人愛重，將來飛黃騰達，封妻蔭子，前途不可限量云云。」

張偉清咳一聲，打斷諸人的寒暄致意，又向三將笑道：「暫且不改編三位的軍隊，皮島島民卻是要先行撤回，咱們這邊還要逗留一月左右，足夠船隊來回，就先用戰艦商船將三十萬皮島遼民盡數運往台南，台南現下不到二十萬人，閒置的土地足夠百萬人耕種，至於農具房屋之類，就由台南官府先貼補，一年之後，與台北諸人一同交納官糧，台灣不收賦稅，只需交納畝產的十分之一，以助軍資，也就罷了。」

還不待三人醒過神來，張偉便正容令道：「孔有德、尙可喜、耿精忠聽令！」

三人齊聲道：「末將在。」

「令你三人帶本部兵馬，即刻開拔，由寬甸繞路而行，由薩爾滸直奔鐵嶺，開原，攻下城池之後，按兵不動，待我的命令行事。沿途的民堡你們不管，鐵嶺開原附近的遼東漢民，你們傳令曉諭，令願意跟隨的準備好金銀細軟，笨重物品一律焚毀，到了台北官府自然會補貼他們的損失。至於滿蒙民眾，一律誅殺。田土物資，一律焚毀。收攏願走的漢民，待我肅清了赫圖阿拉，自然會掩護你們帶著漢民撤往皮島，三位，可清楚了麼？」

三人躬身答道：「末將等聽令而行，一切均依大人之命行事，不敢有誤。」

張偉頗爲滿意的將頭一點，笑道：「甚好，三位這便請行吧。我軍昨日大戰，還需休整一天才能拔營，請三位一路小心，若是遇著大股滿兵，請速退待援，不可力戰，切切。」

孔尙耿三人此時倒是十分欣喜，張偉交給他們進攻的乃是遼東之北，原本是明朝統治區的漢人聚集地，南臨葉赫部，東臨建州女真，因遠離明土，便是離海口江邊亦是十分遙遠，這樣的重地要地，偏生又不受威脅，自然是防衛薄弱，再加上張偉允准燒殺掠奪，三人不需多損兵馬，又可以大搶錢財，心裏哪有不高興的道理？當下興沖沖辭了張偉，自去點起本部人馬，開向寬甸方向去也。

張偉見三人如此模樣，肚裏冷笑一聲，心道：「若不是此番就是爲了破壞而來，不與你們計較太多，有這麼容易給你們這塊大肥肉麼。而且，是不是那麼好啃，還得看你們的本事！」

當下又與周全斌、劉國軒等人商量了下一步行軍計畫，各人均道瀋陽八旗決不敢輕出，再加上有張瑞在前方哨探，大軍明日便可開拔，直奔赫圖阿拉。

張偉笑道：「行軍作戰，還需穩妥爲是，我軍不能沒有左翼護衛中軍，便由萬騎的契力何必帶著本部，在左翼護衛，三衛直攻赫圖阿拉，張瑞帶著飛騎在薩爾滸一地戒備敵情，這樣方可保萬全。」

那劉國軒道：「大人又何必如此小心，昨日一戰，我看那辮子兵也極是平常。都道八旗善射，我看咱們的高山萬騎射術猶在八旗之上，瀋陽附近不過萬餘八旗，咱們又有何懼！」

「你知道什麼！昨日一戰，敵人騎兵原本不多，裏面的滿人可能不過兩百，上萬名萬騎齊射，敵人自然是沒有還手之力。可是若遇著上萬名身著重甲的八旗騎兵，你當咱們能勝得如此輕鬆麼？」

見劉國軒低頭不語，張偉又道：「還有那蒙人，亦是精於騎射，不在八旗滿人之下。雖說留守遼東的滿蒙騎兵加起來不到兩萬，餘者都是步卒，不過只要是他們集中三萬人的兵力，咱們若是沒有這幾百門野戰火炮，誰敢說咱們必勝？」

他又正顏厲色，訓斥諸將萬萬不可輕敵，見各人都是垂頭喪氣，不敢如昨日大勝後趾高氣揚模樣，這才下令諸將退出巡營，準備來日開拔。

軍議過後，張偉乃步行登上土堡高處，眼前正是一隊隊的皮島明軍開拔，前往前線，這些頭戴圓笠，身著紅色胖襖，手持白臘桿槍的明軍看起來倒也是隊伍整齊，一副殺氣騰騰模樣，張偉卻是深知，此輩明軍跟隨毛文龍多年，打家劫舍，燒殺淫掠自是拿手，若遇著八旗精兵，只怕是逃生有招，作戰無門，心中暗暗打定了主意，待戰事結束，自然需早些將皮島明軍重新改編，一來提升戰力，二來削弱皮島諸將在軍中影響，方可將這支軍隊真正牢牢地握在手裏。

他早就考慮火槍兵肉搏時戰力大減，與滿蒙八旗作戰，肉搏勢不可免，日後自然是要建立一支在陣前防護火槍兵的冷兵器兵種，至於是明軍所使的兩米多的長槍，還是仿馬其頓建立的長矛方陣，或是仿古羅馬建立龜甲圓陣，此時卻是沒有想好，只是已下定決心，要將皮島明軍選三留一，建立一支萬人的冷兵器軍隊，以用來在火槍或是火炮陣前，設立一道牢固的鋼鐵防線。

第二日清晨撥營起寨，大軍開拔，綿延十餘里的隊伍迤邐行進在初夏的遼東黑土上，此番攻遼，帶的火炮皆是八磅和六磅的野戰加農炮，炮身經過若干次改進，已是當時較輕的火炮，饒是如此，仍是由四馬拖拉方能行進，沉重的炮身在長滿野草的土路上壓出一道道深深的印痕。

經過兩天的休整，士兵皆已從疲累中恢復了體力，如林的火槍斜扛在肩頭，輕快的行軍鼓點不停的敲擊著，由萬騎護衛左翼，龍驤衛護衛右翼，四萬餘大軍如同黑色的洪流，向著後金初始的國都，赫圖阿拉開進。

「東北的平原當真是寬廣之極，這一眼看去，全是黑油油的肥沃土地，卻不知道爲什麼漢人在

這裏生存的這麼艱難，讓幾十萬人的野蠻部族占據了大片河山呢？」

如同稍微讀過些書本的文人書生一樣，張載文自江文瑨赴長崎爲總督之後，身爲張偉身邊的首席參軍將軍，騎馬緊隨張偉身後，看著一望無垠的黑土地，由不得也發出了興亡之嘆。

張偉聽他感慨，輕輕一笑，正待答話，卻聽另一參軍將軍王煊答道：「據我的見識，遼事一壞於神宗皇帝，二壞於李成梁，三壞於鎮守太監高準。薩爾滸一戰，看似武力不如滿洲，實則遼事敗壞已不可救，戰爭，不過政治之延續耳。」

張偉答道：「高準我知道，神宗派他來遼東監守礦事，他成日帶著數百家丁四處索賄，十餘年間敲骨吸髓，遼陽城內家產殷富過千金的四十七戶人家，全數被他逼得家破人亡，朝鮮戰事之後，遼東起義不斷，還好當時大明武力尚強，盡皆敉平。神宗皇帝麼，四十餘年皇帝，荒淫無恥，國事敗壞他難辭其咎。李成梁爲鎮遼大將，努爾哈赤都甚是敬重於他，稱之爲老太師，我常想，成梁若是不死，努爾哈赤未必敢反。」

「不然，李成梁身爲鎮遼總兵官，處事不公，見事不明。任憑建州女真壯大，當其在位時，努爾哈赤手下不過幾千兵將，卻四處橫行征討，將整個部落合而爲一，然而成梁不管不顧，任其壯大，再加上與高準勾結成奸，苦害將士，遼東人心之失，成梁亦難辭其過。待努爾哈赤擁兵六萬，起兵反明時，便是李成梁未死，難道人家又會買他的帳麼？」

張載文頻頻點頭，亦道：「不錯，朝政敗壞，敵勢強大，縱是孫武在遼，又有何法。只是奇怪，這麼廣大寬闊的肥沃土地，爲甚內地漢人不肯過來墾荒，若是遼東有千萬以上的漢人，設官立府的，當初邊事也不至於敗壞到今日的地步。」

「東北苦寒啊。雖是土地肥沃，奈何一季一收，又是粗耕拋灑的，產量太低。當年太祖立國，遼邊爲軍事重鎮，只設衛所，不設州縣，若不是內地不少無地無業的農民不顧艱難而來，還沒有這些人呢。」

第十四章　兵逼瀋陽

他們計議已定，立時便派人去尋鰲拜，卻不料派出去的偵騎一去不回，那濟爾哈朗兀立城頭，將脖子伸得老長，卻是看不到鰲拜返回，待站到第三日天明，心中又急又悔，原本便是紅臉，血氣攻心之下，當真是如同喝醉了酒一般。直到日上三竿，正急得沒奈何，卻見遠處煙塵大起，顯是有大隊騎兵奔馳而來。

幾人在馬上眺望遠方，一路上談談說說，倒不寂寞，待傍晚時分隨水草豐茂之處紮營立寨，自不必提。

距離寬甸堡兩百餘里路程，大軍行了三日，待第三天日上午，張偉等人於馬上看到不遠處升騰而起的煙塵，點頭嗟嘆道：「是了，我令張瑞焚毀民居，此處應該正是寬甸堡了。」

說罷打馬加速奔馳，行不多遠，便可見一路上傾倒燃燒的房屋，大火顯是燒了數日有餘，現下只是餘火未燼，有些還在燃燒的房梁向天空吐著黑煙，被宰殺的牲畜死屍到處皆是，只是雖然只是初夏，只怕不久之後，這些死畜遍地的屯堡，必將成爲疫病流行的鬼域。

張偉皺一皺眉，叫來傳令官，命道：「令大隊加速行進，不要在此地耽擱過久，染上了疫病可不是好耍的。」

那傳令官迅即騎馬向回，尋各部將軍傳令，王煊看一眼四處燃燒的民居，嘆道：「此番來遼，雖然目的便是如此，現下看起來，仍覺其慘。只不知道張瑞將軍將百姓安置的如何了。」

張偉冷笑道：「願走的，我包他一生平安，生活無憂，不願走的，我卻也顧不得了。走，尋張瑞去！」

他帶著身邊各參軍、司馬，還有百餘名護衛安全的親衛，一路上風馳電掣，向土堡疾奔而去，大路兩邊燒塌傾倒的房屋越來越多，間或也可見三三兩兩目光呆滯的遼東漢民踟躕穿行於大路兩邊，在那燒倒的廢墟裏挑挑撿撿，看樣子是想找出些能用的家俱物什，只是房子燒成那般模樣，卻哪裡能尋得出什麼物品？所有路過的漢軍士兵盡自嗟嘆，卻知張偉有令，只要是不肯隨軍回台的遼民，生死不論，不得相幫，任憑其自生自滅罷了。

待行到寬甸堡牆，早有一眾飛騎簇擁著張瑞上前來迎接張偉，待張瑞等下馬見禮之後，張偉向他笑道：「張瑞，你這次差使幹得不錯！我一路上見了，沒有遺漏疏忽的地方，所有的農家田舍甚至雞牛犬馬，都教你毀得乾淨，做得很好，我心裏很是高興。」

張瑞臉色一紅，低聲道：「這種事情，請大人還是不要褒獎的好。」轉頭看一眼身後屬下，又向張偉苦笑道：「大人不知道，前兒開始放火燒屋的時候，所有的飛騎在馬上舉著火把，硬是沒有人狠心扔第一個。這些人，到底也是咱們漢人，哪能狠心就這麼燒了他們的房子，還是我一咬牙，第一個扔出火把，這才把差使給辦好了。」

橫一眼張瑞身後的諸飛騎，因見都是些中下層的軍官，皆是當年從張偉身邊伺候起居過來的，便訓道：「一個個都不知道輕重，不燒，咱們來遼東做什麼來了！不毀了他們的房子，留著給滿人徵收賦稅，擴大軍隊，反過頭來打咱們漢人麼！蠢，一個個都太過愚蠢！」

一眾飛騎軍官被他訓斥得低下頭來，各人心裏自然是明白他此番話正確之極，只是情理之間，頗難取捨罷了。

當日跟隨張偉進山射獵的錢姓小軍官，此時已是飛騎校尉，因見眾人不敢作聲，他追隨張偉日久，情分身分都不比常人，乃笑道：「大人，話是這麼說，只是到底也是狠不下心來。」見張偉眼睛一瞪，又要張口訓斥，忙又道：「屬下們知道錯了，這不是已經把差使辦妥了麼。」

張偉一笑作罷，便待入堡，卻聽邊上有人低語道：「殘暴之極，不以爲恥，反以爲榮，此人也能當大將，當真是蒼天無眼！」

「喔？是誰說話？」

他停身一問，自有身邊親衛如狼似虎般衝上一邊，在圍在堡門兩側看熱鬧的遼民中揪出一個瘦弱的年輕人來，兩個身材粗壯的飛騎如提小雞般在馬上將那人提在半空，拎到張偉馬前，往地上一扔，那人頓時跌了個七暈八素，勉強抬起頭來，卻仍是一臉的倔強。

「你是誰，叫什麼名字，仗了誰的腰子，居然敢這麼說我，可是活膩了麼？」

「小生寧完我！遼東遼陽人，只是八旗一旗奴，敢當面詆毀將軍，並不是仗了誰的勢力，現下整個遼東任將軍橫行，小人又能仗誰的勢？只是公道自在人心，小人說話，只是占了一個理字，將軍再大，也大不過天理人情！」

張偉面色一沉，看那人神色年紀，已知此人是誰。心中暗讚：「這寧完我果然是個直言敢諫之人。史載他正是今年由旗奴被選拔入值文館，賜號巴克什，此人既通文史，又曉軍事，在滿清久預軍務，遇事敢言，是既范文程後，皇太極最爲信重的漢人大臣。只是此時不論此人是怎樣的人才，斷然沒有任他胡言的道理。」乃攢眉怒目道：

「哈！你賣身投靠滿人，身爲漢人成爲旗奴，不以爲羞恥，反倒是振振有詞，當真是有趣之極！你還自稱生員，我問你，身體髮膚受之父母不敢毀損，你的頭髮呢？孔子曰：微管仲，吾將披髮左衽矣。你的衣袍呢？還自稱生員，受孔孟之教，你也配！」

那寧完我氣得發抖，在這髮膚上卻是無法辯駁，他自幼受孔孟之教，剃髮一事也正是心中最隱秘的傷痕，這般當眾被辱，實在是羞辱之甚。兩手指甲狠狠扣著土地，半晌無語，因張偉住口不語，

方才回話道：

「朝廷無能，失陷封疆，遼民苦於邊將及鎮守太監久矣。即便如此，初時我們也是想逃，可是遼東距遼西和關內距離遙遠，一路上都是後金國土，又有《逃人法》規定，凡是想逃離的，一律斬殺，卻教我等小民怎麼辦？」

張偉冷冷接口道：「普通百姓也罷了，受過明廷誥命，還有讀過書的，總該知道華夷大防，心中惕厲，逃不掉，難道不能死節赴難麼！」

「將軍！朝廷不能護境保民，卻讓我等小民死難，這未免太過！我適才批評將軍，其因也正是於此。遼民何其無辜，十餘年來戰事不斷，每遇戰事，凡被八旗俘獲的漢人，盡皆成為旗下之奴，受盡欺凌苦楚，想逃的，多半失了性命，不逃的，也被軟刀子慢慢折磨死。幸好天聰汗繼位以後，拔擢漢官，任用漢人，立法禁止主子虐待漢人，又令漢人可以建堡立居，自由墾作，漢人願留則留，不願留的，准許出後金國土，回歸明朝。如此大仁大德，大恩大義，將軍細思，是不是比您高明了許多？兵凶戰危，百姓最苦，望將軍撫恤我遼民苦於戰亂久矣，好不容易過了幾年安生日子，饒過我們吧！」

說罷跪地長嚎，痛哭不止，他原本心神激盪，不顧死活的批評張偉，又被張偉搶白，心中愧疚，此時拚了命將話說完，心頭一鬆，當下不管不顧，想起自萬曆末年遼東戰事不斷，自己原本是殷富之家，卻不料遼陽城破，被八旗抓去為奴，十年間受盡苦楚，好不容易這幾年日子好過些，在這寬甸安下身來，取妻生子，耕田讀書，只盼能安穩度過此生，誰料禍事天降，剛蓋了兩年不到的新屋被一群黑衣騎兵蠻橫燒毀，十餘年來好不容易保存的善本孤本書籍，亦都搶救不及。若不是見機得快，搶了些金銀細軟，拖出在火場裏不肯離去的妻子，只怕不但是家破，亦要人亡了。大恨之下，便拚了殺頭的危險當面指斥張偉，此時只覺得身子越來越軟，便斜趴在地上，碰頭不止，口中只喃喃道：「請將軍饒過遼民……」

他身邊的那些百姓，大半皆願隨漢軍離開，前往台灣。因都是漢人，心裏到底是不願受異族統治，只是日子過得好好的，突然一下便要離去，故土難離，嘴上說得漂亮，其實心中又何嘗願意。此時見寧完我如此模樣，雖有人鄙視其有家無國，到底也覺心酸，便有不少人流下淚來，有那多事不懼死的，便上前攙扶。

張偉心中一嘆，知道此人便是不肯離去的遼民代表，這些人對明朝已然失望，又被皇太極繼位以來的諸般善政打動，不但身體上做了滿人打扮，便是心理上亦以後金國人自居。由來一朝亡，一朝興，這些人心裏不但盼著能過安穩日子，甚至若是後金起兵伐明，他們只怕是盼著後金打勝的多，新朝立足了腳根，他們自然也就無所擔心了。

「寧爲太平犬，不爲亂世人。」

張偉嗟嘆一句，又道：「我亦知遼東之人苦兵禍久矣，是以要遷大家離開，大明不會放任後金壯大，必將不斷征討，後金亦是貪心大明國土，不會就此休兵甘休。打來打去，苦的還不是大家？還

是隨我離去，那台灣島四面是海，土地肥沃，種下的糧食一年三熟，當真是上天賜與的福地……」

他勸慰了半天，總算止住了情緒激動的眾遼民，看著一小隊飛騎引領著數千遼東難民攜老扶幼向著長甸方向而去，張偉面色陰沉，心道：「這般的慘景，我還要看多少次！」

他雖然心中甚是同情遼人遭遇之慘，卻深知此時面色上稍露同情之意，手底下的那些軍人窺探其意，下手時便會手軟許多，故而眼前雖是一副慘景，面上卻仍是不露聲色，向諸人道：「小仁乃大仁之賊！此時心軟一分，將來他們慘上十分，眾將官，遼東之事，仍需這般料理才是！」

又大聲向張瑞令道：「你在此處做得不錯，這便帶著飛騎官兵開拔，向薩爾滸進發，多派偵騎查看瀋陽方向情形，一則護衛我的左翼，二來薩爾滸一地滿人甚多，如何料理，你該當明白。」

張瑞聽他吩咐，臉上露出一絲無奈，只得大聲應了，便待帶著一眾軍官前去集結隊伍，開拔出發。

張偉見他神色，忙警告道：「張瑞，此番前去不可大意！那薩爾滸附近大半是滿人，雖說都是些老弱婦孺，不過滿人中婦人大半也都善射獵，十來歲的小孩狗熊老虎都射得，一個不小心，只怕飛騎要死傷甚多，不可不慎！」

「是了，我知道了。」

張瑞應了一聲，打馬而去，只過了一會工夫，三千餘飛騎的馬蹄聲響起，由張瑞帶著向那薩爾滸方向奔去。

他這邊浩浩蕩蕩的進軍，直奔後金老巢赫圖阿拉而去，瀋陽城內，卻也因額附李永芳兵敗而回，帶來的敵軍犯境消息而亂成一團。

皇太極此番征明，帶同其餘大貝勒代善、阿敏、莽古爾泰一起離境，還有代善的年長兒子，貝勒岳托、薩哈廉等人，還有豪格、多爾袞、多鐸等子侄輩，後金能征善戰的年長貝勒，幾乎盡數被他帶走。

毛文龍已死，皮島明軍戰力低下，朝鮮早已降服，是以他放心地將幾乎所有的精兵強將帶走，雖然留下幾萬兵馬防守，亦都是專注於防守寧錦一線，由悍將譚泰、冷僧機領著三萬滿蒙八旗駐守在遼陽、廣寧等地，戒備寧錦。而瀋陽撫順以及赫圖阿拉，只不過由濟爾哈朗連同李永芳共同防守，李永芳兵敗之後，除非將寧錦前線的兵力後撤，整個遼東再無與張偉大軍相抗衡的力量。

由於皇太極不在瀋陽，勤政殿等大殿自然是宮門緊鎖，不可動用。是以濟兒哈郎帶同一干留守官員及旗下佐領參領，在大殿門外的十王亭內會商。

對敵人數量多少，眾滿人倒並不放在心上，打多了無能的明軍，這些貝勒大臣們對一萬滿人騎兵擊敗四五萬明軍充滿著自信。只是聽那李永芳言道，敵人盡數裝備火槍，射程及射速遠遠超過明軍的鳥銃，這也罷了，那幾百門野戰火炮，倒當真令這些在寧錦城下吃過火炮大虧的人們頭疼。

那濟爾哈朗本已染上菸癮，此時想得頭痛，便向身上荷包摸去，卻又突然想起大汗剛宣布禁煙不久，當著這麼多大臣和旗下人，卻是萬萬不可把那菸鍋子摸將出來，只得就手兒在身上撣了幾下，

咳上一聲，向眾人道：

「各位，此事我已派了一隊騎兵，入關去尋大汗稟報，只是來回不易，估計大汗見到信使時，敵兵都該撤走了。咱們這兒，總該議個章程出來，是出城邀戰，還是倚城固守，大家說說看！」

「這還有什麼好議的！立刻派人四處曉諭，凡我滿洲男丁，一律披甲，女人孩子，避入瀋陽城內，男丁集結完了，出城尋敵決戰。難道咱們等著他們焚了我們的老城麼！」

濟爾哈朗回頭一看，見是端坐在一旁的貝勒阿巴泰，此人脾氣倔強莽撞，雖是勇猛無比，又是大汗的親兄弟，卻素來不得皇太極的喜歡，此番征明，便留下他偕同濟爾哈朗同守後方。

濟爾哈朗此人卻正與阿巴泰相反，脾氣中正平和，待人接物都有君子之風，辦事說話又都秉持公理，是以阿巴泰脾氣雖是不好，對濟爾哈朗倒還敬重幾分。

濟爾哈朗挑一挑眉，卻是語氣平和的答道：「敵軍野戰大炮過多，精良戰馬又都被大汗帶走，咱們現在最多能湊出一兩萬匹瘦弱疲乏戰馬來，總得到了秋天，馬重新長膘了，才好作戰。況且，阿巴泰，你前幾天還帶著幾百旗下人去圍獵，你的馬都瘦得快跑不動了吧？」

見阿巴泰紅了臉不作聲，又嘆道：「咱們當真是太大意了！大汗讓咱們留守，可是咱們全不把備戰防敵放在心上，也罷，就是如此，也需要徵召所有的八旗男丁，我已派人至城外召集，不論老幼，盡皆徵召到盛京來！敵人火炮眾多，咱們得背倚堅城，防著敵人進攻盛京，盛京若是丟了，大夥兒都自盡吧。」

「那依你的意思，赫圖阿拉便不守了？」

「該不守的，便不能守！」

「赫圖阿拉是咱們後金興起之地，是老汗建基立業之地，怎麼可以就這麼棄守？濟爾哈朗，你若是不敢出城，我鰲拜帶著兩千騎兵，去衝陷敵陣，什麼火炮，野戰時咱們滿人怕過什麼火器！當年在薩爾滸，明軍用鐵車結陣，後設火炮，咱們在高處射箭，猛衝而去，砍死了十萬明軍，咱們滿人死了不到一千，都像你這樣害怕怯懦，還打的什麼仗！」

「鰲拜，大汗沒有帶你入關，別把氣撒在濟爾哈朗身上！兩千騎兵，人家幾百門火炮發射一次，你的兩千騎兵還能剩幾個？」

「我有那麼蠢，直奔著敵人炮陣挨炮彈麼？要我說，漢人就不能帶兵，再好的兵讓漢人帶了，也只能打敗仗！」

李永芳原本低頭不語，見鰲拜罵到自己頭上，只得將頭一抬，道：「鰲拜，我又沒得罪你，何苦怪到我頭上，敵軍……」

「呸！蠢才，老汗當年怎麼會招你這樣的做額附！」

這十王亭內鬧成一團，濟爾哈朗為人柔懦，雖皺眉張臂相勸，卻是無人理會於他，直鬧了半晌，各人均喘著粗氣互瞪，眼看便要由動口變動手，卻聽得外面有人稟報道：

「戰報！有一股幾千人的黑衣騎兵占了薩爾滸附近，偵騎四出，窺探盛京方向，聽當地漢民

說，他們可能要直攻盛京！」

亭內諸人頓時被這新來的消息所震驚，薩爾滸被占，則意味著瀋陽與赫圖阿拉等滿族聚居地域的聯繫被隔斷，若仍是固守瀋陽，則邊牆外聚居的滿人必將受到敵軍血腥的屠殺，若是全軍出擊，又怕是敵人誘敵之計，實力懸殊，野戰沒有打贏的道理。此時瀋陽城內只不過一萬多名旗兵，就是緊集徵召城內所有的八旗男丁披甲，沒有戰馬，又多是老幼，戰力則不問可知。

「鰲拜，你帶兩千騎兵，多挑好馬，去薩爾滸那邊查看情形，若是逮著機會，便與敵騎交戰，若是敵騎後退，千萬不要追擊！」

儘管議事時吵鬧不休，但濟爾哈朗命令下來，鰲拜還是爽快的接令而去，他打定了主意，便是敵軍後退，仍是要追上一追，幾千敵騎，他還沒有放在眼裏，只要不遇到敵軍大隊，現成的便宜，豈有不占的道理？

濟爾哈朗又命各旗掌旗大臣迅即在城中徵召披甲人，又派人去遼陽一地通知敵襲一事，希望寧錦一線的駐兵可以調回一部，支援盛京。

傍晚時分，他親上城頭，部置關防，這瀋陽是明朝修建的邊牆重鎮，當年後金攻瀋，只是因爲蒙古兵打開了城門，這才一擁而入。

這瀋陽城分外城內地，又有護城河環繞左右，又有什麼壕溝、拒馬分列城外，此時城內四門緊閉，城頭盡是八旗精兵來回巡視守衛，濟爾哈朗稍覺安心，又突地想起對方有火炮轟城，不知道這城牆能禁得住幾次轟擊，想到此處，心頭惴惴不安，卻突地想起今日會議，范文程並未到場，因他是文館文臣，倒也未去相請，想到皇太極臨去時，令他遇事多與范文程商議，便急忙步下城頭，向范府而去。

「范先生，依你看，現在的局勢該當如何是好？」

他匆匆趕到范府，被范府家人接到內院，范文程親自在內院門前迎接，向書房而去，待到了書房之內，尚未落座，便急不可耐的問道：「敵兵勢大，寧錦前線又不能抽空，保了瀋陽失了遼陽，一樣是我的罪過，請先生為我解憂。」

范文程正待答話，卻又有派出的偵騎前來稟報，道是有大股的明軍往開原鐵嶺附近而去，人數當在三萬左右，沿途守衛的小股八旗兵皆不敢戰，避向開原城內而去，整個開鐵地區，後金不過有千餘兵丁防守，面對三萬敵軍，戰不能戰，守城也自是守不住，濟爾哈朗得了軍報，手中一緊，那剛接過的茶碗立時被他捏碎，茶碗碎片刺破雙手，鮮血和著茶水流將下來，他卻是渾然不覺，只喃喃自語：「這怎麼得了，這怎麼得了！」

「敵人猶如國手佈局，每一步都是謀定而後動。大汗此次失算，失算了！」

范文程連聲恨道：「那張偉居然如此陰狠，當真是令人憤恨之餘，又生佩服之心，厲害，厲害啊！用聲色犬馬誘惑我八旗中人，逼得大汗狠加整頓，又提前出兵，以激勵軍心民氣，咱們這邊一出動，他便從海上來襲，又是精兵強將，火器犀利，戰力高出明軍甚多，現下明知道他分兵而攻，步步

都踩在咱們的要害，只是咱們兵力薄弱，不能出擊，如之奈何，如之奈何。」

濟爾哈朗恨道：「他火器再犀利，騎射上終究是差著咱們老遠，我已派了鰲拜出城，帶兩千精騎去薩爾滸，他在那邊只部置了幾千騎兵，便想阻我八旗精騎麼？若是接戰，一個時辰之內，鰲拜必能斬下敵將的首級！」

范文程大驚失色，揮手急道：「不可，萬萬不可！貝勒，請快將鰲拜召回！」

濟爾哈朗不悅道：「范先生，你是叫敵人嚇破了膽麼。鰲拜帶的都是騎兵，便是打不過，誰又能奈何得了他。他又不會蠢到往敵人大陣裏衝，放心吧。」

「若是敵人示之以弱，接戰即潰，鰲拜是追還是不追，以他的脾氣，能忍得住嗎？」

細思片刻，濟爾哈朗亦是失色，恨恨一捶腿，氣道：「我是急糊塗了，派了這個莽撞的鰲拜去迎敵，敵人若是有意誘敵，我這兩千精騎，只怕一個也回不來了！」

「現在悔也無用，還是快些派人去尋他，無論如何，要將他召回。等譚泰、冷僧機等人派人過來，咱們一起商量，再看看這仗該當怎麼打。現在敵人大兵壓境，其實也是盲人摸象一般，咱們要穩，不能慌，越慌，越對敵人的意思。」

他們計議已定，立時便派人去尋鰲拜，卻不料派出去的偵騎一去不回，那濟爾哈朗兀立城頭，將脖子伸得老長，卻是看不到鰲拜返回，待站到第三日天明，心中又急又悔，原本便是紅臉，血氣攻心之下，當真是如同喝醉了酒一般。直到日上三竿，正急得沒奈何，卻見遠處煙塵大起，顯是有大隊騎兵奔馳而來。

當下便在心中暗祝，唯願是鰲拜聽令而回，待那隊兵行得近了，放眼看去，卻是黑壓壓的一片，八旗中人皆是青色箭衣，各參領佐領官也有著錦衣者，卻是無人穿黑袍，看到是敵騎奔來，鰲拜自然已是落敗身亡，想到此處，只覺得眼前一黑，再也支持不住，當即便暈倒在地。

這隊騎兵自是張瑞帶領，昨夜誘敵深入，與三衛兵合圍剿滅了來襲的八旗精騎，一時興起，又料想敵兵再也不敢出城，趁勢帶著飛騎往瀋陽城下，繞城一周，喝罵不止。

城內八旗兵何曾受過如此羞辱，各人便待出城迎敵，卻被濟爾哈朗喝止，他已吃過一次大虧，又不知這隊騎兵之後是否有大隊敵軍來襲，哪敢輕易開城出戰。張瑞帶著飛騎在城外繞了數周，見無人敢出城迎戰，大笑數聲，自又帶著飛騎折回，馬蹄聲得得響起，直如敲擊在城內八旗將士的心上，只不過一會工夫，飛騎們早已去遠了。

「燒吧！」

數十幢兩層或三層的木屋之前，張偉身著戎裝，腰按村雨，淡淡地發令道：「這是老奴辛苦十幾年置下的產業，他的不肖子孫不能保全，他若地底有知，也該痛哭。」

留下萬騎在薩爾滸右側，又有神策衛駐清河堡戒備南路，兩萬金吾與龍驤衛的官兵如同黑色的潮水般，三天之內，掩殺到基本上全無防護的赫圖阿拉。

由於青壯男子大半入伍，留在赫圖阿拉附近的只是滿人的婦孺，即便如此，這些從小在山林中

射獵爲生的游牧民族，仍是迅即組織起來，拚命的反抗這些黑衣漢軍的入侵。那些身高不到馬腹的小孩，跨騎在瘦弱的戰馬之上，用孩童用的弓箭射殺大意落單的漢軍官兵，漢軍官兵初時還不把這些婦孺看在眼裏，直到發現這些婦人小孩雖然用的不是強弓大箭，卻是箭法精準無比，動輒一箭穿心，稍有不慎，沒有任何護甲的漢兵便被亂箭穿心而死。

如此這般死傷數百之後，所有的漢軍官兵總算明白，任何有生命體的物體一旦出現在視線之內，則所有人結陣亂槍齊射，不論老弱婦孺一律槍殺，任何有遲疑猶豫的舉動，皆可能造成自己中箭身亡。

在保全自己性命及軍令的兩重壓力下，方圓數百里內，兩萬多漢軍覆蓋下以赫圖阿拉爲中心的地域，東至啓運山，西到虎攔崗的所謂後金龍興之地，痛加剿滅，滿人的青壯男子越打越少，到後來抵擋不住，終於四散而逃。漢軍將俘獲的婦孺全數關押，等待將來處置。分兵而進的金吾與龍驤衛東西並進，一路絞殺，除了滿人部落一律摧毀之外，又命人張榜告示，收攏遼東漢民。因漢人早已與滿人同樣打扮，若是不用方法加以區分，只怕一個個也做了刀下冤鬼，殺紅了眼的士兵已然將身上的獸性盡數爆發，一路上燒殺不止，又哪裡有空去分什麼滿人漢人？

進入遼東十日之後，鏟平了一切微不足道的抵抗之後，被後金打了十幾年沒有還手之力的漢人，終於有軍隊在赫圖阿拉努爾哈赤的老宅之外列隊待命。因當時的遼東苦寒，又沒有後世的暖氣玻璃之類，冬日地面凍結，春夏則融化泥濘不堪，是故有錢的遼東滿人皆是以大木建造樓居，雖然後來打進了瀋陽，以磚石爲地板，卻仍是喜歡建造高樓，這赫圖阿拉是努爾哈赤建立後金稱汗後建立的第一個國都，與漢人的城市比起來，只不過是一個數百幢大大小小的木屋構成的大山村罷了。除卻其他民居，建造的最精緻的建築群，自然就是汗居。

張偉騎在一匹雄健的白馬之上，冷眼看著這一片後金國最初的發跡之地，數十根粗大的圓木支撐著由二十七間木屋組成的後金汗宮。想起皇太極訓斥子侄輩的話：

「當初我們住在小木屋裏，後來立國稱汗，在赫圖阿拉建造了汗宮，二十多間木屋，我們在裏面走來走去，覺得舒心暢快。因爲珍惜父輩的成就，一遇到戰事，大家拿起刀子和弓箭，騎著戰馬跟著大汗就出征，遇著戰事一定要衝在前頭。閒時打獵，也都是拚命要跟去，帶五六斤炒麵，在野地裏過七八天的時間，吃炒麵，喝雪水，就是這樣練成了箭法和體魄。現在的子孫，一遇出征都想著搶掠，住在華麗的大屋裏，打獵時能不去就不去，這樣下去，失去了國本，滿人怎麼能是大明的對手。」

想到此處，張偉口中喃喃道：「你也當真是一時的雄傑，努爾哈赤的基業，其實是到了你的手中方才真正穩固，後金也是有你，方變成清，多爾袞不過是承你的餘蔭，方才有機會入關，成爲中國之主。只可惜，今日我要壞你的祖居，毀你的基業，破你的信心，傷你的自尊，對不住了，時勢不同，立場相反，越強大的敵人，我越是要狠狠打擊！」

眼光掃視四周，見身邊的親衛騎兵皆已將手中火把燃起，便慨然令道：「燒吧！與此六月之

師，窮其百年之運，燒，一幢木屋也不要留！」

一支支火把被扔向上半空，在空中漂亮的劃出一個半圓的拋物線後，掉在了已然灑上桐油的木屋之上，「轟」地一聲，一股股漂亮的火光竄起，只不過一眨眼的工夫，所有的木屋都已在火光中燃起，發出劈哩啪啦的聲響。

夜色漸漸上來，大火已燃燒了許久，火舌漸小，一幢幢房屋開始倒塌，轟然倒地之時，又會突然激起數丈高的火舌，張偉身後默默侍立著張鼐、劉國軒、張傑、林興珠、賀人龍等金吾與龍驤衛的將軍，張鼐等南人倒也罷了，賀人龍卻是遼人，整整受了滿人十幾年的鳥氣，不能發洩，此時親眼得見天命汗所興建的汗宮被張偉下令焚毀，心中大暢，卻不如其他人神情凝重，只笑吟吟看著眼前的火場，心裏對張偉已是佩服之極。

正在舒心解氣之際，卻聽得張偉大聲吩咐道：「眾將上馬，隨我帶隊同往薩爾滸！大軍今晚連夜趕路，不得歇息！」

賀人龍心中一動，興奮道：「大人，可是瀋陽那邊來了消息，那滿人沉不住氣，出城尋戰來了？」

張偉回頭看他一眼，笑道：「偏你聰明，燒了老汗的房子，你倒興奮得跟什麼似的。」

「啊，末將猜中了？」

「瀋陽那邊那麼點人，出來尋死麼，瀋陽可比這邊重要的多，那濟爾哈朗可沒有蠢到讓我們有機會直入瀋陽。是全斌那邊傳來消息，遼陽廣寧一線的八旗，這幾天動向不穩，遊騎四出，看來譚泰他們，要回京援瀋了。」

「嘿，那不是尋死麼，大人，派末將爲前鋒，與那譚泰接戰，我聽說他是滿將中有勇有謀之輩，請大人把第一戰的機會給我，一戰而勝，遼東可定！」

張偉噗嗤一笑，道：「野戰對八旗騎兵，你那四千龍驤左軍夠做什麼的？一戰而勝？只怕是被人家一鼓而下吧！他們調集兵馬，穩定寧錦那邊的情形，然後方能回援瀋陽，這才幾天工夫，你當行軍出兵有那麼容易麼。咱們在這裏打得順手，那是我幾個月前就開始謀劃了！我估計，最少還得十日，他們方能抽出身來，調集兩萬左右的兵馬，由鞍山驛、清河堡、鴉鶻關一線攻來，瀋陽駐軍出邊牆，仍由薩爾滸一線出擊，兩路合擊，方才有機會與我一戰。」

劉國軒初時默不作聲，聽到此處，忍不住插話道：「那麼大人爲何往薩爾滸方向調兵，何不直出鴉鶻關，迎接廣寧和遼陽來的敵兵？擊潰了援兵，瀋陽則是死城一座，任我們圍攻了！」

張偉搖頭答道：「這麼打，正中了敵人的下懷。敵人便是怕與我陣地交戰，懼怕我的火炮，若是我佈陣野外，敵人皆是騎兵，飄忽不定，我無法追擊，戰而不利則退，戰而得利則進，退則騷擾我的糧道，進則殺傷我的士兵。若是我在各處關隘死守，則敵騎騷擾不斷，我軍士氣低落，再加上時刻擔心皇太極領兵回遼，只怕稍有不慎，數萬大軍潰敗於此，那麼，這些跟隨我多年的子弟們，可都要做異鄉之鬼了。」又咬牙笑道：「他們以爲我不敢攻打瀋陽堅城，我卻偏要直攻瀋陽，在援兵到來之

前，將瀋陽攻下！」

見眾將吃驚，便解釋道：「我軍火炮眾多，威力甚大，用來攻城是再好也沒有。瀋陽駐軍原本不過萬餘，前幾天又損了兩千餘騎兵，現下就在城裏徵召所有的八旗男丁，也不過多了幾千不適合上戰場的弱兵，我以數倍於敵的兵力圍城，以三百多門大炮直轟城牆，猛攻不止，正面接戰，八旗兵的威力被限制在城牆之內，而我軍的炮火和火槍威力卻可發揮到最大，兩相抵銷，攻城是最好的選擇。待敵人援兵到來，我已攻下瀋陽，此番來遼的目的完成，以皮島明軍開路，引領遼民，我漢軍護衛兩側，緩緩向長甸港口撤退，敵人援兵失了瀋陽駐軍的策應，我軍又大隊集結而退，他能如之奈何？若是急切間想攻我，那便是自行送上門來的好菜，我豈能拒之？」

「大人的想法甚好，只是，神策衛正守在清河堡，攻城力量不足，若是調回，又恐被敵人抄了後路，由清河堡一路直撲長甸，我軍港口糧道盡失，大人不可不慎。」

「嗯，雖然我已派了水師威脅遼西，又令人通傳遼西明軍佯動，牽制遼陽八旗，到底還是要小心爲上，還是讓飛騎辛苦一遭，攻城戰用不著騎兵，讓張瑞帶著三千飛騎去清河堡，以防敵襲。」

他安排妥當，諸將由他指揮慣了，哪有人還有異議，當下各人催馬急行，又督促各人屬下的步兵大隊打著火把照亮前路，再加上正是月半，雖是深夜趕路，在火光和月光下，倒也並不覺得如何難行。

薩爾滸山背倚鐵背山，距撫順關西七十里，距瀋陽兩百里不到，距赫圖阿拉百餘里，當時明朝的戰略部置，是以關內大城及守堡護衛漢人屯區，瀋陽之外便是邊牆，居住著建州與海西等蠻族部落。

這薩爾滸地勢險要，乃是四戰中轉之地，控制住此地，便扼住了瀋陽與開原鐵嶺等地的聯繫，又能阻止西南清河堡的來敵，當年努爾哈赤五日內擊敗三路明軍，首戰便選在薩爾滸，正是因其地重要，得失之間可影響戰局。

張偉率兩衛大軍連夜趕路，百餘里路程當年明軍需走上三日，對經過每日五公里長跑的漢軍來說，雖是夜間方行，待第二日正午亦也趕到。

兵士們趕到營地之後，自然有人埋鍋造飯，吃完飯後便倒在紮好的營帳中酣然入睡。張偉等帶兵將領卻是無法歇息，駐兵於此之後，便令張瑞帶著騎兵飛速到兩百里外的清河堡替換神策衛，又安排準備攻城所有的器械，派人打探瀋陽城附近的情形，直又忙了兩個多時辰，方才勉強有空吃了點飯，安排人值宿巡視後，張偉倒在大帳之內，頭一挨枕頭，便已熟睡過去。

他疲倦之極，原打算一覺睡到第二天天明，卻在睡夢中隱隱聽到有人吵鬧，似乎一直有人呼喊於他，只是睡得沉了，那睡意似乎是一塊黑色的幕布，沉沉地將他掩住，雖掙扎著想起身，卻只是張不開眼來。待掙扎到最後，意識覺得自己醒了，卻是想抬根手指也難。

他在睡夢中掙扎，身邊的親兵頭目王柱子卻是急得無可奈何，眼見帳外求見的信使急得團團直轉，無奈之下，只得令人打了一條濕毛巾來，輕輕蓋在張偉臉上擦了幾把，這冷水一激，卻是比什麼都管用，張偉張開佈滿血絲的雙眼，啞著嗓子問道：「什麼事？」

他知道此時將他喚醒，必然是出了不得了的大事，因見身邊眾親兵都是一臉惶急，心中一沉，忙用毛巾狠狠擦了一把臉，鎮靜住心神，沉聲問道：「快說，到底是什麼事！」

「回大人，開原鐵嶺那邊有信使過來，急著求見大人。」

張偉心中一陣刺痛，突地想起這幾日來一直忽視了皮島明軍的動向，忙站起身來，奔出帳外，見有一明軍打扮的人站在帳門之處，忙喝問道：「開原那邊出了什麼事，是攻城不克麼？」

那人見他出來，忙在原地跪了，答道：「大人，孔將軍命我來報，咱們攻打開原，原本十分順利，城內守兵不足一千，城牆又低矮，咱們沒有什麼攻城器械，那守兵又悍不畏死，一直在城頭與咱們對射，他們雖是射術精妙，但是經不起咱們人多，漸漸地已是吃不住勁，人越死越多，眼見城破在望。卻突然有一隊騎兵從城角處繞將過來，直衝咱們的大陣，約莫有三四千人，凶悍之極，揮著長矛大刀的見人就砍，咱們都是步兵，哪裡受得了騎兵這般衝鋒，一時抵擋不住，當時便潰敗下來。現下孔尚耿三位將軍收拾了殘兵，離城三十里處沿著土堡屯兵，等大人的救援。」

「他們還剩下多少人？」

那使者在地下拚命叩首，泣聲答道：「開原一戰我軍大潰，當場便戰死一萬多人，三位將軍收攏敗兵，現下還有一萬五千餘人，請將軍速速派兵救援！」

第十五章 盛京血戰

他們原本所立的地方正是炮火延伸轟炸之所，此時一衝，倒有不少人逃得了性命，待濟爾哈朗帶著稀稀落落的兵士趕到城牆缺口處，在十個都尉率領下，以五百人為一方陣的滑膛槍兵大陣已然逼近了城牆，濟爾哈朗一看，便急聲令道：「快，把其餘各門的守衛全數調來，此處若是守不住，萬事皆休。」

張偉氣得一陣頭暈，三萬大軍被幾千騎兵攆鴨子一般從開原攆走，損兵折將不說，還必將影響他強攻瀋陽的打算。心中直怪自己失策，那開原鐵嶺與內蒙相連，定然是守將派人去科爾沁部落求援，雖然此次征明，皇太極已是調集了科部騎兵參戰，不過一個草原部落，盟友求助，幾千騎兵總該能拼湊出來。他一時疏忽，沒有警告一心想在那邊發財的孔尚耿三人，卻也想不到該部明軍如此無能，居然被人打得全無還手之力。想來並不是他們實力太差，而是從上到下的明軍官兵，一門心思都

想衝入城內搶掠，兩隻眼睛瞪得血紅，卻只是黃的白的，待敵兵一衝，自然就大敗虧輸，潰不成軍。

思來想去，這還是三個明將的責任，心中怒火一陣陣竄起，手往腰中摸去，卻是摸了個空，便啞著嗓子向王柱子吩咐道：「柱子，去，把村雨拿來，派人封刀給孔有德，令他自盡！」

王柱子哎了一聲，閃身進了內帳，拿出張偉的佩刀，翻身上馬，便要離去。

「大人，不可，千萬不可！」

那張載文從側帳奔出，正在束起身上的衣袍，見王柱子要走，頓時不顧衣袍未束，幾步躥上前去，將馬首拉住，向張偉急道：「大人，你是怎麼了？此時孔部正是軍心不穩之際，只怕你的使者一到，他便殺了你的使者，全軍轉投後金了！」

張偉撫額一想，便知道是自己昏了頭，那三將雖然家人父兄都在皮島之上，不過到底還是自己性命重要，若張偉真令孔有德自盡，只怕立時便逼反了他。右手在自己額頭使勁一拍，斜一眼那呆若木雞的使者，笑道：「真是的，我是一時氣急了。詠雲，虧得你提醒。柱子下馬來，把這使者帶去，好生看顧著。」

見王柱子拎小雞般將那使者帶走，張偉嘆一口氣，返身入帳，將手中佩刀往地上一扔，懶洋洋往帳內臥榻上一倒，向張載文道：「詠雲，這樣春光全泄，可不大好啊。」

又令道：「去，把參軍將軍王煊請來。」

那張載文聽他打趣，低頭一看，方知道自己著急勸阻，衣衫並未束好，隨著衣袂飄動，兩條大腿露在外面，看起來甚是好笑。

他老臉一紅，急忙將衣服穿好，在帳內尋了馬紮坐好，待王煊一入，張偉奮然起身，雙目圓睜，恨道：「我當初以爲放任他們去開原鐵嶺搶掠，雖然難免百姓受些損失，到底可以省我的心，那一片我可以不必去管。今日看來，竟是我錯了！你們兩位說說看，這件事，如何是個了局？」

王煊剛入帳內，正低頭沉思，聽張偉動問，卻是不欲先說，將頭扭向張載文一邊，靜待他說話。

「大人，依我之見，孔有德等人派使者來求告，倒並不是一定支撐不住，而是試探大人的態度。若是大人撫慰的不當，只怕他立時便帶人投靠後金去了。」

張偉沉吟道：「說得也是。他還有這麼多兵，又是依地勢之利固守，幾千騎兵衝不過他的防禦，詠雲你說得對，他此番派人來求助，確是存的試探之心。」

臉上一陣青色飄過，張偉顯是心中怒甚，皮島三將打了敗仗也罷了，居然當此危局不想辦法立功贖罪，反一門心思試探主將的心思，怪道後來在孫元化手下很受信重，卻帶著戰艦火炮工匠投降後金，想到正是這三人幫著後金掌握了鑄炮技術，方能攻破明朝的堅城，因而受封三順王，心中忍不住又是一陣陣殺意泛起。

卻聽那王煊亦道：「大人此時便是恨急，也只能忍了這口氣。當務之急，便是要撫慰皮島軍心，如若不然，我軍不但不能攻瀋，還需防備開鐵一帶的敵軍來攻。如若這般，我軍此番襲遼東，戰

果可就小的多了。」

「正是。此番雖然已遷了二十餘萬遼東漢民，又在赫圖阿拉附近幾百里內肅清了所有的滿人部落，不過自眾滿人攻下遼瀋之後，已是遷了不少滿人入那城內，光瀋陽一城，便有滿蒙漢民近三十萬，後金多年積聚的財富，亦是大半收於瀋陽。是以大人要分清主次，一定要在敵援之前攻克瀋陽，皮島的事，待回了台灣再做料理，如何？」

張偉聽他兩人說話，顯是都擔心自己遏制不住火氣，乃慨然起身，笑道：「你們也太過小心，我適才已知輕重利害，響鼓不用重捶，又何苦這麼苦苦相勸。」

又喟然嘆道：「人無信不立。我若此時饒了他們，回到台北，我一樣不能殺他們。人都謂我張偉心狠，我可不能再失信，這三個混帳，也只得饒了他們性命。若是再有此類事情，我殺他全家！」

兩位參軍聽他發狠，知道只是發洩心中悶氣之故，是以張偉雖叫得凶狠，兩人卻都是抿嘴一笑，那張載文聽他喊完，順勢問道：「大人，既然決定恕了他們，那派誰前去安撫軍心？」

「他娘的，誰去?自然是老子去。別人去，管個鳥用！」

見兩人身體一震，同時站起，顯是要極力相勸，張偉將手一擺，道：「兩位不必相勸，於今之時，只有我去一次，可以讓這三人放下心來，別人去，終究不能顯我的誠意。放心，這三人若是想反，早就扯旗投後金去了，又何必派人來我這裏。」又沉吟道：「不過我是全軍主帥，以身涉險自然也是不對，除了帶上我的親衛之外，集中三衛的馬匹，選一千萬騎射手，隨我同去，他們那點兵，還不夠資格打我的主意。」

說罷，連聲吩咐人備馬披甲，他身著飛騎所著的皮甲，也不著盔，帶著一千多騎兵打馬出營，向孔有德部飛奔而去。臨行吩咐，待晌午時由張鼐、劉國軒帶著大軍先行，過撫順關向瀋陽城外的奉集堡行軍，三日後先占奉集堡，於城外列陣，張偉因全率騎兵而行，來回不過五百里路，當與大軍一同而至。

他帶著騎兵連續趕了兩日，終於在第三日黃昏之時趕至孔部大營之外，隔著數里看到營地裏升起的炊煙，張偉擦一把臉上的塵土，向身後諸親衛笑道：「嚼了兩大把乾糧，今晚讓他們給咱們做些好吃的，打打牙祭！」

他的兩百親衛都是由原飛騎衛中挑選出來的武勇之士，又都隨他多年，最是忠心不過的人，此時各親衛都盯著眼前如猛獸般趴伏於眼前的大營，猜度著其中是否有凶險，又哪裡去想打什麼牙祭了。親衛頭目王柱子沉聲答道：「大人，咱們還是在營外召見孔將軍，如何？」

「那我辛苦趕來，所爲何事？放心，與其召他們出來，讓他們有所準備，倒不如直赴其營，打他個措手不及。你們四散跟隨，路上遇著軍營外的哨探，便裹挾著同行，入營之外，散開護衛營門，萬一真有變故，也可護衛我衝出。萬騎射手不要下馬，他們騎術並不精湛，就騎馬在營門口接應，敵人若衝，便可射箭阻敵，這樣安排，就是有什麼意外，也無人能奈何我。」

說罷打馬長笑，飛速向不遠處的軍營正門馳去。

身後諸親衛緊緊相隨，行不甚遠，便路遇軍營外巡視的小校軍官，因見是張偉前來，便要騎馬回營報信，卻被張偉身邊親衛緊緊挾持，不得快行，待堪堪到了兵營門外，守營將士便要前去回報，卻被張偉揚鞭阻止，他問清了三將的營帳所在後，沿路留下親衛策應，自己帶著一百親衛，飛速奔向三將主營，待到了大帳之外，也不顧守帳官兵神情，直接令親衛擋開守帳的兵士，自己騎馬直到大帳之前，翻身下馬，將手中馬鞭抵住帳幕，輕輕一挑，卻見那孔有德、尚可喜、耿精忠三人正端坐於帳內，孔有德年長些，坐於正中，尚耿二人坐於左右兩側，三人皆是愁眉苦臉，呆若木雞。

張偉「哈哈」一笑，閃身進帳，向三人道：「怎地，三位打了敗仗，便看破了紅塵，一心想要出家參禪麼？」

因帳內不通光線，故而早早點了油燈，他閃身進帳，帶進一股風來，將帳內油燈吹得一明一暗，那孔有德的臉隱在燈光之內，一時間竟看不清楚，只聽他沉聲喝道：「是誰，膽敢在大帳內喧嘩！」

張偉不答，踩著靴子橐橐而進，一直步到孔有德身前，方微笑道：「將軍何其眼拙，連我也不認識了麼？」

此時燭火平復，帳內又是通明一片，孔有德原本低頭沉思，此時將頭一抬，一看卻是張偉笑咪咪站在眼前，頓時大驚，從座椅上跳將起來，將案上茶碗撞翻滾落在地，他卻只是不管，吃吃問道：

「張大人，你，你是來拿我的麼？」

說罷忙繞過文案，行到張偉身邊，低頭跪下，泣道：「小將自知罪不可赦，惟請大人照顧小將的家小，使之不受凍餓，小將便是身處黃泉，亦感念大人的恩德。」

尚耿二將此時亦看清是張偉入帳，兩人都是大驚，那尚可喜急忙隨著孔有德跪了，那耿精忠卻是往外挪了幾步方才跪下，偷眼向帳外瞧去，卻只望見幾個身著台北漢軍鹿皮甲的兵士在帳外盤桓，只覺心頭一寒，腰間一軟，整個人趴在地上，連聲乞求張偉恕罪。

張偉冷眼看他行止，知道此人心思，卻也不說破，只大步行到正中座椅坐下，向三人道：「都起來，遼東漢子，怎地學這般婦人行止！」

見三人聽命而起，張偉皺眉道：「我此番來你們軍中，卻不是應你們之請，帶兵來援。此番戰事雖是不利，那蒙古騎兵打得你們損兵折將，不過我知道你們筋骨未傷，實力猶在。幾千騎兵再悍，能衝得動你們佈好的營寨？當真是活見了鬼！我看你們是教人嚇破了膽！」

三人被他訓得面紅耳赤，卻只是不敢吭聲，張偉攢眉怒目，直訓了半個時辰，將三人訓得魂不附體，方才和緩語氣，撫慰道：「此番戰敗，你們固然是罪責難逃，我身爲主帥，自然也是有錯。不過身處我的地位，不訓斥你們，指望著你們越打越好，又能怎樣呢？你們放心，此戰便這麼著了，我此時不追究，將來也必不追究！」

「是，大人苦口婆心訓斥我等，也是爲了我們好。請大人放心，我這便提兵去那開原城下，與

蒙古人再戰一場，絕不給大人您丟臉！」

「大人長途遠奔而來，只為了我們這邊戰敗，只要我們還有一絲絲良心在，就斷然不會再讓大人您生氣！」

「大人深恩厚道，精忠沒齒難報……」

三將一則是當真感動，張偉孤身來此安撫他們，對他們當真是信任有加，亦可見他身為一軍主帥，對皮島新附之軍並無歧見。二則也確實是心有不甘，三人只當此番圍攻，能大大的撈上一票，誰料除了遷走四郊的漢民之外，城內的財物一文也沒有撈到，反倒是折損了一半兵士，亂世之中，兵士便是為將者的財富，教三人如何能不心疼？

此時張偉親自趧來，三人心中又升起希望，那孔有德大表忠心之後，便建言道：「大人，只需調五千萬騎射手，加五十門火炮配合，那幾千蒙古騎兵根本不是對手，開原、鐵嶺瞬息可下！」

「不必多說。開鐵兩城，我決意放棄。」

見三人面露失望之色，張偉又道：「兩城背倚蒙古，隨時能得到蒙古各部的支援，是個硬頭釘子，我們又何必一定要拔！我這便要強攻瀋陽，只要三位能穩住防線，不使此地的敵兵過境，待我攻下瀋陽全軍後撤，三位的功勞與攻瀋諸將相同！」

三將皆低頭道：「未立寸功，損兵折將，哪還敢計較什麼功勞，大人不怪罪末將等，已是深恩厚德了。」

張偉起身一笑，道：「我要即刻趕往奉集堡，指揮攻瀋一事。這邊交給三位將軍，若是敵軍來襲，不必理會。反正就那麼一點人，你不理會，他也不敢深入。」

他邊說邊向大帳之外行去，看著三將迷迷糊糊出帳相送，笑道：「三位不必相送了，此地的事就這麼著。非常之時不必講究禮節，三位還是好好研究一下，如何穩固營盤，能多搶一些漢民，便多搶一些。凡事可不必請示我，三位是老行伍了，我是放心的……」

他又打又拉，又是疾風暴雨，又是和顏悅色，將三名悍將揉搓得如面人一般，待跨上戰馬，向三人長笑一聲，道：「日暮途遠，恕我無禮了。」

說罷雙腿一夾，那戰馬咴咴叫上幾聲，四蹄揚起，向那營門處疾衝而去，待三將回過神來，張偉早帶著親衛出了營門。

三人默然站立，過了半晌，孔有德方道：「張將軍如此信任我等，還有什麼話說。既然投了他這棵大樹，咱們就一門心思吊死在這棵大樹上吧。」

尚耿二人自然無話，三人又往營門處遙望片刻，便向大帳之內行去，那耿精忠待孔尚二人入內，返身親手放下帳幕後轉身向內，一陣冷風吹來，卻突然驚覺自己背心已然濕透，便禁不住想：「信任麼？只怕適才我等的性命，只是尺寸之間吧。」

張偉帶著親衛奔馳出營，守衛在外的眾親衛們頓時如釋重負，眾星拱月般將張偉圍在正中，各

人縱馬狂奔一氣，方才放慢速度，讓戰馬歇歇腳力。

張偉見身邊各衛士皆是灰頭土臉，那汗水和著一道道灰塵印在臉上，當真是狼狽之極，笑道：「原說要打尖休息，讓他們好生整治一頓酒席，無奈前方事急，先委屈你們。待過一陣子回了台北，好酒好菜盡夠你們。」

眾衛士皆笑道：「能平安出來，咱們心便是定了下來。如若變故突生，大人有個三長兩短的，咱們這些小命哪夠塡的。什麼酒菜，還是免了的好。」

「也罷！」張偉揚鞭向前指道，那前面便是一個草場，咱們身後的萬騎便是好射手，讓他們去射一些獵物來，大家燃起篝火，幕天席地燒烤獵物，也算是不枉來這遼東一次！」

眾衛士歡聲應了，自有人帶著趕來的萬騎兵進入到前方的大草甸子中去，當時的遼東地廣人稀，這種藏著眾多獵物的草甸子到處都是。當下眾萬騎分隊而入，呼哨聯絡，將一隊隊鹿、獐、兔攆了出來，眾萬騎張弓搭箭，皆是箭無虛發，不消一會兒工夫，便射了過百隻獵物。那萬騎各人自入伍以來，每日間操練行軍，各人都是山間射獵爲生的人，此時有此機會重操舊業，各人皆是大樂。

各人將獵物收拾齊整，拾撿柴火燒烤起來，待獵物皆烤得焦黃，那油汁慢慢滲出來，滴在那火堆之上，散發出一陣陣的香氣。

親衛將一條烤得流油的鹿腿送與張偉，又送上隨身皮袋中攜帶的上好陳釀，張偉用小刀削一塊肉，飲一口酒，只覺得那鹿肉甘爽滑口，一陣陣肉香噴鼻而入，肺腑間一陣舒適，再飲上一口美酒，轉眼向四處望去，一片片碧綠的草地隨風舞動，天地間皆是青綠一片，張偉陶然醉道：「數百年後，四處水泥森林，空氣污染，真是可惜了這大好的天地美景啊。」

說完之後，方才悟道自己樂極出錯，一時間口快說錯了話，心虛之後放眼四顧，卻見周圍的親衛萬騎皆是抱肉大嚼，拚命豪飲，各人拚命趕路，吃的皆是行軍乾糧，現下有美食美酒，哪裡還管張偉說些什麼。

待各人吃飽喝足，已都是醺然倒地，張偉知各人都是疲乏之極，是以故意讓眾人飲酒一睡，吩咐了人值夜後，便也往地面一躺，酣然入睡。

他這邊拚命趕路，周全斌、張鼐、劉國軒正會同了張載文、王煊，契力何必眾將，帶著親衛騎兵於瀋陽城外數里的土坡之上哨望那瀋陽城牆。

周全斌性格最是沉穩，因跟隨張偉日久，便是那張鼐、劉國軒，亦是他聽從張偉之令四處尋訪而來，是以此時張偉不在，各將雖身分與他相同，到底還是敬他幾分，他卻不以為意，此刻與眾人一同出營查看城頭敵情，聽那張載文與王煊慷慨激昂指斥城防虛實，他卻只是神情淡然，始終不發一言。

因聽那劉國軒動問，方笑答道：「我剛從清河堡趕來，敵情如何不曾了然，還是聽眾位說，待我清楚之後，再說不遲。」

各人觀察良久，又劃定了各自攻城的佈署範圍，方才打馬而回。那城頭滿人雖是見了，深知敵

人大軍已然集結在側，卻哪裡敢出城來追。待回營之後，各人便召來那神威將軍朱鴻儒，部置炮隊前行，劃定了炮擊的城牆地段。那瀋陽在關外號稱堅城，護城河、安裝了尖木柵的壕溝、拒馬，羅列於城外，好在此時正是春夏之交，那河內水枯，倒是便宜了攻城一方。

大軍未動，糧草先行，此時攻城激戰在即，那各衛司馬均是忙得四腳朝天，將補給源源不斷的送往各營之中，那火炮使用的火藥鐵丸，更是需大量的軍馬運送。好在張偉吩咐何斌購買了大量矮小有力的晉江駝馬，這馬衝鋒陷陣不成，拉起車輛貨物來，倒是耐力十足。除了撥出大半馱送物資往長甸而去，這營中尚有數千匹用於軍需之用。

四萬多軍隊將小小的奉集堡擠得水泄不通，堡內外盡是裝扮不同的滑膛槍兵、萬騎射手、炮兵、後勤兵，胸前飾有身分鐵牌，頭戴大紅圓帽的軍官聲嘶力竭的指揮著亂哄哄的兵士，一頂頂圓帳篷在瀋陽城外形成了一片片的包圍圈，漢軍將軍觀察城防之後，下令以鉗形陣勢由東向西的包圍圈慢慢合攏，三百二十門野戰火炮亦由戰馬拖拉向前，在嚴密的保護之下，開始在面對著瀋陽城的西城門外，以口徑大小，梯次修築炮兵陣地。

眼見黑壓壓的火炮炮口慢慢對準了盛京城門，開初絕不相信敵軍敢於強攻瀋陽堅城的八旗貴人們開始慌了手腳，一群閒散宗室，貝勒、貝子、額附，固山辦事大臣，留在瀋陽城內，由皇太極仿明制任命的空頭總兵官、副將、參將、佐領們，開始如同失了窩的馬蜂一般，亂哄哄湧向汗宮之外的十王亭，簇擁在濟爾哈朗和范文臣等人身邊。請求派人求援的有之，要求開城突圍者有之，大呼小叫讓濟爾哈朗帶人出城與敵決戰者有之，這些擔負著勇猛無敵名聲的滿人武夫們，在遼東橫行十餘年，一向是他們圍人城鎮，衝陷敵陣，被敵人結結實實圍在城中倒還是第一次。

各人吵鬧不休，濟爾哈朗原本就心煩意亂，此時更是慌了手腳，各人均將希望寄託在他身上，可是手中只有不到兩萬的步兵，大半還是臨時徵召的旗下老弱，他又有什麼辦法阻擋敵軍的進攻呢？所有的希望，便是能先行擋住敵軍的攻擊，等到譚泰的援兵。

待火炮陣地修建完畢，朱鴻儒指揮炮兵向城內進行了校正炮位的試射，十餘顆炮彈無巧不巧的落在皇太極最鍾愛的鳳凰樓上，一陣陣巨響過後，這座高達二十餘米，由皇太極狠下心來撥銀修築的瀋陽城內的最高建築，於煙塵中轟然倒地。

坐鎮十王亭的諸貝勒大臣，頓時皆是面如死灰。原以爲戰鬥只在城頭，誰料在射程四千米的火炮面前，深宮後院也成了打擊的目標。看著慌忙奔逃的後宮嬪妃，各人均想：「此戰過後，活下來的能有幾人？」

如此這般緩慢推進，待三日後張偉深夜趕到奉集堡大營時，整個嚴密的包圍網已經在瀋陽城角下佈置完畢，不時有零星的火炮擊發聲響起，火炮炮口噴射出來的火光劃亮了夜空，擊發而出的鐵丸在空中發出利嘯，在黑漆漆的夜空中直飛入城牆深處。

「大人，經過三天的試射，末將有把握在一輪炮擊之內，集中火力，轟塌一段城牆。」

張偉點頭道：「很好。此番攻城，火炮乃是破城利器，如何發揮，便看你的了。」

又問了時辰，得知正是子時半夜，又令道：「再過兩個時辰，開始轟城！」

他連日奔波，已是疲乏之極，卻考慮到時不我待，絕不能再耽擱時日，好在諸將都讓他省心，人雖不在，諸般事情卻都是做的滴水不漏，端坐於大帳之內，連喝了幾碗熱參茶之後，張偉振起精神，笑道：「甚好。你們做得不錯，可比那三個活寶讓我省心。」

又問道：「張瑞那邊可有消息？」

張載文於坐椅上欠身答道：「張將軍前日派了輕騎來報，廣、遼一帶的敵兵尚無動靜，他每日都派輕騎四出哨探，一有敵情，便會立刻派人來報。」

「甚好。天明之前火炮開始轟城，那城牆雖是磚石，豈能禁得住火炮直轟，各部都準備好精兵強將，一待有了缺口，便立刻衝上城頭。」

沉思片刻，終於下了決心，向契力何必道：「先期衝城，不需萬騎，待城頭稍稍穩固，萬騎迅即上城，控制城牆，敵人必定反撲，那可就看你們的了。」

諸事商定，他便率各將縱馬離奉集堡，向前方的炮陣而去，離得一里路程，尋了一處土坡駐馬而立，向各人笑道：「我便在此處觀戰，前方諸事，就靠諸位了。」

此時已是初夏，待神威將軍朱鴻儒命令各部將炮口揚起，準備發炮時，天色已是微明，雖然隔著數里之遙，亦可見城頭值夜的八旗兵士，這幾日大炮沒有大規模的射擊，城內各兵的心都鬆懈了，三三兩兩的在城頭盤桓。

朱鴻儒因見城頭有人，心裏默念了幾聲往生咒，然後方令道：「諸校尉都尉，各自下去督管陣地，命令……火炮齊射！」

縱然相隔里許，三百餘門火炮齊射的威力當真是駭人之極，低沉的火炮擊發聲不斷響起，慢慢的匯聚成壓制一切聲響的巨大轟鳴，張偉雖是騎著戰馬，亦可感覺到腳下的土地不斷的顫抖，戰馬受驚，不斷的跳躍嘶鳴，一道道火光在凌晨的天空閃爍而起，巨大烏黑的鐵丸以勢不可擋的威勢擊向預定的目標，不住的砸在城牆之上，初始時，城頭上尚有些八旗兵在，一輪炮擊之後，城頭上磚石飛揚，跑不迭的都被砸成了肉泥，福大命大的僥倖逃脫了性命，只恨不得爹娘多生兩條腿才好，哪裡還敢靠近城邊半步。饒是那濟爾哈朗親自帶隊前來，也是無法靠近火炮轟擊的城門。他心中大急，知道敵人轟開城牆之後必然登城，只是無法靠近，只有徒呼奈何。

待火炮轟擊了半個時辰之後，瀋陽西城附近百餘米的城牆已被砸開，崩塌下陷，足以讓士兵徒步登城，此時炮口抬高，開始向城內延伸射擊，聚集在城牆附近的城內八旗頓時又被炸得血肉橫飛，好不容易收攏的隊形立告混亂。那濟爾哈朗勉強穩住隊伍，又強令從城內召集的漢民帶著磚石向前，準備上前堵塞缺口。

「貝勒爺，快看！」

透過被炸開的大段缺口，濟爾哈朗身邊的親兵嘶聲大喊道：「敵人，敵人來攻城了！」

濟爾哈朗全身一陣抽筋，只覺得額頭和背心一瞬間沁出一層汗來，啞著嗓子喝道：「快向前，一定要擋住他們！」

想到此時上城阻敵，卻沒有勇將使用，鰲拜若是不死，用他正是其時，心頭一陣刺痛，卻知道此時斷不能軟弱猶豫，因見身邊的八旗兵都是遲疑不前，便喝罵道：「滿人之勇寧是種乎？祖宗的英名，難道要敗在你們這些孬種的身上？」

說罷抽出腰刀，向空中一揮，帶著身邊的親衛向前奔去。

他身爲宗室貝勒，尚且如此悍不畏死，原本那些面露畏怯之色的八旗兵丁們臉上掠過一絲羞色，各人將牙一咬，跟隨著濟爾哈朗的腳步向城牆缺口處奔去。

他們原本所立的地方正是炮火延伸轟炸之所，此時一衝，倒有不少人逃得了性命，待濟爾哈朗帶著稀稀落落的兵士趕到城牆缺口處，在十個都尉率領下，以五百人爲一方陣的滑膛槍兵大陣已然逼近了城牆，濟爾哈朗一看，便急聲令道：「快，把其餘各門的守衛全數調來，此處若是守不住，萬事皆休。」

又急忙令道：「快命人驅使城下百姓前來，堵住城牆缺口！」

那李永芳雖是吃敗仗，城中武將不多，他仍被濟爾哈朗叫在身邊，隨時候調，此時聽那濟爾哈朗命百姓上前，忍不住囁嚅說道：「貝勒，現下敵兵衝城，調百姓上來做什麼？」

濟爾哈朗卻不答話，只將眼神一掃，李永芳見他眼中盡是死灰之色，雖是看向自己，卻彷彿毫無生氣，當下嚇了一跳，不敢再問，兩人身後漸漸聚集了不少八旗兵丁，盡皆躲在城牆角下躲避炮擊，因見敵兵已漸漸進至一箭之遠，濟爾哈朗向身邊眾佐領、參領令道：「帶人上城頭，射箭擋住他們！」

他嘴角露出一絲獰笑，低著嗓子，也不知向誰說道：「沒有盾牌，沒有鐵甲，讓你們瞧瞧咱女真人的射術。」

炮火漸歇，城牆已被轟開，奪取城頭仍需艱苦的步兵衝擊，在火炮精度不高的當時，繼續炮擊只能給攻城部隊帶來困難。前後三撥突進的一萬五千名三衛軍士已然分批次逼近城牆，當此衝城之際，各部士兵已將身上裝著火藥鐵丸的鐵罐卸下，一切影響行動的裝備亦已拿下，加之漢軍士兵又只是穿著布衣軍服，全無防護，只是手持上好刺刀的火槍向前，在保障了速度的同時，也失去了冷兵器作戰的最基本的防護。

此時太陽已是高高升起，衝擊瀋陽西門的漢軍正好迎著刺眼的陽光，如林的刺刀豎起，五千兵漢軍龍驤衛的士兵在賀人龍的指揮下，發一聲喊，開始拚命向前衝刺奔跑，漢軍雖是全然的熱兵器裝備，除了經過刺刀搏鬥訓練之外，再無任何冷兵器作戰的訓練，好在張偉素來重視士兵體能，種種現代的訓練方式層出不窮，是以漢軍雖都是南人，比起遼東人來身材矮小，論起體能勁頭來，卻是半點不差。

那賀人龍邊跑邊叫，督促士兵，他本是遼人，生性粗魯悍勇，各兵均是跑得耳邊呼呼生風，還聽得他滿嘴的大聲亂喊，雖是身處戰場，難免緊張，倒是令人聽得發笑。

「射！」

慢慢攀上城頭的八旗兵士們雖然訝異於敵軍的奔跑速度，不過眼睜睜看到只穿著布衣的敵軍進入射程，這些從小摸著弓箭長大的人又豈能放過機會？

一支支箭矢破空而出，使用強弓大箭一向是滿人的傳統，所謂的「牛錄」，也就是漢語大箭手的意思，無論是距離還是敵人的防護，在城頭射手的眼裏，奔襲而來的漢軍都是最好的獵物。

「噗……」

一聲聲鈍響在賀人龍的耳邊回蕩，不需要扭頭去看，便知道左右的屬下不斷地被迎面飛來的箭矢射中，那城牆雖是近在咫尺，以漢軍的奔行速度轉瞬便可衝到，只是這麼小小一段的距離，他的屬下部卒卻不斷的被飛蝗般的箭雨射倒，拋下一路上痛苦呻吟的傷者，賀人龍兩眼赤紅，不住地催促部下快行，又不顧自身安危，停聲大吼道：「都給我快跑，到了城下，用刺刀給死傷的兄弟們報仇！」

他只不過頓了一頓，立時有一支箭矢射中肩頭，咬牙擰眉將箭桿折斷，也不管箭頭尚留在體內，便又轉身向前奔去。

「伊立，伊立！」

城外敵兵即將衝到，破損的城牆之上雖是立了一些滿兵，單薄的防線卻顯然無法阻擋敵兵的攻入，那些居住在城牆附近破敗民居內的漢民雖然已被召集而至，只是適才的炮擊亦擊到了這些漢人，嚇破了膽的百姓既是痛哭適才死去的親人，又生怕前去修堵城牆時遭遇池魚之殃，於是不論身邊的滿兵如何恐嚇毆打，這些百姓只是或趴或坐，或是賴在地上不肯起來，那負責驅趕百姓的滿兵參領眼見敵兵越衝越近，頭上沁出汗珠，大急之下用滿語連聲喝斥，這些百姓連鞭打亦是不怕，又哪裡肯理會他？

那參領眼見不是事，因情況緊急，當下也顧不得請示，拔出腰刀，向坐得最近的漢人男子當頭劈了下去，幾刀下去，那人先是慘叫連連，參領又狠劈了幾刀，直待那男子全身鮮血，再也動彈不得，惡狠狠道：「再坐地不動的，城破之前先將你們盡數劈死！」

那前途未知的城牆缺口與眼前的刀子相比起來，所有的人自然知道還是乖乖選擇前去堵住缺口為妙，於是手抬肩扛著木料、石塊的漢人百姓們，在身邊滿人士兵的催促下，向那斷磚碎石遍佈的城牆破口處湧去。

得到調動命令的各城佈防八旗已紛紛向西城門處奔來，雖然大部分持刀挎弓箭的士兵們在數日前尚且是散步城鄉的普通旗民，除了原本的駐防兵，大都是些抽丁時淘汰下來的老弱，雖則八旗全民皆兵，這些人卻要麼是臂力不足的少年，要麼就是精力衰疲的老人，濟爾哈朗用他們原也是病急亂投醫，縱然是射術精良，沒有臂力支持的箭術，威力自然是打了不小的折扣，只是面對漢軍這樣的全無防護的軍隊，這些老弱的八旗兵射出的箭矢竟能輕鬆的穿透漢軍士兵的身體，這卻是濟爾哈朗沒有想到的。

頂著慘重的傷亡，賀人龍的部下終於衝到城牆之下，頂著頭頂箭雨，紅了的眼的士兵們持槍直

衝，向著呈斜坡狀的缺口衝去。

請續看《回到明朝做皇帝4 遼東風濤》

新大明王朝 ③中日大戰 (原：回到明朝做皇帝)

作　　者：淡墨青杉
發 行 人：陳曉林
出 版 所：風雲時代出版股份有限公司
地　　址：105台北市民生東路五段178號7樓之3
風雲書網：http://www.eastbooks.com.tw
官方部落格：http://eastbooks.pixnet.net/blog
信　　箱：h7560949@ms15.hinet.net
郵撥帳號：12043291
服務專線：(02)27560949
傳眞專線：(02)27653799
執行主編：朱墨菲
美術編輯：吳宗潔

法律顧問：永然法律事務所　李永然律師
　　　　　北辰著作權事務所　蕭雄淋律師
版權授權：蔡雷平
初版換封：2014年6月

ISBN：978-986-352-032-0

總 經 銷：成信文化事業股份有限公司
地　　址：新北市新店區中正路四維巷二弄2號4樓
電　　話：(02)2219-2080

行政院新聞局局版台業字第3595號
營利事業統一編號22759935

定 價：280元　特價：199元

國家圖書館出版品預行編目資料

新大明王朝／淡墨青杉著. — 初版.—
臺北市：風雲時代，2014.04-
冊；　公分. —

ISBN 978-986-352-032-0 (第3冊：平裝)

857.7　　103004418